中国儿童文学史略
（一九一六～一九七七）

刘绪源 著

目　录

自序一 ·· 1
自序二 ·· 8

卷　一

一、白话文与《尝试集》 ······································· 3

中国儿童文学是和"五四"新文学同时诞生的。现代白话文学最早的成果——胡适的《尝试集》，其中有一多半就是儿童诗。胡适的其他文字也用近乎儿童的语言写成，也是充满童趣的，他的一些题材重大的论文也如此。

二、陈衡哲的《小雨点》 ······································· 11

《一日》和《小雨点》是中国最早的儿童小说与童话。中国儿童文学正是由胡适、陈衡哲、任鸿隽、鲁迅、周作人、郑振铎、叶圣陶、赵元任等大文化人共同开创的，其起点之高不容小觑，纯文学传统也其来有自。

三、叶圣陶的童话集《稻草人》 ··························· 18

叶圣陶的童话是自觉的儿童文学，自叶圣陶始，儿童文学和成人文学分开，这在中国自古至今的文学发展上，是开天辟地的大事。童话集《稻草人》中，真

1

正失败的恰恰就是这篇以堆砌黑暗达到控诉目的的《稻草人》，它的价值被一再拔高，给后来的儿童文学带来不小的负面影响。

四、周作人的理论与冰心的《寄小读者》……………………… 27

周作人在"五四"时有巨大影响，新文学运动两大口号——"白话文学"与"人的文学"，就由胡适和他分别提出。周氏也是首屈一指的儿童文学理论家，可惜其理论在当时难以付诸创作实践。冰心的《寄小读者》尽可能发掘童心童趣，并坚持"说自己的话"，这都合于周氏理论。

五、凌叔华的《小哥儿俩》……………………… 36

中国儿童文学发展到《小哥儿俩》等作品问世，才真正出现了艺术成熟的标记。它是"自觉的儿童文学"，是"为儿童"的，同时也是充满艺术个性"说自己的话"的，它是成人与儿童都能接受的，而且，今天读来仍没有时代隔阂。它的魅力很可能是永恒的。

六、沈从文、陈伯吹与老舍的"阿丽思"……………………… 47

《阿丽思漫游奇境记》大开了中国作家的眼界，沈从文与陈伯吹都曾"仿作"，但都不成功。当时的中国社会很难容忍"有意味的没有意思"的创作，作家自身的原因也不容忽视。《小坡的生日》中有"阿丽思"式的精彩片断，但总体看它仍是不成功的。

七、张天翼的《大林和小林》……………………… 58

《大林和小林》可以使孩子从头笑到尾，其喜剧性根基在童趣。但很少有研究者指出：此中的"坏人"竟也是儿童，也有"孩子气"，这与它的阶级斗争主题不合，却大大增加了作品的游戏性。这与布莱希特"间离效果"的美学理念有相似之妙。但这部天才童话也开创了"图解政治"的传统，给以后的儿童文学带来了负面影响。巴金的《长生塔》等也有此类倾向。

八、从"政治童话"到"教育童话" ……………………………… 72

四十年代末的"政治童话"是时代的产物,虽有进步意义,但未能表现丰富多样的儿童生活,未写出儿童不同于成人的苦恼和欢欣,离"儿童本位论"已愈来愈远。五十年代初"教育童话"大兴,正是在此基础上转化与延伸的结果。

卷 二

九、鲁兵与柯岩:童诗从哪里出发 ……………………………… 85

低幼教育者常常分外注意"儿童性",鲁兵等人的向着"清浅"的努力,应成为今天和未来创作者的财富;但鲁兵的诗常有"思想大于形象"之病,原因在于它们多是从"教育"出发的。柯岩的诗从儿童生活出发,从童趣出发,文学性上高出一筹。她的有些诗已深入到儿童潜意识领域,故让人百读不厌。

十、任溶溶:把童趣推到极致 ……………………………………… 101

任溶溶的儿童诗,大多单纯、巧妙、好玩,读来异常轻松,写作时却动足了脑筋。但这不是"苦吟"的产物,作者的愉快、调皮、兴奋全在字里行间隐藏着。这是"教育"大旗下的游戏快餐,形象大于思想,趣味大于教育,好玩和快乐远远超过了其他。

十一、儿童小说的两种范式 ……………………………………… 118

任大星的《吕小钢和他的妹妹》与《刚满十四岁》等表现中华人民共和国成立后的儿童生活,有新生活的气息,也找到了新的文学范式。这时的儿童已生活在"组织"之中,小说已不再是"私人生活场景"而近于"社会生活场景"了——这是实际生活变化的文学反映。但萧平《海滨的孩子》等少量小说仍按传统范式写私人生活。萧平的文学实践中藏有大可探究的秘密。

十二、"战争中的孩子"和"孩子的战争"……………………………… 132

　　为什么那么多战争小说都要写孩子给敌人带路？因为战争不是孩子的事，孩子在战争中没有别的能做的事，除非胡编。正是对于儿童小说的不当要求，导致了战争小说的雷同。刘真的《长长的流水》与萧平的《玉姑山下的故事》打破模式，致力于描写战争中的孩子的真实生活，突出了具体的人的丰富情感。

十三、胡万春·沈虎根·高玉宝……………………………………… 145

　　写旧社会生活的作家中，胡万春影响较大，他的《路》好于《骨肉》，因不只突出外在遭遇的"惨"而更注重心理变化之"深"。沈虎根的《小师弟》也因着力刻画人物心理，高于同时代的忆苦思甜之作。浙江籍作家的笔下常有一种"高雅的土气"。这几位作家的成长与高玉宝的文学道路形成了鲜明对照。

十四、诗的散文与小说的散文……………………………………… 151

　　郭风描写动植物的小散文是五十年代十分异类的存在。别人都在走向强烈高亢，他却依然雅淡小巧，作品中找不出教育意义和思想性，却有童心与诗意存焉。任大霖巧妙地发展了这一风格，将动物与人放到一起写，突破了表现旧社会生活只能写痛苦遭遇的模式。他的《童年时代的朋友》充满童趣，意味隽永，使儿童文学回归于文学。

十五、"早春天气"与《宝葫芦的秘密》………………………………… 160

　　大量儿童文学名作产生于1956年前后，其原因不在自上而下的重视或号召——真正的好作品是号召不出来的——而在于百花齐放相对自由的开放状态。张天翼《宝葫芦的秘密》的成功奥秘是写出了孩子由爱童话阶段到正视现实阶段的痛苦转换；《五彩路》的成功在于写出藏区儿童的寂寞和对外面世界的向往，这是与全世界儿童心理普遍相通的；《"下次开船"港》则因"思想大于形象"影响了艺术质量。

十六、1960 年的批判及此后的创作界 ········· 175

对陈伯吹与"童心论"的批判加剧了儿童文学界的萧条。茅盾的《六〇年少年儿童文学漫谈》石破天惊，理应视为后世文论的典范。但六十年代公式化、概念化倾向已不可遏止，唯《小布头奇遇记》等少量佳作脱颖而出。"小布头"虽被不时用来歌颂"大好形势"，但童趣满满，并未成为"小大人"，正是作家充沛的童心让这则先天不足的童话奇迹般地走入了一代代儿童的心灵。

十七、《小兵张嘎》与《羊舍一夕》········· 188

六十年代有三部较优秀的中长篇，均为战争题材，其中《强盗的女儿》因宣扬"人性论"遭到批判。另一部《小兵张嘎》作者为"右派"，但他有丰厚的生活积累，注重刻画人物独特的个性，这使小说前半精彩异常；后半则又与当时流行的战争故事相仿。如何让儿童"走出战争"，是此类作品一大遗留问题。除战争小说外，汪曾祺的短篇小说《羊舍一夕》显露了极高的文学性，为"十七年"中难得的佳作——作者也是"摘帽右派"。本章另回顾了童书奇缺年代被当做儿童书读的几本成人文学作品。

十八、林海音、朱氏姐妹与林焕彰········· 204

此间儿童文学走下坡路之际，台湾的作家们却在开创新的格局。《城南旧事》的问世对儿童文学而言是个不小的突破，朱天文、朱天心姐妹的早期创作继续并发展着林海音开创的小说路数；诗人林焕彰的作品也值得特别关注。在林海音与朱氏姐妹笔下，能看到相对完整的世界；在林焕彰童诗中，则能看到相对完整的儿童。

十九、"文革"中的儿童小说········· 219

自叶圣陶写《稻草人》以来，政治凌驾于文学之上的倾向时隐时现，一直有人将此说得美妙非凡，但到"文革"之际，总算真相毕现。事情往往要走到顶点才看得清。为此，本章对《红雨》《闪闪的红星》《春歌集》《向阳院的故事》《新来的小石柱》等一一作出分析。"文革"后，刘心武《班主任》问世，标志着新时期文学的到来。本章对"时代精神"的含义作了进一层的分析。

附："建构论"与"本质论" ………………………………… 232
主要参考书目 …………………………………………… 237

后记 ……………………………………………………… 240

自序一

我们不妨假设一下：有这样一个妈妈，在孩子出生时准备了大量的童书，由浅入深，打算让孩子循序渐进地读，以培养一个她心目中的理想的儿童。她会成功？当然中间还会有不断的调整，比如觉得孩子理性少了，科学思维少了，就加上《十万个为什么》；看到他绘画水平提高不快，就再添上些华美的图画书……她会得到什么结果呢？

我先不回答这个问题。我们且来看两份书单。

先看香港学者陈方正先生的书单，他是香港中文大学中国文化研究所前所长，物理系名誉教授，1939年出生于重庆。这书单发表在2010年9月30日《南方周末》上。陈先生写道：

先讲影响我成长的书籍，那是很庞杂的，主要因为父亲修读国文出身，却有强烈新思想。小学阶段他就给我买来了许多翻译的故事书，印象最深刻的是《苦儿流浪记》《爱的教育》《格列佛游记》等。姊姊在病榻前为我娓娓讲述书中宝莲妈妈、煤矿灾难、白鸟号游船、大人国、小人国、少年笔耕等情节的景象，至今犹历历在目。至于叶圣陶、夏丏尊合著的《文心》则深入浅出，又使我对旧文学生出亲切感来。除此之外，记得还有刘易斯的《阿丽丝漫游奇境记》、马克·吐温的《顽童流浪记》和《顽童历险记》，它们像是儿童故事，可是读来总是不得要领，生动有趣的情节永远会被莫名其妙的对话、议论打断。然而，它们还是有奇特魅力，让我把它们从南京带到桂林，到香港，不时翻阅，慢慢读出一点味道来，但我领略其中奥妙，则是很久之后了。当然，《水浒传》《三国演义》是早就在父亲膝上听熟了的故事，这类传统小说后来读过不知道多少遍，它们和脑子里的外来思想搅拌在一起，产生了很奇特的自我意识。老师认为我反叛，作文总是标新立异，恐怕与这有点关系。

小学六年级开始，有机会自己去逛书店。这打开了像森林般丰富幽深的天地，其中最先令我着迷的，是《人猿泰山传》《福尔摩斯探案》那样容易满足少年人胃口的"甜点"。到了中学阶段，自不免要翻翻巴金、鲁迅、茅盾、冰心，不过多是囫囵吞枣，真能打到心坎里的，只有《呐喊》《彷徨》《野草》等少数几部，因为只有它们才不啰嗦，经得起咀嚼回味。至于西方小说，后来也胡乱看了不少，但像《约翰·克利斯朵夫》《战争与和平》《安娜·卡列尼娜》那些皇皇巨著虽然令人肃然起敬，却"尊而不亲"，没有很大吸引力。令我沉醉、入迷的是《猎人笔记》，令我震撼的是《卡拉马佐夫兄弟》，令我"过瘾"的是《双城记》《基督山恩仇记》《三剑客》。还有还珠楼主、梁羽生、金庸的武侠小说。日后迷上日本电影，又读了芥川龙之介的《地狱变》、川端康成的《伊豆舞娘》《雪乡》、三岛由纪夫的《金阁寺》《丰饶之海》，因此也认识了大和民族所追求的那种诡异凄艳之美。

升上高中之后恰逢钱穆、唐君毅、牟宗三、殷海光、劳思光的著作纷纷出版，引起一阵文化热潮，我也凑热闹浏览过不少，至今还有多种搁在书架上。可是反复细读和吸收了的，只有钱穆的《中国历代政治得失》和《国史大纲》，此外都是浮光掠影，甚至过其门而不入。我对科学的兴趣是初三那年碰到《微积学发凡》，由这小册子触动的，跟着被中华书局刚刚出版的两卷本《柯氏微积分学》（柯氏即 Richard Courant）激发。此书清晰、严谨、有系统，一下子就把我迷住了。当时还浏览过不少科普书籍，印象最深刻的是爱丁顿的《膨胀的宇宙》，题材有趣，义理深奥，译笔却艰涩之至，读来有如天书，后来见到英文原本，方才豁然开朗。此外还有黎铿巴（H. Reichenbach）的《原子及宇宙》，很能传达量子力学所产生的震撼、兴奋、新气象……

陈先生的书单很长，后面是他长大后的阅读记录，也包括了大量的专业书，我们就引到这里吧。这份书单里有很多标准的儿童文学，如《苦儿流浪记》《爱的教育》《格列佛游记》《阿丽丝漫游奇境记》等,还有《汤姆·索亚历险记》和《哈克贝利·芬历险记》(当时译作《顽童流浪记》和《顽童历险记》)。但也有很多通俗的消遣性的读物,还有更多不属于儿童文学的书。我想说,这是一种很"正常"、很自然的读书状态。其实,陈先生儿时所处的已是一种很理想的阅读环境了。

下面一份书单是我自己拟的,在我拟写之前,还无缘见到陈先生的大作,所以并非对陈先生的依样画葫芦。陈先生的阅读始于二十世纪40年代,我则始于50年代。我的读书经历不能与陈先生比,但尽管有高下之分,却也不难看出二者有相似之点:

我也许从小就可算得一个儿童文学爱好者了。父亲常为我们买《小朋友》杂志,也经常买一些图画书(我现在还记得的,就有《这样好,这样不好》等——这一本是根据马雅可夫斯基的童诗改写的),上学以后,订过《儿童时代》(记得有一期上集中介绍了《大战火星人》),以后更是《少年文艺》的长期订户(任大霖的《在团旗下》是其中印象最深的作品)。我喜欢柯岩和任溶溶的诗,自己也学着写诗。也读各种少年小说(郑开慧的《船长的儿子》就曾为我爱不释手)……可是,我并不是光读儿童文学的,我同时也读成人文学,或更多地读成人文学。我先是耽读《水浒》连环画,后来就成了《水浒》迷,从小学三四年级起,每年暑假要读一遍《水浒》,那上下两册的繁字本从图书馆捧回家来的时候,内心的喜悦,真是难以形容。而看《小城春秋》《战斗的青春》《敌后武工队》等,是小学二年级时的事。到小学四年级,看柳青的《创业史》,没看进去;看鲁迅的《故事新编》,没看懂。但很不甘,想着以后一定要重看……

有四本书,是我小时候特别喜欢的,即吴梦起的中篇小说《青春似火》和邓普的中篇小说《军队的女儿》(它们在今天都应该算长篇了),刘克与茹志鹃的短篇小说集《央金》和《高高的白杨树》。这四本中,只有《青春似火》是少年儿童出版社的书,其他都不是作为儿童文学出版的。但《军队的女儿》深深地吸引并感动着我,在很长一段时间里影响着我的人生。《央金》和《高高的白杨树》使我体验到了小说之美,它们影响了我后来的文学观和艺术眼光。而奇怪的是,即使在中小学时代，对我影响更大的，竟还是成人文学，甚至是当时并没有读懂，或根本没法完全读下去的书。比如苏联作家奥斯特洛夫斯基的《钢铁是怎样炼成的》我就看不下去，至今也没读完全部，但我对小说开始部分极端着迷，对书中有冬妮亚的段落都很喜欢（这很可能是我们那一代人共同的阅读经验）。不光爱读小时候保尔与冬妮亚的朦胧的感情，也爱读他们长大后，冬妮亚成了官员的太太，保尔与他们夫妇在火车上的那场邂逅。保尔穿着工作服到车厢里修灯，冬妮亚为保尔现时的处境而惊讶，对这位少年时代的朋友充满怜悯，她原以为，革命多年，保尔早应该是大官了。保尔受不了这种怜悯，对此嗤之以鼻，并对她表达了一种压抑不住的轻蔑。这段情节，让我感动极了，可以说是少年时代阅读中最打动我的片断。这是很适合用弗洛伊德的心理学来作分析的情节。但保尔对自己艰难处境的坦然和自傲，显示了在任何情况下都不以职位高下看人的平等的价值观，以及决不对高位者表示向往的倔犟性格，这当然是革命的产物，却让少年的我充满了景仰。几十年后，当我看到那些鼓吹向上爬的作品，看到文学或生活中的官本位，仍会产生深深的厌恶。而儿时未能完全读懂的书，如伏尼契的《牛虻》、孙犁的《铁木前传》和鲁迅的全部作品，到后来，竟都成了我的最爱。

我不敢说我的书单有多大价值，但我至少能保证它是真实的。将这两份书单放在一起，我想，我们可以对如下的问题作一点思考：

比如，儿童和童书，到底是一种怎样的关系？

或者，再扩大一些，儿童、家长和书，这三者是一种怎样的关系？

书有多种多样，在儿童面前，书应该呈现一种什么样的品种结构？是单纯一些好，还是像陈方正先生那样"庞杂"一些好？

还有，我们应如何看待儿童阅读的自发性、自主性、偶然性？

读过的书将会在儿童的未来人生中起什么样的作用？

儿童的阅读结构是如何随着他们的成长悄悄演变的？

……

还可引出更多的问题，对这些问题的回答，大概足以写出十几篇专论。我在这里只想回答本文开头提出的问题，即：想以预设的童书培养一个理想的儿童，是否可能？

我的结论是：不可能。虽然这有可能养成孩子很好的读书习惯，但这毕竟是想象中的阅读环境，是封闭的、非人间的环境。孩子不是面团，他有自己的成长规律，并不是一切都可由外力操控的；而读书的影响终究有限，孩子除了读书，还会观察，他会将生活与书本作不断的比较，而且人小鬼大，哪怕你隐蔽得再好，他也会看出种种蛛丝马迹，他也会存疑，以至反抗；何况，书也有多种多样，除了儿童文学，还有其他种种文学，还有文学以外的书，正常的阅读不应该是被规定的、被指定的，而应有阅读的欲望，有选择的自由，是愉快而闲适的，它更像玩，而不应像上课——至少对低年龄的孩子是如此。所以，像陈方正先生儿时那样的阅读，也包括我儿时的阅读状态，应该说是比较正常的。他渐渐地走向了自然科学，同时也保持了文学的修养；而我，在儿童文学和成人文学中找到了自己的归宿，当然后来又有了向思想史发展的趋势。这都是无预设的、很神秘的选择（有点像达尔文所说的"天择"），它的形成过程连本人都意识不到。这其实是自由阅读和性之所近的自然融合——而在你的目力所及之处，有没有那样一些书让你偶然相遇，则是个重要的先决条件。

其实，一个人的成长，很像人类历史的发展。不妨回忆一下鲁迅《记念刘和珍君》里的一段话：

> 人类的血战前行的历史，正如煤的形成，当时用大量的木材，结果却只是一小块，但请愿是不在其中的，更何况是徒手……

事实就是如此。童年的阅读，正是当年的"大量的木材"中的一部分；而儿童文学的阅读，只可能是这一部分中的一小部分。

我们也许有一个误解，就是，什么都希望直接有效，希望能掌控事物的发展，希望自己的努力一点也不白费。而其实，文学的，或任何一种文化的影响，都不是这样的。它们恰恰是缓慢的、松散的、看不分明的；而且，并不都是好的，有用的，它离不开不断的放弃和淘汰，正像人吃进去的食物不会都变成血肉，其中的大部分恰恰是要自然排泄的。

一本书面世了，这有点像撒到河里的鱼食，哪些会被游来的鱼吃掉，哪些则悄悄沉到了河底，它是随机的，而不像抓住鸭子一只一只地填食。它也像天空洒下的阳光，哪一道照到了石头上，哪一道正好给植物吸收（然后就开始了复杂的光合作用，转化成能量），也是没有一定的，阳光不是射灯，总是照着一个固定的预设的目标。文学的影响弥散四周，它让人自由拾取。

这不同于政治、军事，不同于商业，也不同于教育。政治、军事是有明确目标的，并要力求全胜；商业投资是要回报的，并总是要求回报最大化；教育也是有目的有计划的，每个课时都要有一定量的推进。但文学和文化不是这样——凡是与政治军事、商业投资、教育规划相似的文学和文化活动，我们都要警觉，因为，那肯定不是真文学。

一定有人羡慕动辄印行十几万的商业童书，羡慕由教育部门大批派发给学校的必读书，羡慕因政治运动或政治人物号召而发起的群众阅读……但这更是商业运作、教材式运作或政治性运作，这都不是处于自然状态的纯文学阅读。它们取代不了后者。

儿童文学，或者说，儿童文学中的纯文学，就是从天上洒下的一缕阳光。更准确地说，是阳光中的一种成分，比如，是七色光源中的紫色吧。它必须存在，阳光中缺少它是不行的。至于你是不是吸收，从中吸收了多少，那就是你的造化了；然而在这片大地上，不提供阳光，或不提供包含紫色的阳光，那就是文学的缺位，或儿童文学的缺位。

在我的童年和陈方正先生的童年，我们看了很多书，哪本书在后来的人生中起了什么作用，当时是不知道的。但我们都很幸福，因为都能找到自己想要的书。我们沉浸于"自然的阅读"，而未陷身于"强迫的阅读"。书的品种说不上齐全，但至少不单调；而且，其中都有儿童文学。我想说的就是，无论到了什么时代，如果在孩子们所能读到的书中，没有了儿童文学，更准确地说，是没有了儿童文学中的纯文学，那么，这个时代就是畸形的、可怕的，甚至是可憎的。虽然孩子们不可能只读儿童文学（读得更多的可能并不是儿童文学），而且也不可能只读好的儿童文学（质量低下的童书充斥书市几乎也是难免的），但在他们的精神食粮中，必须有儿童文学精品在，这一点是不能含糊的，它们是不可或缺的！

还是再作一个比喻吧：纯文学和一切商业性、实用性文学的最大区别，恰恰在于，它不是投下一点饵食以钓鱼，而是向大海撒出最好的食物——不是为了把鱼钓出来，而是为了那些幼小的、也许永远不会见面的鱼儿们的幸福的未来……

所以我们需要有这样的作家，他们全身心地投入创作，只是为着给今天和未来的儿童们提供最好的精品，因为他们知道儿童读物中不能没有这样的品种。想写出这样的作品的人往往得不偿失：因为这只有真正燃烧自己才有可能写出（但不一定真能成功），它们未必畅销（有时是不燃烧自己的书反倒更好卖），而且未必会得到好评（现在有不少好评都是跟"卖得好"联在一起的）。然而他们还是奋力地写，精益求精地写，并因燃烧了自己而获得巨大的愉悦，因自己创作的长进而无比快慰。他们不是在"填鸭"，他们也不是"射灯"，他们向茫茫书海投入真生命，作着不求功利的奉献。表面看，只有他们自己和少数真正懂行的批评者、出版者知道他们的价值；但其实，孩子们是知道的，读过他们作品的孩子会从中得到深深的愉悦，也会悄悄吸收其中的能量，在他们长大后，他们会感念儿时读过的那些最难忘的书。他们也许记不得这些书的作者，然而，这又有什么关系呢？

我以为，这才是最好的儿童文学作家。

自序二

什么是儿童文学中的纯文学?

纯文学与别的文学(比如通俗文学,比如商业童书)的区别在哪里?

下面是我对于纯文学的一个思考提纲。这不是专谈儿童文学的,但我以为,它完全适用于儿童文学——

1. 凡文学作品都须有一定的文学性,而纯文学是文学性最强、最集中的品种,是宝塔尖上的作品。在商业社会中,其商品性往往不如大众文学。所以,真正应该保护和扶持的,恰恰是为数不多的优秀的纯文学作品。

2. 大众文学追求的是"好看",纯文学追求的是"好"。"好看"是一目了然的,"好"则惟有审美的眼光和耳朵(还有心灵)才能接受。审美能力的提高,要靠审美经验的积累,所以纯文学的接受对象相对就要少些。也因此,纯文学是脆弱的,在商业社会更易被扼杀。但只有纯文学才能代表整个文学的最高水平,也才能引领文学前进。扼杀了纯文学,也就扼杀了文学的希望。

3. 纯文学的核心,是真生命,亦即真情实感。这是从作者的人生体验中提炼出来的,是创作主体燃烧的结果,是作者不得不写的东西,它不是为外在的需要或利益而写,只是为了一种精神的需要,一种创造的冲动,一种发自内心的不平则鸣。

4. 有真情实感的作品未必都能成为纯文学,它还须有一定的先锋性。这先锋性,主要不是指形式的新异,而是与客观环境形成有机的张力:这既是指社会人生的环境（人人心中所有），又是指文学的环境（人人笔下所无）。生活在前进，如果"人人心中"已有（或已开始需要）的变化作家还没能意识到，一时还跟不上，那他的创作就难以成为真正的纯文学。同理，如作家意识到了，走到了时代生活的前沿，但别人早已写出，你只是跟风式的创作，那也不能成为真正的纯文学。所以，这先锋性也可称为独创性，但这并非只是形式的独创，而必须同时含有"时代精神"。

5. 从这个意义上说，纯文学与学术作品是很相似的：学术必须走在本学科的前沿，必须以真才实学为基础，这正与纯文学必须包含"时代精神"，须以真情实感为基础相对应；所以，它们都须是有创造、有推进的，因而都是独一无二的。

6. 由此可知，为什么一个时代要有一个时代的文学。过去的好作品那么多，图书馆放都放不下，市场上的杂志和书卖都卖不完，为什么还要有作家，还要有作家协会，还要设那么多高端的文学奖，还要鼓励新的创作？我以为，这不是从数量上来考虑的，更不是从商业上来考虑的。最重要的一点，就是要有体现我们最新的时代精神，同时也代表我们时代最高水平的纯文学、好文学。黑格尔说："就个人来说，每个人都是他那时代的产儿。哲学也是这样，它是**把握在思想中的它的时代。**"（《法哲学原理·序言》，重点号原文所有）那么，同样道理，文学（我主要指纯文学）也就是**"把握在永恒人生与人性的文学表现中的它的时代"**。真正好的文学，即使是最看不到时代痕迹的童话作品，也同样合乎这一原理。如贝洛童话《穿靴子的猫》，就体现了资本主义萌芽期的新兴阶层看不上传统的一盘磨、一头驴的致富方式，而要靠智慧（凭着欺骗与掠夺、凶杀）改变自己的生活。拉斯伯的《吹牛大王历险记》说的那些狂得没边的大话，既包含了打破地域局限的新的眼界（如写美洲火车之快，快到耳光也来不及打：举手打这一站的站长，却打在了下一站站长的脸上），又体现了冲破一切束缚的思维上的造次和逆反，这和当时德国境内的"狂飙突进"运动大有关系。在俄国的别林斯基时代，最重要的文学刊物叫《现代人》，后来又有一本杂志叫《同时代人》，那里所发表的每一部重要作品，都体现着最新的时代精神。那时没有作家协会，但别林斯基、车尔尼雪夫斯基、杜勃罗留波夫又编、又评、又创作，起到了类似于作家协会"创研部"的作用。

7. 这样看来，那些跟风的、重复的、泛滥成灾的商业书，哪怕再美艳再煽情，销量再大，也与纯文学无缘；而另一些品位不低的作品，虽有真情实感，但没有新的时代精神，也还算不上纯文学。当然，纯文学性也与环境因素相关联，一种作品放到另一种文学环境中，其纯文学性也会发生变化。如某一环境中已有大量相类的作品，则它的纯文学性就会相应弱化以至于无；而在一个停滞的环境中一旦引入充满新思维新体验的创作，就有可能引发爆炸性的效应，虽然这作品在原产地未必是最优秀的。所以要探讨一篇作品的纯文学性质，须联系其产生之初的社会和文学的环境，也不可不分析今日的新的环境特征。

……

这是一个不完整的思考提纲，但我的意思大致已包含在内了。提纲在《文艺报》发表后，前辈戏曲理论家蒋星煜先生来电说："这个提纲看似随意散漫，却不会是轻易写出来的。扩展开来写，这可以成为一本大书。但其中有些问题比较复杂，像'时代精神'，过去强调这一点的作品，恰恰大多不是'纯文学'，这是为什么？这要说清楚。"我很感激这样的鼓励和切磋。

的确，这个提纲中，最重要的，也就是三点：

一、纯文学是脆弱的，但纯文学代表整个文学的最高水平，并引领文学前进。

二、纯文学的核心是真情实感，它要作家投入真生命。

三、纯文学要有先锋性——这也就是时代精神。

这里的"先锋性"，既指文学形式上的，也指文学内容上的，也就是，作品要给一个时代的文学带来新东西，要有新突破。而且，这突破是通过审美的方式实现的，它不是借文学作品说思想，更不是图解一个时期的政治或政策（过去那些被称为有"时代精神"而其实只是图解概念图解政治的创作，其审美价值恰恰是最成问题的）。审美与思想一样，是人类把握世界的基本方式之一，在这种把握与探掘中，有时是思想走在前面，有时却是审美和艺术走在前面。1986年1月，钱锺书先生在一封信中说过："则今之文史家通病，每不知'诗人为时代之触须（antenna）'（庞特语），故哲学思想往往先露头角于文艺作品，形象思维导逻辑思维之先路，而仅知文艺承受哲学思想，推波助澜。"信末他又不惮重复地说："盖文艺与哲学思想交煽互发，转辗因果，而今之文史家常忽略此一点。"这也就是说，在审美的掘进和思想的掘进中，诗（艺术）与哲学不是同时达到某一深度的，二者常常是交替的，"交煽互发"的。这种以文学审美的方式实现的探进，也就是本文所说的纯文学的"先锋性"，这也就是"时代精神"。

当然，艺术形式上的"先锋性"也值得并需要作出探讨。只是，因为儿童文学读者对象的关系，它在形式因素上的变化不像在成人文学中那般突出。

我的这本小书虽在书名中出现了"文学史"字样，其实很可能只是一本"书话"的合集。但这束书话是相对成系统的，是对近百年中国儿童文学中较优秀的创作的鉴赏与批评，同时也在努力寻找它们之间的关系。我想，这些作品中的一大部分是可被称作"纯文学"的；或者，也可以说，我将尽可能地在这些作品中发掘"纯文学性"。通过这些书话短章的叠合，希望能够看出中国现代儿童文学中纯文学艰难发展的线索。倘能如此，我的任务就完成了。

这是一种尝试，是将我关于纯文学的理论思考放到文学鉴赏与批评的实践中去的一次碰撞。我只顾大胆做去，希望得到方家的批评指教。

作者自序于香花桥畔。
草毕于庚寅中秋前十日；
改定于寒露，是夜温暖如春昼。

卷 一

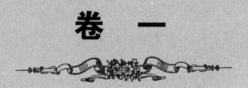

一、白话文与《尝试集》

中国本来没有儿童文学，有了"五四"新文学以后，才有真正意义上的儿童文学。

——这话很对，这是大家公认的。

中国本来也没有现代文学，在有儿童文学的时候，才有"五四"新文学。

——这话对吗？

且让我们回顾那段有趣的历史。

"五四"新文学的开场锣鼓，是胡适于1917年发表在《新青年》上的那篇《文学改良刍议》。胡适与陈独秀一起积极提倡白话文，同时又以他那清浅明白的文体立足于中国文坛，为中国文学打开了新的一页。他的文体是怎样的呢？让我们读一篇挺严肃的书评《介绍一本最值得读的自传》，他的风格在这标题中就已体现出来了。文中写道：

沈宗瀚先生自传的最大贡献就是他肯用最老实的文字描写一个可以"逼死英雄汉"、可以磨折青年人志气的家庭制度。这里的罪过是一个不自觉的制度的罪过，不是人的罪过。沈先生的父母都是好人，都是最爱儿子的父母，不过他们继承了几千年传下来的集体经济的家庭制度，他们毫不觉得这个制度是可以逼死他们最心爱的青年儿子的，他们只觉得儿子长大了应该早早结婚生儿女，应该早早挣钱养家，应该担负上代人积下来的债务，应该从每月薪水四十元之中寄三十元回家……

《尝试集》，胡适著
胡适纪念馆1971年版

这样的文字现在看去已极平常，但在一无所本的当初，在桐城派古文和梁启超"新民体"当道的时候，要把文章写得这样明明白白，条理清晰，一丝不苟，如同跟孩子在不急不缓地交代什么似的，那就要很有胆量和底气才行了。这种娓娓而谈、清浅平白的风味，在那一时代，是全新格式。这不仅是用了白话，而且，这还是有风致的白话，有独到的审美趣味。

我们不妨回味一下，在阅读和感觉的记忆里搜索一下：我们读过的中外文章，有没有和它很相近的？肯定有，而且不会少。那种从从容容、清清淡淡的明晰，是我们很熟悉的美感。由审美回忆所引导，我最先想起的，居然是列夫·托尔斯泰！我不是指他的《战争与和平》或《哈吉穆拉特》那样的名著，而是指他为孩子们写的《启蒙读本》《新启蒙读本》《俄罗斯读物》以及《高加索的俘虏》那样的短作品。他想为俄罗斯儿童提供一些最浅近的用以识字的读物，但他又把这些读物称作自己最重要、最满意的作品。我儿时读过一些，至今未忘当时所体验的那种亲切和感动。遗憾的是，我只能读中译，现在抄在这里的，也只能是中译。这是一篇叫《沙皇和衬衫》的短文（吴墨兰译），写一个沙皇生病了，据说只有找到一个幸福的人，把身上的衬衫脱下来给沙皇穿上，他的病才会好。于是——

沙皇派人到全国各地去找幸福的人。但是，沙皇派出的使者在全国各地找了很久，也找不到一个幸福的人。没有一个人对一切都满意。有的人很富，但是病魔缠身；有的人身体健康，但是很穷；有的人身体好，而且有钱，但是妻子不好；有的人孩子不好——总之，所有的人都在抱怨什么。

这里所要表达的，当然就是《复活》开首所反讽的"幸福的家庭都是一样的"，这是托翁反复思考过的基本的人生观。但他此处写得那样浅——因为读者对象不同。这个故事的结果，是皇太子终于找到一个干了一天活正安心睡觉的人,想用高价买下他的衬衫,但他穷得根本没有衬衫。

为什么把这样的文本和胡适联在一起?我起先也觉得莫名其妙,但很快发现,它们确有内在的相通。其相通处,就是那种极度的平易、耐心、亲切,并且是一种充满兴趣的叙说。一个人,只有当他面对孩子时,才最易于用这种语气。所以,这其实是全世界儿童文学、儿童读物所特有的叙述风格。

再来看看胡适为自己的"五四"新文学战友汪静之的诗集《蕙的风》所写的序:

> 我的少年朋友汪静之把他的诗集《蕙的风》寄来给我看,后来他随时做的诗,也都陆续寄来。他的集子在我家里差不多住了一年之久;这一年之中,我觉得他的诗的进步着实可惊……

这是开头的几行。一个已经闻名全国的大教授,把成年的诗人称为"少年朋友",这在当时已够有童趣了,又把诗集耽留家中称作"住了一年之久",这不活脱脱是小儿声口吗?

因为中国此前并没有像样的儿童文学,所以我猜想,胡适在外留学时,一定受过西方儿童文学的影响,这才创造了他那独特的平白的文体。更值得注意的是,"五四"以后,中国的白话散文,正是以这样的文体作为基本的底色的。试看后来朱自清、叶圣陶、林汉达、吴晗的文章,我们就能明白其影响之深远了。

这是一个很值得查考的课题。但我已在《今文渊源》(上海文艺出版社 2011 年版)一书中对此作了较详尽的论述,本书就不再展开了。这里只抄书中的一小段:

> 那么多专家、教授、学者,那么多大文化人,写文章都有意无意地学胡适之体,而这样的文体居然还有西方儿童文学的趣味,这样说,会不会让专家们脸面无光?我以为,决不会!这非但不丢脸,还实在是"五四"以后中国文章的一种光荣。正因为有胡适的开风气之先,能把白话文章写得一清如水,大家就都往这一方面努力,一定要写得清晰易懂,一定要保持最好的耐心,而且一定要有趣有

味，这要有多大的能耐才办得到！由此形成的新传统，是中国文章史上的奇迹，也可说是文章史的辉煌一页。……我不知道，除了五四后的中国，还有哪一国的教授们（我不是指哪个个别的教授）能做到这一点。

这里还想说说的，是胡适的诗。

我们知道，作为"五四"新文学的实际成果，那最早的创作，也就是胡适的白话诗集《尝试集》。此书编定于1919年8月，正是"五四"运动高潮的时候；第二年再版，略有增删；到1922年3月，已出第四版了，作者另写《四版自序》说：因为社会的大度，使此书"在两年中销到一万部。这是我很感谢的"。这印数在当时，已是天文数字。到1933年，《尝试集》已印到十四版。

《尝试集》中，最有名的一首诗，就是《蝴蝶》。这在"五四"时期是影响极大的白话诗；胡适遭老派人物讥刺笑骂，也大多离不开这首诗；到了多少年后的今天，白话文学早已无可撼动了，但诗评家还常常会说胡适的诗实在不怎么样，所举的例子也还是这首诗。全诗四行八句如下：

> 两个黄蝴蝶，双双飞上天。
> 不知为什么，一个忽飞还。
> 剩下那一个，孤单怪可怜；
> 也无心上天，天上太孤单。

一首短诗，用了两个"飞"，两个"上天"（外加一个"天上"），两个"一个"，两个"孤单"。高明如胡适者，会看不出其中的重复？他的词汇真那么少吗？

回想从前，初读《尝试集》时，我也曾感到他这些诗实在不怎么样。但再读，就觉得其中有说不出的讨人喜欢处，就像儿童手中的玩具，看似平淡无奇，就是不舍得放手。再后来，就愈益发现它们的不一般了。这中间肯定有一种特别的美，它让胡适着迷，也让我们渐渐被吸引。

《蝴蝶》写于1916年，是他最早的白话诗作之一（《尝试集》中只有一首

一、白话文与《尝试集》

《孔丘》比它略早一些）；到了三年后的1919年，他写的一首《小诗》，也还是这种风致：

> 也想不相思，
> 可免相思苦。
> 几次细思量，
> 情愿相思苦。

短短二十个字，竟出现三个"相思"，两个"相思苦"！这显然不是词穷，而是故意为之。想来，他是要使全诗有一种回旋的节奏（这是从古诗学来的，《诗经》就是最好的范本，后来的"莲叶何田田"亦一好例）；同时又能有一种"简单味"，一种很特别很熟悉的"滑稽"感。——对这后一点，我只觉得好玩，只觉其美，却好久没能想透它的奥妙。

后来，我终于想明白了，这是一种童趣！只有孩子，才会这样不避重复，而大人只有在童心萌发时，才会有这种奇特的措辞。于是，我从浅近中读出了真切、朴拙而雅淡的趣味。

这里我想再举两例，来看看胡适诗体那独到的美。胡适1952年编定了他的第二本白话诗集《尝试后集》，收入了他的另一首《小诗》(题目与前作相同)。那是1924年时，他为自己的爱情所苦，遂以诗记感。共四行：

> 坐也坐不下，
> 忘又忘不了。
> 刚忘了昨儿的梦，
> 又分明看见梦里那一笑。

后来他删了前面两行，让它只剩下后面两句了。但此诗最有趣的还是诗后的附注：

7

《阿丽思漫游奇境记》中的猫"慢慢地不见，从尾巴尖起，一点一点地没有，一直到头上的笑脸最后没有。那个笑脸留了好一会儿才没有"。（赵元任译本页九二）

读完附注，再读读那两行诗，我们会读出爱情的滋味，会感到他内心孩童般的执著和苍凉，也会联想到古人的"才下眉头，却上心头"。这样的诗，我觉得是不苍白的。

在《尝试后集》中，还有一首1943年的译诗，那是胡适从十几岁时就开始喜欢并打算翻译的（这就在心中盘旋三十多年了），原作者是美国诗人朗费罗，诗题是《一枝箭，一只曲子》。这是典型的儿童文学，从中我们更可发现胡适的趣味，和胡适之体的美妙所在：

>   我望空中射出了一枝箭，
>   射出去就看不见了。
>   他飞的那么快，
>   谁知道他飞的多么远了？
>
>   我向空中唱了一只曲子，
>   那歌声四散飘扬了。
>   谁也不会知道，
>   他飘到天的那一方了。
>
>   过了许久许久的时间，
>   我找着了那枝箭，
>   钉在一棵老橡树高头，
>   箭杆儿还没有断。
>
>   那只曲子，我也找着了，——

一、白话文与《尝试集》

> 说破了倒也不希奇，——
> 那只曲子，从头到尾，
> 记在一个朋友的心坎儿里。

从上面的作品看，似可分成两类：一是作者借助于儿童诗的形式，表达成人的感情；二是从形式到感情，本身就是儿童的（当然同时也是成人的）。胡适面对的读者都是成人，都是他的朋友，他没有自觉地为儿童创作，但这并不妨碍他在客观上写出了真正的儿童诗。

上引的两首《小诗》，也许属于前者。它们虽然用了儿童的语言，但儿童是不易读懂的。而《一枝箭，一只曲子》和《蝴蝶》，我以为是典型的儿童诗，是完全应该归入儿童文学中去的。对此我不想作更多的论证，因为无须论证，还不如省下篇幅，再引一首胡诗：

> 我喜欢你这颗顶大的星儿。
> 可惜我叫不出你的名字。
> 平日月明时，月光遮尽了满天星，总不能遮住你。
> 今天风雨后，沉闷闷的天气，
> 我望遍天边，寻不见一点半点光明，
> 回转头来，
> 只有你在那杨柳高头依旧亮晶晶地。

这是《尝试集》第二编中的《一颗星儿》。只要读过一遍，谁看不出这是一首典型的儿童诗呢？

在《尝试集》中，类似这样的儿童诗，我以为，第一编中还有《中秋》《十二月五夜月》，第二编中还有《一念》《鸽子》《老鸦》《三溪路上大雪里一个红叶》《四月二十五夜》《看花》《你莫忘记》《乐观》《上山》《周岁》《蓝蓝的天上》，第三编中则有《外交》《一笑》《我们三个朋友》《湖上》《艺术》《十一月二十四夜》《礼》《希望》《晨星篇》，此外还有第二编中的译诗《老洛伯》。如此看来，在中国现代白话文学的开山作品——《尝试集》中，儿童文学其实占了一半以上！

　　需要再说一遍的是，即使不是童诗的诗，胡适也是用儿童的语言来写的，也是充满童趣的（他的一些题材重大的论文也常常如此）。读诗者如想不到这一层，而又对儿童语言有一种天然的排斥，一想到大学问家写诗就先有一个高深莫测的预判，那当然就易对之由愕然而转失望了。其实再耐心地读几遍，说不定又会进入那清浅的诗美中去。

二、陈衡哲的《小雨点》

在陈衡哲小说集《小雨点》的序中，胡适写道：

当我们还在讨论新文学问题的时候，莎菲却已开始用白话做文学了。《一日》便是文学革命讨论初期中的最早的作品。《小雨点》也是《新青年》时期最早的创作的一篇。……我们试回想那时期新文学运动的状况，试想鲁迅先生的第一篇创作——《狂人日记》——是何时发表的，试想当日有意作白话文学的人怎样稀少，便可以了解莎菲的这几篇小说在新文学运动史上的地位了。

莎菲是陈衡哲首次发表作品时的笔名。她是"五四"时期最重要的女作家、女学者之一。过去学界常有一种说法，即新文学运动的第一篇白话小说不是《狂人日记》，而是陈衡哲的《小雨点》。现在看，其出处可能就在胡适这里——其实这是误读了的。作为单篇的《小雨点》，发表在《新青年》八卷一期上，这是1920年初印行的，同期发表的还有鲁迅的《风波》（它紧排在鲁迅小说之后），可见它是不会比《狂人日记》更早的。胡适说它"也是《新青年》时期最早的创作的一篇"，只能是就陈衡哲个人的创作经历而言，不是就整个白话文坛说的。而作为小说集的《小雨点》，那是1928年4月才由新月书店出版的，1930年3月再版，1936年1月出商务印书馆本，1939年6月长沙商务又重印再版。在时间上，那就更不能和1923年由新潮社出版的鲁迅小说集《呐喊》相比了。真正早于《狂人日记》的，其实就是那篇《一日》，它于1917年刊载在胡适编辑的《留

《小雨点》，陈衡哲著
新月书店1928年版

美学生季报》上，比鲁迅的小说早了一年。但它的读者主要是留美学生，并未在国内发生太大影响，更没能引领一种文学风气，所以其文学史地位，确实不能同《狂人日记》比。比《一日》更早的，还有1912年李劼人的万字白话小说《游园会》，曾分期在四川《晨钟报》上刊登。现在看来，散见于各地的白话小说还会有一些，但真正形成气候，还是由鲁迅的创作开始的。

《一日》和《小雨点》，都可以说是儿童文学。这本集子里，还有《波儿》《孟哥哥》《西风》等，也是儿童文学。所以，儿童文学的分量也占了此书一半，大抵与《尝试集》相当。

关于《一日》的写作，陈衡哲的回忆印证了胡适序中的话：

《一日》是我最初的试作，是在一九一七年写的。那时在留美学生界中，正当白话与文言之争达到最激烈的时候。我因为自己在幼时所受教育的经验，同情是趋向于白话的；不过因为两方面都有朋友，便不愿加入那个有声有色的战争了。这白话文的实际试用，乃是我用来表示我同情倾向的唯一风针。（引自《小雨点》1936年商务版自序）

这篇《一日》写得最早，但在收入集子时，却排在第二篇，第一篇为《小雨点》；书名也取"小雨点"而不取"一日"。这大概是因为，作者对它不够满意，觉得它在艺术上还比较幼稚。收入集子时，《一日》前还有这样的题记：

这篇写的是美国女子大学的新生，在寄宿舍中一日间的琐屑生活情形。他既无结构，亦无目的，所以只能算是一种白描，不能算为小说。但他的描写是很忠诚的，又因为他是我初次的人情描写，所以觉得应该把他保存起来。

二、陈衡哲的《小雨点》

现在看来,作者其实还是有些过谦了。作品从"当!当!当!当!七下钟了"开场,写校园一日的开始,女生赖在床上不起,然后是丰富多彩却又充满被动的生活,中间分"早晨""课室中""午刻""下午""晚上"等九章,最后以"当!当!当!十下钟。全校寂静无声",功课快要跟不上的玛及还在伏案做算题作结。在这几个学校生活片断中,贝田、亚娜、玛及、爱米立等几个女生写得活灵活现,她们面临的危机,她们的烦恼、迷惘和孩子气,也多有传神体现。美国学校中的选举级长、催要捐款、差生退学等等,都用极经济的笔墨生动地写出,而表达从容,毫无迫促之感。要知道这只是五千来字的小说,作者的表现力于此可见一斑。难怪她的丈夫任鸿隽会说:"比如我说她是有文学天才的人,我想大多数的朋友,不至于说我阿其所好吧!"(见任序。本书初版共三序,即胡序、任序、自序)让我们来看一段谈话:

爱米立走近一个中国学生张女士前说:"你肯同我跳舞吗?"
张:"很情愿。不过我跳舞得不好。"
爱米立:"你们在中国也跳舞吗?"
张:"不。"
爱米立:"希奇,希奇!那么你们闲空的时候做些什么呢?——你喜欢美国吗——你想家吗?"
张女士未及回答,学生已渐渐聚近,围住张女士,成一半圈。
贝田:"你们在家吃些什么?有鸡蛋么?"
张:"有。"
玛及:"那么你们一定也有鸡了,希奇希奇!"
梅丽:"我有一个朋友,他的姑母在中国传教,你认得她吗?"
路斯:"我昨晚读一本书,讲的是中国的风俗,说中国人喜欢吃死老鼠。可是真的?"
幼尼司:"中国的房子是怎样的?也有桌子吗?我听见人说中国人吃饭,睡觉,读书,写字,都在地上,的确吗?"
亚娜:"你有哥哥在美国吗?我的哥哥认得一个姓张的中国学生,这不消说一定是你的哥哥了。"

张女士一一回答。

爱米立："你不讨厌我们问你说话？"

张："一点也不。"

爱米立："请你教我几句中国说话，好吗？"

张："很好。比如你见了人，你就说，'侬好拉否？'"

爱米立："这个很容易，'侬豪拉否'。还有呢？"

张："他就说，'蛮好，谢谢侬'。"

爱米立："'妹豪，茶茶侬'，对吗？"

张笑："差不多了。"

爱米立跳起，高声说："我会说中国话了，你们听哪，'侬豪拉妹豪茶茶侬'。"

读这些对话，如见其人，煞是好看。现在中外交流越来越多了，但看看二十世纪初中国学生初到国外的情景，还是很有趣的，我以为这是作者留下的富有历史意味的场景。问者的无知与好奇，爱米立的豪放心急，中国同学张女士的稳重大度，都能引发读者的兴趣。这里也有着浓浓的童趣，虽然作品写的是十八九岁的大学新生，但所发掘的却是她们身上稚气未脱的特性。她下笔时，眼前也许隐隐有着比她更年轻的小读者们的身影吧。

相比之下，《小雨点》确实比《一日》更成熟些，这是一篇很典型的童话，更适合幼儿阅读。它写小雨点被风吹走，回不了家，慌乱焦急，泥沼哥哥把她带入大河大海；她还是想回家，大海留不住她，就让她在太阳蒸晒下飞回去，可是途中遇见快要渴死的花，她又停下来救花……最后，还是回到了家里。此文完全用儿童语气写出，娓娓而谈，充满童趣和母性，既有科学知识，又有审美价值。它发表至今即将百年，现在阅读，仍觉有味。

书中的《西风》，也是与《小雨点》相近的具有科普性质的童话。我以为更值得一提的是两篇小说：《波儿》和《孟哥哥》。任鸿隽在序中，也认为她是越写越好了："第三篇《波儿》就不同了。到了第六篇《孟哥哥》，便能把人生聚散离

二、陈衡哲的《小雨点》

合的欢喜悲哀,从天真烂漫的小孩子心目中,委婉曲折地传写出来,这在写实的文学中,已经是上乘作品。"他说得很切实。《孟哥哥》是这本书中最完美的篇章,它让人想到林徽因的短篇小说《窘》,也想到很多年以后萧平创作的短篇《玉姑山下的故事》。这种少男少女的朦胧难言的感情被人生无常所击碎,读来的确是十分伤感,又十分隽永的。

《波儿》写的是穷苦人家的生病的孩子,作者的同情心里,渗透着"五四"时期的时代精神。这一篇篇幅短小,精于剪裁,而对话写得尤其好。且看这一段:

"……波儿,今天医生说些什么?"

波儿道:"我不知道。爱伦娜,你知道吗?"

爱伦娜道:"他说……"(急把手掩口不语。)

赫克托道:"他说些什么?"

爱伦娜道:"他没有说什么。"

波儿道:"我晓得了,他说我这病是不能好的。"

爱伦娜自床边上跳起来惊讶地说:"啊呀!你怎么知道的?"

波儿苦笑道:"我不过猜猜罢了。"

爱伦娜走到赫克托的椅旁说道:"赫克托,这如何是好呢?妈妈叫我不要说的,这可算是我说的吗?"

……

赫克托哭了,爱伦娜也哭。

波儿忍泪说道:"快点不要这个样子,给妈妈听见了,害她心里难过。爱伦娜,你且不必告诉妈妈,说我已经知道医生的话了。你理会得我的意思吗?"

小孩子总是藏不住话的,爱伦娜的智力可能还有点问题,但病中波儿的懂事,实在是很感人的。这种人生的大悲苦由孩子自己来承担,更让读者意绪难平。

说到自己的创作,陈衡哲在初版自序里说:

我每作一篇小说，必是由于内心的被扰。那时我的心中，好像有无数不能自己表现的人物，在那里硬迫软求的，要我替他们说话。他们或是小孩子，或是已死的人，或是程度甚低的苦人，或是我们所目为没有知识的万物，或是蕴苦含痛不肯自己说话的人。他们的种类虽多，性质虽杂，但他们的喜怒哀乐却都是十分诚恳的。他们求我，迫我，搅扰我，使得我寝食不安，必待我把他们的志意情感，一一地表达出来之后，才让我恢复自由！他们是我作小说的唯一动机。他们来时，我一月可作数篇，他们若不来，我可以三年不写只字。这个搅扰我的势力，便是我所说的人类情感的共同与至诚。

这段话说得极好！于是我们看到，与"五四"新文学同时呱呱坠地的中国现代儿童文学，大致有这样几个最初的特征：

第一，那是当时最优秀的、学贯中西的专家、学者们所共同开创的文学事业。胡适、陈衡哲及与之一起探讨创作和作品的任鸿隽等，都是这样的大文化人。以后的鲁迅、周作人等，更是如此。还有编《儿童世界》的郑振铎，写童话集《稻草人》的叶圣陶，翻译《阿丽思漫游奇境记》的赵元任……无一不是这样的人物。中国儿童文学的起点是很高的——这一事业是不应被小觑，更不可以妄自菲薄的。

第二，中国最初的儿童文学创作，是有坚实的生活基础的。胡适的童诗都是写自己的心境，一喻一叹，皆有由来，都是人生的赐予。如《蝴蝶》原题即为"朋友"，他在探索白话文学时深感同道稀少，"孤单"难耐，这才发而为诗，它的内容（诗意、情感）和形式则是儿童与大人都能接受的。陈衡哲的《一日》中，描写女校生活和中外学生间的对话，笔墨不多而精彩纷呈，也因为她发掘并浓缩了自己留学生活的积累。

第三，即如陈衡哲上面这段话所说，他们是"由于内心的被扰"，是不得不写的。这种"被扰"，也就是我们所说的创作中的"真生命"，也就是"真情实感"。由真实的内心体验出发的不平则鸣，与无病呻吟的为写而写，与迎合商业目的或某种实用利益的写作，与鲁迅所说的把文学当作用过即弃的"敲门砖"，自是不可同日而语。

当然还有第四,那就是在形式上,他们都是"首创"的。但因为草莱初辟,本来无一物,此前并没有真正意义上的儿童文学,所以形式创新在当时不能成为问题。

我想,这就是中国儿童文学中"纯文学"传统的由来吧。

三、叶圣陶的童话集《稻草人》

1922年，在中国儿童文学史上，实在是个不寻常的年份。郑振铎主编的《儿童世界》杂志，在这一年的一月创刊；叶圣陶的童话创作，从此刊问世后，即陆续发表，至翌年汇成他的第一本（也是现代中国的第一本）童话集——《稻草人》。这两件事，在很大程度上规定着后来中国儿童文学的走向。

这一年还发生了另两件大事，那就是赵元任翻译出版了《阿丽思漫游奇境记》并写了译序；周作人随后写了一篇同名的书评《〈阿丽思漫游奇境记〉》，提出了"有意味的没有意思"的文学观。这在一定程度上暗示着儿童文学的另一走向。关于这一层，我们放到以后再说。

叶圣陶的童话，一向被视为中国儿童文学的奠基之作，这是很有道理的。虽然我们此前说过，胡适的《尝试集》，陈衡哲的《小雨点》，这两本集子中都包含了近乎一半的儿童文学，其中很多作品面世更早，影响也不小（《尝试集》尤其如此），为什么它们不是奠基之作呢？过去有些史家的解释，是从作品的题材和思想内容立论的，认为叶圣陶的作品更关注现实，有更进步的倾向等等，这显然不是文学史研究的正路。事实上，叶圣陶和胡适、陈衡哲的区别，在于他的创作，是自觉的儿童文学，而胡适和陈衡哲还属非自觉的儿童文学。也就是说，他是把儿童文学和成人文学区分开来的，他的这些作品是"专为"儿童所写的——这在自古至今的中国文学的发展上，是开天辟地的大事变。

中国古代有写到少年儿童生活的文学（如《红楼梦》），有适合儿童阅读的文学（如《西游记》和杨万里的诗），但没有专为儿童创作的文学。同时我们还应

三、叶圣陶的童话集《稻草人》

注意到,中国文学以至整个文化的分工也是不明确的,古籍是以"经史子集"分的,其实"集部"中就既有文学,也有史学,还会有哲学,具体的分类是相当模糊的。"五四"以后的新文学家们编集子,也不注重分类,如俞平伯的散文集《燕知草》中,就不仅收他的散文,也收入不少诗词歌谣,套曲《归鞭》还附了工尺谱,同时还收了书法、摄影等。而在他别的散文集中,还收入学术论文和考据性文字,乃至翻译和"词课示例"等。刘半农的《半农杂文》,就收有译文、剧本、中英对照的歌谣、"拟拟曲"等,更无论序跋、短论、发刊词之类了。在新文学运动初期,作家编集大多是这样的,这也与刚刚突破了旧体制的束缚有关,狂喜自由的心态从

《〈稻草人〉和其他童话》,
叶圣陶著
中国少年儿童出版社 1956 年版

这里表现出来。这种风气和习惯一直延续到很晚。所以,在胡适和陈衡哲的集子中,既有儿童文学,也有成人文学,这是一点也不奇怪的,他们觉得这样的写作自由而快乐,自然而然。而在这样的时代氛围中,叶圣陶自觉地写出一大批专为儿童阅读的童话作品,且为此倾尽了自己的努力(他曾对郑振铎说:"我之喜欢《稻草人》,较《隔膜》为甚,所以我希望《稻草人》的出版,也较《隔膜》为切。"见郑振铎《〈稻草人〉序》),这样一种"分工"的意识,也是不同寻常的。正是这种明确的分工,把儿童文学独立出来了,使中国儿童文学像世界儿童文学一样,有了自己独立的疆域和价值体系。

当然,这又并非叶圣陶一人之功,他之成为这一奠基的代表性人物,是因为他有作品,这些童话已成了这一奠基的永远的贡献;而促成这一奠基的,更为关键的人物,也许是郑振铎——可以说,没有郑振铎,没有他主编的《儿童世界》,就不会有叶圣陶这次童话创作的高峰期,也不会有1922年的这次巨变。郑振铎亦非一人之力,在他背后,还有"五四"时期最重要的文学社团——"文学研究会",更有着时代精神的强力推动。

查《郑振铎年谱》(陈福康著,三晋出版社2008年版),在1921年9月22

日，他已写定《〈儿童世界〉宣言》，介绍了自己即将主编的这本周刊的宗旨及内容分类。此文后在12月28日的《时事新报·学灯》、12月30日的《晨报副镌》和1922年1月1日的《妇女杂志》上发表，为新刊物造势。这本周刊虽不完全是儿童文学的园地，却是一块完全的儿童的园地，除发诗歌童谣、故事、童话、戏剧、寓言、小说外，也发各地的格言（并附解释）、动植物照片、滑稽画、通讯、征文等（格局上有点近乎后来的《儿童时代》）。可见，在"为儿童"这一点上，刊物的"分工"意识是明确的。这本年谱中还记载，在1921年10月，由郑振铎主编的"文学研究会丛书"已开始由商务印书馆出版。后来的《稻草人》，也是纳入这套丛书的。11月11日，郑振铎还和胡愈之、叶圣陶一起，邀请俄国盲诗人、童话作家爱罗先珂到上海静安寺路环球中国学生会演讲。至翌年2月22日，他又与赴北京任教的叶圣陶一起，送爱罗先珂离沪北上。这些日子，正是叶圣陶和郑振铎热心于童话创作的时候（叶的第一篇童话写于爱罗先珂演讲后的第四天），和这位异国盲诗人间的交流，恐怕也是创作上的积极因素吧。1922年1月7日，我国第一本现代意义上的儿童专刊《儿童世界》问世，郑振铎在上面发表了《兔的幸福》等多篇童话，以后，他每周都有新作发表，有几期甚至几乎由他一人执笔。他主编这本周刊整整一年。当时和郑振铎一样大量创作童话的还有沈雁冰（茅盾）等，但他们的作品都没有产生如叶圣陶那样久远的影响，因而未能成为那一时代的代表性作家。

叶圣陶回忆自己的童话创作时说："我的第一本童话集《稻草人》的第一篇是《小白船》，写于一九二一年十一月十五日，我写童话就是从这一天开始的。……我写童话，当然是受了西方的影响。'五四'前后，格林、安徒生、王尔德的童话陆续介绍过来了。我是个小学教员，对这种适宜给儿童阅读的文学形式当然会注意，于是有了自己来试一试的想头。还有个促使我试一试的人，就是郑振铎先生，他主编《儿童世界》，要我供给稿子。《儿童世界》每个星期出一期，他拉稿拉得勤，我也就写得勤了。这股写童话的劲头只持续了半年多，到第二年六月写完了那篇《稻草人》为止。为什么停下来了……会不会因为郑先生不编《儿童世界》了？有这个可能，要查史料才能肯定。"（《我和儿童文学》，写于1980年1月）现在如查资料，不难发现，叶圣陶到1922年6月写完《稻草人》

三、叶圣陶的童话集《稻草人》

止，共创作童话23篇，全部刊于《儿童世界》（后全部收入《稻草人》集）。作为周刊，一年共52期，隔一两期用一篇的话，发到年底也就差不多了，这样的用稿量已是相当密集。果然，这最末一篇《稻草人》发于翌年的五卷第一期上，估计这就是郑先生交接班的那期了。这以后叶圣陶不再接着写，要到好久后才有《古代英雄的石像》等童话新作。看来，郑振铎对于他的童话创作的作用的确突出，《儿童世界》这一"专为"儿童办的杂志对于催生《稻草人》这本"专为"儿童写的作品委实关键；再广而言之，中国儿童文学这一"专为"儿童的文学样式的诞生，在很大的程度上，正是倚重了这本周刊的助力。

统观《稻草人》中的作品，作者确是受了西方童话的不少影响，也尽可能调动了自己本土的生活积累，还进行了多种向度的创作实验。他的第一篇作品《小白船》，可说是典型的"母爱型"的童话。这一类的童话，可以从欧洲各国的早期童话中找到原型。被认为是"最早的儿童文学"的法国贝洛童话《鹅妈妈的故事》中，就几乎都是"母爱型"的作品。《格林童话》中也有大量这样的作品，其中就包括了我们熟悉的《睡美人》《小红帽》《灰姑娘和水晶鞋》《蓝胡子》等。从逻辑上讲，这些故事大多是经不起推敲的，是破绽百出的，然而它们有一种特殊的原始、天真的趣味，孩子们爱读爱看，故事也一直流传至今。这究竟是为什么呢？我在《儿童文学的三大母题》（复旦大学出版社2015年版）一书中写过这样的话："这样的童话境界是怎么创造出来的呢？不是出于什么严肃的教育目的，也未必经过多少严密的构想，而只是为了应付孩子没完没了的纠缠和提问，为了满足儿童的好奇心和朦胧的审美欲望，才即兴编织出来的。……这样的故事总是发生在离我们很遥远的环境中；故事很曲折，但不过分强烈和刺激，而收尾时总是以圆满的大团圆作结局；并且，这样的故事中总是渗透着慈爱与母性。""其实这些故事的真正价值，也就是存在于这种母子（或母女）对话的语境之中……这些童话故事的'故事'本身并不是最重要的，重要的是叙述和接受这些故事的氛围——那种充满童心与母爱的氛围。"《小白船》就具有这样的特色。它写的是，一条美丽的小溪上，泊着一条可爱的小白船，走来了一对纯洁而友爱的小孩，开开心心坐到船上；他们张开船帆玩，这时起风了，船被吹得很远，再放下帆来已不知漂到了哪里，小女孩哭了，她怕回不了家，男孩安慰她，他们一起来到一个陌生的岛上；在这里，遇见了一个样子有点凶的大人，他们有点怕他，但又想让他送自己回去，那人提出了三个问题，要回答得好才送他们，他们抢着作了回答——

那人大笑，道："我送你们回去了！"

两个孩子乐极，互相抱着，亲了一亲，便奔回小白船。仍旧是女孩子把舵。男孩子和那人各划一柄桨。她看看两岸的红树，草屋，平田，都像神仙的境界……

当小白船回到原泊的溪上的时候，小红花和绿草已停止了舞蹈；萍花叶盖着鱼儿睡了；独有青蛙儿还在那里歌唱。

的确是神仙般的境界。它简单而又曲折，很适合给低幼的孩子讲，也适合爱的情感的娓娓传递。我看到有一位年轻的论者批评说：故事里的三个问答，太生硬了，这成了一种造作的编织。她同时也批评《燕子》中的小姑娘为小燕子登报找妈妈，让人不可理解；《大喉咙》中的烟囱居然能与婴儿、老婆婆对话，也不现实。我以为，这就把这类"母爱型"的故事坐得太实了，其实这类故事常常是不可推敲的，它要的就是那一点氛围。《小白船》中的问答也就起了一个转折的作用，虽然说了些看似哲理的话，也未必就是点睛之笔。如第三个问题："为什么小白船是你们所乘的？"女孩忙举起右手，像在教室里发言似的说："因为我们的纯洁，惟有小白船合配装载。"于是故事急转直下。不妨想一想，听故事的孩子正巴巴地等着下面的结局，他们关心的是两个孩子能不能回家，是回答后的结果而不是答案本身，这里更重要的就是这故事氛围的延续，作者显然深谙此类童话的真谛。当然，如这三句问答写得更自然，也更口语些，效果会更好；不过也要想到作者本人是小学教师，他心目中能迅速找答案回答的好孩子，就是这样的。

除了《小白船》，作者创作初期所写的《燕子》《芳儿的梦》《梧桐子》等，都属于这类"母爱型"童话。这些作品说不上有什么深度，但写得天真、优美，所表现的都是善良、友爱、亲情等正面情感，又清浅可读，很受家长和幼稚园欢迎。这些最初的创作,深深地影响着后来中国低幼文学的发展。20世纪50年代走上文坛的葛翠琳等作家的创作风格,继承的也是这一传统。

但叶圣陶很快就不写这样的作品了,这有时代风气的原因,也有艺术创作自身的原因。二十世纪二三十年代,是激进的、批判的、反抗的,稍有进步倾向的作家,很难持续地写这类世外桃源式的作品,哪怕躲在儿童文学的伞下也不行。而作为一个积极的创作者,也不愿老是重蹈自己走过的路,他总要作多种尝试。在不到半年的时间里,他的童话从"母爱型"迅速转向了"父爱型"。在拙著《儿童文学的三大母题》中,对这两种类型作过一些比较:"也许可以说:'母爱型'是一串温馨而快活的耳语,充满幻想和希望;'父爱型'则是一番感情深切的交谈,蕴含着现实感和责任感。""最大的区别就在于危机的解决上。'母爱型'的解决方式往往是虚幻的,随意的。……'父爱型'作品对于危机的解决——或者'不解决'(在很多情况下恰恰是'不解决'),却是现实的,深刻的。……也可以说,'父爱型'作品的最大特征,是'直面人生'。"叶圣陶很快就直面人生了,他后来回忆说:"我只管一篇接一篇地写,有的朋友却来提醒我了,说我一连有好些篇,写的都是实际的社会生活,越来越不像童话了,那么凄凄惨惨的,离开美丽的童话境界太远了。经朋友一说,我自己也觉察到了。但是有什么办法呢?生活在那个时代,我感受到的就是这些嘛。"(《我和儿童文学》)可见,他的转型是自然而然的,主要还是由自己的人生体验促成的。他后来所写的《画眉鸟》《玫瑰和金鱼》《花园之外》《跛乞丐》《快乐的人》等,都是相当优秀的"父爱型"童话。这些作品写出了现实生活的不公平、不合理,但又能把黑暗融入完整的故事中,让儿童在审美体验中自然地感受世间的沉重。看得出,他这一时期的童话更多地受到了安徒生(而不再是格林)的影响,这又是艺术借鉴对于转型的推动了。如《花园之外》,写一个穷孩子想进花园

《〈稻草人〉和其他童话》中《玫瑰和金鱼》插图——许敦谷、黄永玉图

《玫瑰和金鱼》插图——许敦谷、黄永玉图

却没钱买票,奔进去又被人抓出来,他实在太想去看看了,就长久地站在园外,一次次地想象自己进去了,看到了园内的种种,但每一次都被现实敲醒——这在构思上分明受了《卖火柴的小女孩》的影响。而再后来的《稻草人》和《古代英雄的石像》,构思上则有《坚定的锡兵》的影子,因这两个形象都是不能动的,这正是安徒生的"锡兵"最奇异的特征。

这一时期所写的《画眉鸟》是很值得一说的作品,它写一只被精心豢养的画眉,每天唱歌给主人听,它只知道自己应该让主人高兴,但并不感到唱歌有什么意思。后来有一天,主人忘了关笼子,它飞出来了,发现外面的天地真广,但看到了人力车夫奔跑着给富人拉车,自己一点也不开心;厨子满头大汗地给富人做菜,自己却不能吃;卖唱的女孩吊高嗓子练唱,为了挣钱,自己却一点没乐趣……它看到不平,就感慨地唱起来,哀切切地唱起来。"说也奇怪,唯独这一种歌很觉惬心适意;耐住不唱,转觉十分难受,唱了出来,才得开一开胸臆。他起始辨知歌唱的意义和趣味了。"到此为止,这可说是一篇精致而有深度的童话杰作,既写出了各色人等被当作机器的不幸,也暗写出艺术家的工作特性,点出了歌声要有感而发,应是出自内心的不平之鸣,这才会唱得有趣有味。这篇童话的内容可说是相当丰富了。然而随后,作者又写了这样几行:

……他为自己而唱,为抒发自己对于一切不幸东西哀感而唱。他永远不再为某一人或某一等人而唱了。

可是,工厂里做倦了工的工人,田亩中耕倦了田的农夫,织得红了眼

《〈稻草人〉和其他童话》中《画眉鸟》插图——许敦谷、黄永玉图

三、叶圣陶的童话集《稻草人》

的女子，跑得折了腿的车夫，褪尽了毛的老黄牛，露出了骨的瘦骡子，牵上场演戏的猢狲，放出去传信的鸽子……听了画眉的歌唱，都得到心底的安慰，忘记了所遭的不幸；一齐仰起了头，露出微笑，柔语道："可爱的歌声，可爱的画眉鸟！"

这个结尾，与上文并不矛盾，但这样一强调，却多少有了一点图解的意味。我总觉得，如没有这一段，作为艺术品的童话，它会显得更含蓄，更纯粹，更隽永。

读《画眉鸟》时的隐隐的担心，到读《稻草人》时，就变得十分突出了。说心里话，我感到整本集子里，真正失败的，恰恰是这一篇。而这一篇被用作书名，当时和后来又大受好评，于是有多少作者将此种写法视为创作楷模，这也给后来的中国儿童文学带来了不小的影响。

《稻草人》的形象是中国式的，是本土的，原创的，这是它讨巧的地方。《稻草人》是一个悲剧，结尾相当凄惨，但童话并非不能这样写，西方"父爱型"文学中悲剧故事也很多（如斯坦贝克的《小红马》就是）。我以为最大的问题，还是在于图解。稻草人是一个夜间的旁观者，它可以把一切看在眼里，于是，它看见孤苦无依的老太太死了丈夫和儿子，眼睛也快瞎了，好容易盼来了稻子的好年成，虫灾却又来了；它看见渔妇的孩子得了重病，想喝水却不能，渔妇一心打鱼，自己累垮了，打到的鱼也干死了；一个女人因为要被赌棍丈夫卖掉，连夜跑到这里，跳河了……最后，稻草人自己也倒在了稻田里。这样的构思，其实是把人间惨祸集中到一起，全堆在读者的眼前。这些惨祸没有相互间的关联，只给人以一种同时发生、处处发生之感，以说明世间黑暗已到了如此地步。这不像是文学作品，而更像一种宣传材料，一种类似说明世界末日来临，百姓不得不反的宣示。社会确实有黑暗，文学也确实不能光写世外仙境，但不能靠人为的堆砌（这种堆砌正是那一时代"意图伦理"的文学体现），而要细心地、真实地理出黑暗的由来、黑暗的特质，要有真实的发现才行，这应是"父爱型"创作的题中应有之义。如只是一味渲染其黑，以为写得越黑就越好，则只能沦为一种图解，这就明显违背了文学认识的本义。

我想，在写得如此黑暗以后，再要能写得更黑，更绝望，恐怕已经是任谁都无从措手足了。叶圣陶先生创作童话的暂时歇手，一来当然是因为郑振铎不再编《儿童世界》，但二来，可能也是因为他无法再往下写了吧？因为这样一种发展趋势，确是将他自己带到了绝境。是的，郑先生年底交班，叶先生歇手时才当年六月，未必此时郑已有交班预感；而且，叶先生如能写得更多，未必这一篇定要留到翌年一期再用，完全可以发得更密集些。所以，主要的原因，恐怕还是写不下去了。

叶先生写不下去了，这样的写法却留存下来，并发扬开去。我想，这本身，也和《稻草人》结局相似，这也应是一个文学上的悲剧。

四、周作人的理论与冰心的《寄小读者》

就在叶圣陶创作《稻草人》的同一年，语言学家、后来的"清华四教授"之一的赵元任，以通俗活泼的口语译出了卡洛尔的《阿丽思漫游奇境记》，并在书前写了译序。周作人读到此书，当即写了一篇书评《〈阿丽思漫游奇境记〉》，发表于1922年3月12日的《晨报副镌》。周作人肯定了赵序的论点，并联系西方文学史大大发挥了一通：

这部书的特色，正如译者序里所说，是在于他的有意味的"没有意思"。英国政治家辟忒（Pitt）曾说："你不要告诉我说一个人能够讲得有意思；各人都能够讲得有意思。但是他能够讲得没有意思么？"文学家特坤西（De Quicey）也说，只是有异常的才能的人，才能写没有意思的作品。儿童大抵是天才的诗人，所以他们独能鉴赏这些东西。最初是那些近于"无意味不通的好例"的抉择歌，如《古今风谣》里的"脚驴斑斑"，以及"夹雨夹雪冻死老鳖"一类的趁韵歌，再进一步便是那些滑稽的叙事歌了。英国儿歌中《赫巴特老母和伊的奇怪的狗》与《黎的威更斯太太和伊的七只奇怪的猫》，都是这派的代表著作，专以天真而奇妙的"没有意思"娱乐儿童的。这《威更斯太太》是夏普夫人原作，经了拉斯金的增订，所以可以说是文学的滑稽儿歌的代表，后来利亚（Lear）作有"没有意思的诗"的专集，于是更其完成了。散文的一面，始于高尔斯密的《二鞋老婆子的历史》，到了加乐尔（按即卡洛尔）而完成，于是文学的滑稽童话也侵入英国文学史里了。欧洲大陆的作家，如丹麦的安徒生在《小伊达的花》与《阿来锁眼》里，荷兰的蔼覃在他的《小约翰》里，也有这类的写法，不过他们较为有点意思，所以在"没有意思"这一点上，似乎很少有人能够赶得上加乐尔的了。……就儿童本身上说，在他想象力发展的时代确有这种空想作品的需要，我们大人无论凭了什么神呀皇帝呀国家呀的神圣之名，都没有剥夺他们的这需要的权利，正如我们没有剥夺他们衣食的权利一样。

周作人的话实在精彩，既有文学史的发展线索，又以儿童期的心理发展的需要作基本的依据。一年后，周作人又发表了一篇《儿童的书》，对自己的观点作了进一步的论述：

向来中国教育重在所谓经济，后来又中了实用主义的毒，对儿童讲一句话，眨一眨眼，都非含有意义不可，到了现在这种势力依然存在，有许多人还把儿童故事当作法句譬喻看待。……其实艺术里未尝不可寓意，不过须得如做果汁冰酪一样，要把果子味混透在酪里，决不可只把一块果子皮放在上面就算了事。但是这种作品在儿童文学里，据我想来本来还不能算是最上乘，因为我觉得最有趣的是有那无意思之意思的作品。安徒生的《丑小鸭》，大家承认它是一篇佳作，但《小伊达的花》似乎更佳；这并不因为它讲花的跳舞会，灌输泛神的思想，实在只因它那非教训的无意思，空灵的幻想与快活的嬉笑，比那些老成的文字更与儿童的世界接近了。我说无意思之意思，因为这无意思原就有它的作用，儿童空想正旺盛的时候，能够得到他们的要求，让他们愉快地活动，这便是最大的实益……

可惜，像《小伊达的花》和《阿丽思漫游奇境记》那样的作品，在中国并未真正出现。叶圣陶一开始的作品虽有这样的向往，但很快，就追求起更有寓意、更针对现实社会问题的童话写作了，并一去不复返地、迅速地走到了《稻草人》这样有明显的"意图伦理"（即有预设的观念，并有很强的说明性）的地步——这可说是那一时代中国儿童文学发展的主潮和缩影。这里有历史、社会的背景压力，如巨大的民族压迫的危机感；也有日渐渗入人心的二十世纪激进思潮的感

四、周作人的理论与冰心的《寄小读者》

召。总之,那时的中国作家,很难静心、或甘心于写这类"没有意思"之作。而大部分中国作家的想象力本来就不丰富,童心也不强盛,写这类作品所需的天才远远不够,内力外力又使人羞于作此尝试,于是这方面的才华更趋颓萎,这样的作品就更难问世了。一直要到半个多世纪后,到二十世纪八九十年代之交,才又有一些年轻作家对此跃跃欲试。

虽然周作人所鼓吹的这种充满童话想象的"有意味的没有意思"的创作,在早年的中国儿童文学界没有形成气候,但周作人的另一创作思想,却是起了很大作用的,那就是,他一贯强调"文学是个人的",是作家发出自己的声音,而不是提供一种效用于社会的工具,或去做"侍奉民众的乐人"。在写这篇关于卡洛尔的书评两周前(2月26日)发表在《晨报副镌》上的《诗的效用》中,又有这样的话:"我始终承认文学是个人的,但因'他能叫出人人所要说而苦于说不出的话',所以我又说即是人类的。然而在他说的时候,只是主观地叫出他自己所要说的话,并不是客观地去体察了大众的心情,意识地替他们做通事,这也是真确的事实。"这里的"通事",也就是译员,即今之所谓翻译。亦即文学不是代人传话,而是作家说自己想说的话,但这又是大家需要而又未曾说出的。这一观点,在他"五四"时振聋发聩的代表作《平民的文学》中也有过表达。用这样的文学观去对照叶圣陶同一时期的童话创作,尤其是那最末一篇《稻草人》,是一眼就能看出不同来的。

然而,作家是成人,说自己的话,又怎么"为儿童"?周作人在"为儿童"这一点上,是很强调儿童文学的特殊性的。在上文提到过的《儿童的书》中,他就说:"艺术是人人的需要……但我相信有一个例外,便是'为儿童的'。儿童同成人一样的需要文艺,而自己不能造作,不得不要求成人的供给。"成人如何才能既发出自己的声音,又供给儿童以好的文学呢?在书评《〈阿丽思漫游奇境记〉》中,他又说了这样一段:

世上太多的大人虽然都亲自做过小孩子,却早失了"赤子之心",好像"毛毛虫"的变了蝴蝶,前后完全是两种情状,这是很不幸的。他们忘却了自己的儿童时代的心情,对于正在儿童时代的儿童的心情于是不独不能理解,与以相当的保育调护，而且反要加以妨害；儿童倘若不幸有这种的人做他们的父母师长，他的一部分的生活便被损坏，后来的影响更不必说了。我们不要误会这只有顽固的塾师及道学家才如此，其实那些不懂感情教育的价值而专讲实用的新教育家，所种的恶因也并不小，即使没有比他们更大。我对于少数的还保有一点儿童的心情的大人们，郑重的介绍这本名著……

这里所说的"新教育家"，恐怕隐隐地也包含"新文学家"在内，这层意思在当时或许还不明确，但十来年后，他就把话说得很显露了。在《长之文学论文集·跋》中，他写道："只有不想吃孩子的肉的才真正配说救救孩子。现在的情形，看见人家蒸了吃，不配自己的胃口，便嚷着要把'它'救了出来，照自己的意思来炸了吃。可怜人这东西本来总难免被吃的，我只希望人家不要把它从小就'栈'起来，一点不让享受生物的权利，只关在黑暗中等候喂肥了好吃或卖钱。……至少到了中学完毕，那时再来诱引或哄骗，拉进各派去也总不迟。"（写于1934年11月）这里分明有着对左翼影响下的儿童文学的不满。

综合上述的观点，他的意思就很明白了，即：要让孩子充分享受自己的童年，儿童文学不要过早成为政治的附庸（这是就儿童本位立论）；儿童文学也是文学，作家在创作中同样要说自己的话（这是就创作主体立论）；但同时它又是"为儿童的"，那就要求作家本人保有"赤子之心"，要"理解"、不"忘却"，并能"保育调护"儿童时代的"儿童的心情"（这是就创作与接受的共同点立论）。——希望作家本人仍拥有"赤子之心"，这也就使"说自己的话"和"为儿童"二者有了交集，也许，这是解决这一儿童文学最复杂的理论问题的唯一方案吧！

在写于1923年6月25日的《儿童的书》的结尾处，周作人进而呼吁道："凡对于儿童有爱与理解的人都可以着手去做，但在特别富于这种性质而且少有个人的野心之女子们，我觉得最为适宜。本于温柔的母性，加上学理的知识与艺术的修养，便能比男子更为胜任。"他这是有所指的吗？

那时的周作人，在中国文坛有巨大影响。"五四"新文学运动的两大口号——"白话文学"和"人的文学"，就是胡适和他分别提出的，其声望也离胡适未远；

四、周作人的理论与冰心的《寄小读者》

而沈雁冰、郑振铎、叶圣陶等所在的文学研究会，周氏又是首屈一指的理论家，《文学研究会宣言》的起草者就是他；同时他又是北京大学和燕京大学的教授，学生中出了一大批新文学家。

当时编辑《晨报副镌》的孙伏园是他的学生，作家冰心则是他在燕京大学任教时最赏识的学生。曾有日本作家问他："文坛上露头角的得意门生很多罢？"他答："不多，只二三个，现任清华教授的俞平伯，用废名这笔名的冯文炳以及冰心。"（见倪墨炎著《中国的叛徒与隐士：周作人》）冰心从燕京大学毕业后即赴美留学，时在1923年8月初；此前的7月24日，晨报的副刊上开辟了"儿童世界"专栏，于是，

《寄小读者》，冰心著
开明书店1993年版

从7月25日起，她开始写《寄小读者》。可以说，这是周氏两位得意门生，按着他的文学观念，联手进行的一次优美的文学尝试。而她动笔的这一天，离周作人发表《儿童的书》，才只十天——她是听到了老师的召唤吗？

"本于温柔的母性，加上学理的知识与艺术的修养"的冰心，这一年刚刚23岁，可谓童心未泯。她在《寄小读者》的"通讯一"里写道：

> 在这开宗明义的第一信里，请你们容我在你们面前介绍我自己。我是你们天真队里的一个落伍者——然而有一件事，是我常常用以自傲的：就是我从前也曾是一个小孩子，现在还有时仍是一个小孩子。为着要保守这一点天真直到我转入另一世界时为止，我恳切地希望你们帮助我，提携我，我自己也要永远勉励着，做你们的一个最热情最忠实的朋友！

请看作家对自己的定位："也曾是一个小孩子""现在还有时仍是一个小孩子"，并正努力地"要保守这一点天真"，以成为孩子们"最热情最忠实的朋友"——这不正是乃师所要求的，做个有"赤子之心"的女性吗？她正是从这里

出发，愉悦地投入了长达三年的创作，一直写到她留学归来，一直在发掘自己所曾有和仍有的童心，表达着对儿童的"爱与理解"。

"通讯二"也许是书中最精彩的篇章，她在这里劈头告诉小朋友们"一件伤心的事情"，那使她"灵魂受了隐痛"。前一年的一个春夜，她在父母身边闲闲地看书，一只小鼠从桌子底下慢慢出来，坦然、无猜地吃饼屑，一边友好地看着她。她觉得可爱极了，就用手中的书盖着它，它也不跑，无抵抗地蜷伏着。这时小狗跳进来了，大人叫她快放开，不然要给抓住了，她神经质地拿起书，可恨它怡然不动，小狗喜悦地微吼着蹿上来，一下把它叼走了。前后不到一分钟，她心上仿佛受了一箭，惊惶地吁了一口气，过后又装着不介意地笑了笑。可是到倚着床沿，伏在枕上时，她终于流下泪来。以后看到老鼠夜里出来，她都要避开，总觉得那是它的母亲还在找它。她把这事对一个成人朋友说，遭到了漠然的取笑。她没法把这事再跟别人说了，她感到灰心绝望，现在则向小读者们坦承自己的愧悔……这是一个感人的心灵故事，当然只有保有童心的人才听得懂；作者在这里说着自己的话，同时，这又真是"为儿童"而说的。

以后，作者开始了求学之旅，但她一点没有涉及学业，所写的都是她认为孩子们会有兴趣的事，或旅途见闻，或病中杂记，或怀念父母，而文笔是一贯的温婉优美。写旅途时，她也尽可能突出童心相通的细节，比如"通讯三"中，车过泰安府以后，她写道：

我忽然忆起临城劫车的事，知道快到抱犊冈了，我切愿一见那些持刀背剑来去如飞的人。我这时心中只憧憬着梁山泊好汉的生活，武松林冲鲁智深的生活。我不是羡慕什么分金阁，剥皮亭，我羡慕那种激越豪放，大刀阔斧的胸襟！

在"通讯四"中，她又写车到临城站，专门走出去看了，却"很失望，我竟不曾看见一个穿夜行衣服，带标背剑，来去如飞的人"。这样一些隐秘心理，的确能和小读者的心相映照。书中尤让人感兴趣的，是附在"通讯二十七"之后的那一组长长的《山中杂记》，这是她到美国的第二年，大病一场，所记下的病中往事。这里有她儿时的回忆，有美国小朋友的故事，有病友之间的趣闻，也有

四、周作人的理论与冰心的《寄小读者》

自己的许多孩子气的心理和表现。她因为自己"黑发披裘",被外国孩子误认为是爱斯基摩人,她闻之欣喜,十分向往;她也动情地描摹异国的大海、乱山、野花、小鸟、虫儿……她的通讯在报上陆续刊载时,很受欢迎;1926年7月回国,人还在上海,已收到了弟弟从北京寄来的《寄小读者》样书。此书1926年北新书局出版,至1941年,已印了36版,可见其在读者中长盛不衰。

不过,此书中也有不少篇章,内容显得平淡。因作者不能将自己的全部生活展现在信中——毕竟这是给孩子看的,所以除了回忆外,所写的不外乎旅行、养病、对景色的感受和对亲人的怀念,当然也有少量对当地生活的观察和描绘。对于儿童来说,这是未免单调的。好在作者的文笔极其优美,虽是白话,却有唐宋词的韵味,对文字敏感的读者很难不喜欢它。这对识字未多的小读者或许是隔膜的,然而决定买书的常常是家长,我猜想,年轻的有文化的家长的喜爱,应该在孩子之上吧。20世纪30年代,茅盾曾写过一篇《冰心论》,也谈到了这一点:"我们说句老实话,指名是给小朋友的《寄小读者》和《山中杂记》,实在是要'少年老成'的小孩子或者'犹有童心'的'大孩子'方才读去有味儿。"(载《作家论》一书,文学出版社1936年版)

作者虽然尽可能发掘自己所存的童心童趣,但她在"说自己的话"这一点上,则又是最坚持的。她不是只做"侍奉儿童的乐人",所有这些信,也真是她自己想要写的。她在"通讯二十五"中写道:

小朋友!饶是如此,还有许多人劝我省了和小孩子通信之力,来写些更重大,更建设的文字。我有何话可说,我爱小孩子。我写儿童通讯的时节,我似乎看得见那天真纯洁的对象,我行云流水似的,不造作,不矜持,说我心中所要说的话。纵使这一切都是虚无呵!也容我年来感着劳顿的心灵,不时的有自由的寄托!

对于我们理解和评判这本名著,同样重要的,还有"通讯二十七"中的这一段:

小朋友，我觉得对不起！我又以悱恻的思想，贡献给你们。然而我的"诗的女神"只是一个

满蕴着温柔，

微带着忧愁

的，就让她这样的抒写也好。

看来，作者在写作中，有时还会感觉到难以两全的矛盾，即既要让孩子们喜欢，又不能委屈自己的思想和文笔。她遵循着一个真正的文学家的立场：依循自己的"诗的女神"的召唤，不做"侍奉大众的乐人"。就在那篇《冰心论》中，茅盾又说："在所有'五四'时期的作家中，只有冰心女士最是属于她自己。她的作品中，不反映社会，却反映了她自己，她把自己反映得再清楚也没有。在这一点上，我觉得她的散文的价值比小说高……"虽是微含贬意的话，说的却是事实。那么，不是在"为儿童"上"有一个例外"吗？是有例外，但这仍是拿出自己的能够为儿童的东西，却不是要拿出自己本来没有的东西，不是造一些假货，也不是临时凑些急就章——那不是真文学，那只是塞责。冰心的做法没有错。只是，她没有更多为孩子们喜爱的内容可写，她也还未找到更适合孩子的同时又能合乎自己的诗神的笔墨。她的局限是她"这个"人的局限，而不是她写作选择上的错。

依循上述"说自己的话"的文学思想，作家才能保存创作主体的完整性，这在儿童文学创作上是很容易被忽略的。后来的中国儿童文学，在强调儿童本位或儿童性的时候，就往往忽略了文学性，放低了文学性标准，放弃了作家的创作个性，结果，不仅生产了大量非文学的作品，而且通过这些作品严重败坏了儿童的口味。这里有惨痛的文学史教训，我们是不应忘却的。而如何既说自己的话，又同时说得最受儿童的欢迎，也就成了后来的儿童文学作家的艰难而永恒的追求。

在冰心写《寄小读者》的时候，周作人的另外两个学生俞平伯和废名，也各写了一部很有趣味的儿童题材的作品，但它们都难以列入儿童文学中去，因为所写的虽是真切的有质感的儿童生活，但却是"为自己"的，并不是"为儿童"的，它们不是写给儿童看的。他们坚执地"说自己的话"，保持了创作个性的完

四、周作人的理论与冰心的《寄小读者》

整性，也保持了作品的文学性，然而儿童很难真正读懂（尤其是废名的小说）。在写作的当时，他们身上所保有的"儿童的心情"，尤其是，他们在文学表现上与儿童读者相通的文学趣味，毕竟还不能和冰心比。

我指的是俞平伯的新诗集《忆》和废名的长篇小说《桥》。

废名的《竹林的故事》《桃园》《枣》等书，都收有儿童题材的小说，但相比之下，《桥》最为成熟，也最优美澄静，确是现代文学史上的奇葩——只可惜不是儿童文学史上的奇葩。

看到好几种"儿童文学史"，将《忆》和《桥》也囊括在内了，我以为这是欠妥的。

五、凌叔华的《小哥儿俩》

凌叔华也是"五四"以后一位重要的女作家，她与冰心同岁（均1900年生），但走上文坛却要晚几年。在陈学勇撰写的传记《高门巨族的兰花》（人民文学出版社2010年版）中，介绍她的文学经历，竟是从周作人与冰心写起的：

当时周作人可谓执了新文学运动的牛耳，凌叔华一心想当作家，听说周作人来燕京大学任教欣喜异常。周作人上课夸奖冰心的新文学创作，羞得堂下听课的谢婉莹抬不起头来——周老师不知道，他的学生谢婉莹正是《晨报》上连连发表作品的才女冰心。冰心是凌叔华燕大同学，虽不属一个年级，但对此不会没有耳闻，凌叔华的无限羡慕是可以想知的……

凌叔华是否耳闻和羡慕，后人其实很难知道，但她在1923年9月致信周作人（此时冰心已经毕业，并启程赴美留学；《寄小读者》也已开始发表），表达自己的仰慕，却确有几分"生不用封万户侯，但愿一识韩荆州"之意。她读的是燕大英文系，周不是她的课任老师。她在接到周的回信后，很快又寄去了自己的习作。经周作人举荐，她的作品也陆续刊载在《晨报》副刊上了。后又在《现代评论》《新月》等杂志发表不少小说，影响渐大。1935年鲁迅编选《中国新文学大系·小说二集》时，收入了她的短篇小说《绣枕》，在导言中对她有一段专论，用公允的语气论及了她的《酒后》等作品。凌被当时的批评界称为"新闺秀派"的代表作家，她早期的作品多写大家族中的闺秀生活；但从1926年起，她

五、凌叔华的《小哥儿俩》

的兴趣渐渐转向儿童文学。到1929年前后，她发表了好几篇儿童题材的短篇小说，质量越来越高。1930年，她将九篇儿童小说合成一集，题为《小孩》，交商务印书馆出版。但笔者询问一些研究专家，几乎都没见过此书。1935年，作者又将《小孩》中的作品改由上海良友公司出版，另定书名为《小哥儿俩》，因书店觉得太显单薄，请她添上几篇，于是补入了《倪云林》等四篇非儿童文学的作品，她自己对此颇感遗憾。问题是，1930年底编《小孩》时，作者所写的儿童小说一共也不足九篇；《小哥儿俩》自序一开头就说："这本小书先是专打算收集我写小孩子的作品的。集了九

《小哥儿俩》，凌叔华著
良友图书公司1935年版

篇，大约自民国十五年起至本年止，差不多近十年的工作了。"可见，要到1935年才凑足九篇之数——集内《千代子》《开瑟琳》《晶子》（发表时名为《生日》）都是1931年后陆续完成的，《开瑟琳》发表于1935年7月的《武汉日报》副刊，离她写《小哥儿俩》自序只剩下一个月的时间。所以，也有专家认为，《小孩》很可能有目无书，只是一个出版计划而已，稿子一拖几年，最后就出了一本《小哥儿俩》。

但《小哥儿俩》中的儿童文学部分，实在堪称精品。当年周作人对冰心的期许，周作人的理论对冰心的文心的召唤，现在都体现在这另一位燕大学子凌叔华的身上了。《小哥儿俩》的序里有这样一段：

> 书里的小人儿都是常在我心窝上的安琪儿，有两三个可以说是我追忆儿时的写意画。我有个毛病，无论什么时候，说到幼年时代的事，觉得都很有意味，甚至记起自己穿木屐走路时掉了几回底子的平凡事，告诉朋友一遍又一遍都不嫌烦琐。怀恋着童年的美梦，对于一切儿童的喜乐与悲哀，都感到兴味与同情。这几篇作品的写作，在自己是一种愉快……

也许可以说，周作人所希望的作家本人拥有"赤子之心"，以此解决作家"说自己的话"和作品"为儿童"之间的矛盾，这在凌叔华的小说创作中，第一次得到了较为完美的体现。凌叔华的童心童趣，保持得比冰心更细微丰满；而她的表达，不像冰心那般文气，更显得平实、清浅，所以也更适合儿童的接受。

我们且来看看她的两篇作品，即作为书名的《小哥儿俩》和书中的第二篇《搬家》。两篇都发表于1929年的《新月》杂志，前者是四月出版的二卷二号，后者是九月出版的二卷六、七号合刊。

《小哥儿俩》一开头就交代，清明那天学校放假，家里要请七叔叔来吃饭——

这一天早上的太阳也像特别同小孩子们表同情，不等闹钟催过，它就跳进房里来，暖和和的爬在靠窗挂的小棉袍上。

"二乖！还不起，太阳都出来了。"大乖方才醒了照例装着大人口吻叫弟弟起来，其实他还未满八岁比弟弟大两岁。

二乖一些没理会哥哥说什么话，现在不晓得做了什么的梦，只顾把他的胖胖的圆脸往被窝里藏。

这样一来，哥哥可看不上眼了，跳下自己的小床，披了墙上晒暖和的棉袍，走到弟弟床前，摇他几下，摇不醒，他叫起来，

"妈妈，你来看看二乖，他又把脑袋放在被窝里睡觉。"

作者文笔的清新，和对儿童生活的熟悉、热爱，从这几行描写中就能看出来。八岁的小哥哥一本正经地管弟弟，可谓下笔即活，令读者如见其人。

弟弟终于被叫醒了，一想到今天放假，他们立刻想起快乐的事情来，他们喜欢七叔叔来，还要向七叔叔要鸟儿呢！这天七叔叔果然带了个鸟笼，里边居然是个会说话的八哥。七叔叔把八哥送给他们了，还让他们做它的先生，教它说话。大乖二乖兴奋极了，商量着要在哪里做讲堂，上课下课打钟还是摇铃（小学校是打钟的，而幼稚园是摇铃的）。他们甚至不肯离开八哥去吃早饭，硬要妈妈把鸟笼也带到饭厅去。这天，喂鸟、教小鸟、埋怨小鸟笨、发现这位鸟学生害羞……

五、凌叔华的《小哥儿俩》

成了他们最重要的功课。后来，在他们跟爸爸一起去看戏时——因为这天演的是他们喜欢的黄天霸——才决定放八哥一会儿假。谁知道，看戏回来，悲剧发生了，妈妈难过地说：八哥给野猫吃了。两个孩子登时呆了。爸爸安慰说："既然没见骨头，这八哥也许飞走了……"这给孩子带来了慰藉，但妈妈说："死是一定死了的，瞧那簸箕里的毛，上面都沾着血。"两个孩子跑去看，接着都哭起来，谁也劝不住。忽然，大乖找到了一根拦门的长棍，拉着二乖要去找大黑猫："报仇去，不报仇不算好汉！"二乖也学着哥哥喊："不报仇不算好看！"爸爸在他们哭时早已躲进了书房，妈妈听了二乖的话忍不住想笑。但两个孩子认真地去找仇敌了，到处追着黑猫打，并商量第二天一早一定要早起。天不亮，大乖又把二乖叫醒，两人满怀悲愤地出发了。这时院子里开满了丁香花，小麻雀飞上飞下，好玩极了，二乖一下子就忘掉为什么事来后院了。忽然，他听见装碎纸的破木箱里有"咪噢，咪噢"的娇声叫唤：

原来箱里藏着一堆小猫儿，小得同过年时妈妈捏的面老鼠一样，小脑袋也是面的一样滚圆得可爱，小红鼻子同叫唤时一张一闭的小扁嘴，太好玩了。二乖高兴得要叫起来。

他用手摸小猫的头，一只手又摸它的小尾巴，嘴里学它们"咪噢，咪噢"叫着逗它们玩。

一只大黑猫歪躺在一旁，一只小猫伏在它胸前肚子上吃奶，大猫微微闭着眼睛得意地看着。其余两只爬在一边。

"哥哥来看看，多好玩呵！"二乖忽然想起来，一回头哥哥正跑进后院来。

"二乖，你在这里……"大乖还没说完被二乖高兴的叫喊给截住了。

看到这里读者有几分紧张：二乖人小没脑子，大乖会不会还记着报仇的事？人们的同情心已转移到这窝毫不设防的小猫和猫妈妈身上了。接下来的描写既出人意料又在意料之中：

哥哥赶紧过去同弟弟在木箱子前面看，同二乖一样用手摸那小猫，学它们叫唤，看大猫喂小猫奶吃，眼睛转也不转一下。

"它们多么可怜，连褥子都没有，躺在破纸的上面，一定很冷吧。"大乖说，接着出主意道，"我们一会儿跟妈妈要些棉花同它们垫一个窝儿，把饭厅的盛酒箱子弄出来，同它做两间房子，让大猫住一间，小猫住一间，像妈妈同我们一样。"

"小猫饿了要找妈妈吃奶呢？"二乖觉得这问题要紧的。

"小猫会'咪，咪'的叫唤，大猫听见就来了。"

……

"哥哥，你瞧它们跟它妈一个样子。这小脑袋多好玩！"弟弟说着，又伸出方才收了的手抱着那只小黑猫。

这是从悲剧走到了喜剧，从战争走到了和平，中间几乎没有转折，只是为怕读者觉得太突兀，作者才很高明地描写了一下院里的风光，让二乖见小猫前的情绪稍稍缓和一下。孩子是不需要转折的，他们的情感变化很快，而他们对小动物的热爱，他们的与生俱来的同情心——这人类的最美的天性，正是小说走向美好结局的基础。

大乖与二乖的原型，据说是胡适的两个儿子。

作者的《搬家》则是一篇更优秀的小说，我甚至觉得，它是凌叔华所有创作中最顶尖的作品。它篇幅比《小哥儿俩》短小，约六千字，却一丝不乱地写出了较为复杂的人物关系，照应和伏笔安排得很巧妙，既可让小孩观览一个大概，也可让细心的大人反复咀嚼，当然有兴趣的小读者随着年龄增长，更可从中读出或回味出越来越多的余意来。

这是一个大家族，家里小小孩很多，搬家前，院子里到处堆着东西。墙边排满了家具，像一只运货船，于是婉儿、英儿喊："谁来坐船？""来我这儿买票！"青儿则拉着小玉爬到箱子堆上："我们不坐船，爬山去！"他们都叫枝儿跟自己走，还动手来拉她。

枝儿正坐在门槛上，手里玩着拾得的一个碰了边角的破碟子，浅浅的恰好给

五、凌叔华的《小哥儿俩》

她的大花鸡装水喝,见他们叫她,抬头犹疑地望着。……两边都用劲拉她,手里的瓷碟便掼落地上,乓的一声……枝儿弯着腰拾地上的碎瓷片,已经很碎,拼不成一个碟了。她委屈地撅了嘴……

这个枝儿的出场写得太好了,让人想到《红楼梦》里的人物出场。浅浅几笔描写,就让人看出这是一个安静、爱物而又愿意听话的孩子,年龄特别小,常常想着自己的事,显得有点迷茫。而通过破碟子,又点出了她心里有个大花鸡。随后话题就转到了大花鸡上,大人正商量着要不要把鸡带走,妈妈淡淡地说:"不带走了。"

"妈,我带大花鸡走。"枝儿决定的说,"把它放在我的小竹篮里,我自己提着,三叔叔说我可以这样带着上船。"

"竹篮子盛不下你的大花鸡,傻孩子。"

"轮船上带不了活东西,若是带猫狗还要买票呢。"阿乙姐插嘴道。

"给它也买一张票。"枝儿说。

"像鸡这样的小东西还没有票卖呢……"

和鸡一样严重的,还有一匣子蛋,这是枝儿一只一只收存起来,要留着孵小鸡的。但妈妈正容道:鸡和蛋都不能带。

妈似乎看出她的为难……沉吟了一下,"枝儿,你真舍不得宰你的大花鸡也有法子,我看把它送给人吧,你要送给谁,想一想。"

"送给四婆。"枝儿立刻答道……

"知道一定是送给四婆的,这一离开有得想呢!"妈笑着点头。

接着,笔墨就很自然地转到枝儿与四婆的关系上去了,这在整个小说里占了一大半的篇幅。四婆是一个邻居老太太,与枝儿特别有缘分。四婆的儿子从城里回来,上山打鸟会带着枝儿,走渴了给她摘酸果和野橘子吃,有一次还抓了一只斑鸠让她带回,姊妹们见了都围着欢叫。四婆的女儿夸她能陪四婆解闷,从城里带了个香皂做的洋娃娃给她,青儿婉儿见了都抢着伸手摸它,那时婉儿和枝儿特别要好,不到一天就做了一件小花衣服给洋娃娃穿上,枝儿喜得几乎落泪。枝儿真的离不开四婆,天天刚吃好早饭就溜到四婆家,给她喂鸭子,捞小螃蟹给鸭拌食。闲下来便跑到四婆跟前,给她拿东西,穿针线(四婆早就看不见针孔了)。四婆要做菜,她就帮着摘菜根剥笋皮,烧火时替她拉风箱。饭好了不等四婆让,早把自己的一份碗筷整整齐齐摆在桌上了,四婆照例笑问:"又吃我的青菜白饭吗?"枝儿扭捏地一笑,筷子已经拿在手里了。现在枝儿要搬走了,昨天替四婆穿针时,老人忽然叹一口气:"枝儿,你去了北京,没有人给我穿针了!""你喊我,我就来了。"枝儿坦然答道,她还没想过离开四婆后会怎样难过。"去了北京就不容易来了!""你喊我一定来。……你站在山顶上大声叫我,我会听见的。"

这天,枝儿依了妈妈的话,把一匣鸡蛋拿出来捧着,叫阿三给她抱着大花鸡,送到了四婆家。阿三把鸡掷下,临走时,不怀好意地说了句:"四婆,有这许多好东西,可以请客了吧!"作者将此轻轻带过,读者未必留意,小读者更不会注意,这是要等他们看完小说有了疑问,回头来看第二遍时才会发现的(有的恐怕要等长大了重读才会发现)。然后就是枝儿与四婆关于鸡与蛋的对话。这段话曾经受到鲁迅顺手牵羊的批评,但这批评是不够公允的。那时鲁迅正与梁实秋进行关于"硬译"的争论,梁认为鲁迅的译笔生硬、不"爽快",鲁迅就举出发表梁文的同期《新月》杂志上的凌叔华小说,引了这里的对话说:"'文字'是懂得的,但……既不'爽快',而且和不创作是很少区别的。"(《"硬译"与"文学的阶级性"》,载《二心集》)可能鲁迅急于找一段反驳的例证,并未细读全文,其实在一篇儿童小说中,这样的对话能够看出人物的弱小细微的心境,并非没有内容的文人的呻吟。就在鲁迅所引的那几句的下面,是这样一段:

"……买来那天就下了一个蛋,我捡给妈看,妈说这个鸡留着下蛋吧。是那个蛋,我都知道。四婆,你看,这上面擦了红胭脂的就是。这些蛋上面都叫阿三写了名字,这是大哥哥,这是大姐姐,这是二姐,三姐,四姐,阿三说只要一只公鸡就够了,别的都要母鸡,母鸡会下蛋。"枝儿很有趣的一个个指着说,"这孵

五、凌叔华的《小哥儿俩》

出来的一点小的鸡,下多小的蛋儿呵?我知道,就是那回吃的小鸽子蛋吧。"

"不是,鸽子蛋是鸽子下的。小鸡长大才下蛋呢。"四婆说着盖了箱子,放到盛菜的柜子里。

这些关于蛋的对话,包含了枝儿多么悠长的悬想啊!但孩子的那一点拳拳之心,大人是不容易领会的,即使领会,也很难当真。枝儿是把鸡蛋宝贝一样藏着的,历历如数家珍;四婆所放的则是"盛菜的柜子",这也轻轻带过,其实很见作者的匠心。

接着小说情节急转而下,搬家前的准备都已就绪,晚饭前,四婆专门送了点菜来,有红烧大头鱼,还有一大盘肥鸡。吃饭时,阿乙姐恶意地说:"这碗鱼得花好几毛钱,那盘鸡还不是咱们家送去的。"枝儿听了如雷轰顶,又不相信,但眼里满含了泪。她什么也不肯吃,一个人闭着眼哭,感到一切都可怕极了——

"不,我再去问一问四婆。"枝儿忽然决心的答,一边跳下椅子就要去。
妈连忙拉住说,"这不许去问四婆,傻孩子。"
……
枝儿见是阿乙来抱,挣脱不了,心里更加着恼,又不明白妈为什么不许她去问四婆,却打发阿乙姐领她去睡,真是委屈极了。
她一路依然呜呜的伏在阿乙姐肩上哭个不迭。
阿齐姐她们看着都叹说:"看不出这孩子平常那么乖,也会发那么大脾气!"

小说就这样结束了。孩子的美丽的童心,和大人对这童心的忽略,形成了一场旁观者眼中无风无浪而当事者内心却雨急风骤的大事变,这其实是儿童内心的澄净世界与成人社会的严峻现实之间的第一场冲突,对每一个孩子来说,这样的冲突必定要到来。描写这样的冲突,是儿童文学的一个重要的母题。在拙著《儿童文学的三大母题》中,我称此为"父爱型"的母题(虽然《搬家》是一篇充满母爱的小说)。我以为,如能细心地读一篇这样的作品,那对孩子心灵的成长,对她今后对人世的观察,将会有深刻的影响。而童心受到伤害的描绘,也会激起他们的不平，在他们长大以后，也许就会更关注儿童世界的美好。成人读了这样的作品，我想，至少是其中的一部分，在一笑之后，夜半扪心，也当会"知惭愧"吧？

我更想说一说的，是小说的艺术表现。小说的结构是精致的，先写什么，再写什么，都经过精心的比较和掂量，各部分的分量显得十分匀称。看起来有些不重要的部分写得很多，重要的部分却稍纵即逝，其实这正是她的高明处，前者是后者的铺垫，铺垫足够了，到时候的确不须有太多笔墨。而关键部分节奏本来就快，节奏快了，才给人以更多回味、悬想，亦即再创造的余地。作者的描写又是不动声色的，她给我们展示的是普通的日常生活，这是绚丽而又真实的，诱人感人，煞是好看，这显示了一个纯文学作家的真本事；故事的进程则隐在生活画面背后，并不特别把骨骼露出来，这也合乎生活的本来面目。比如《小哥儿俩》中大乖就要见到小猫的那一瞬，读者的心悬起来了，作者明知这是小说情节的大转折，却仍然不动声色，不事渲染；《搬家》到最后，妈妈为什么不许枝儿去问四婆，四婆到底有没有杀鸡，也不点破，只这么戛然收场。把故事的线索整理出来是读者的事，你可以按自己的理解作不同的整理，作者提供的就是生活，虽然这生活已经过她悄悄的、十分精心的选择，并充满了丰富的、决不含混的暗示。也就是说，这是要调动你的人生经验（哪怕你是一个儿童也罢）和文学想象，才有可能完成的阅读——这才是真正有趣味的阅读！

这样的文学，我以为是接续了《红楼梦》和《儒林外史》的传统的，和《水浒》《三国》等由话本转化而来的作品自有不同；也接续了狄更斯、马克·吐温乃至林格伦的儿童小说的优秀传统。就中国儿童文学来说，往上推，则当初陈衡哲的小说就是这样写的（虽然文学性上不如凌），冰心和废名的儿童题材小说也这样写（虽然严格地说它们不属于儿童文学）；到1949年以后，当时极有影响的儿童小说，如萧平的《海滨的孩子》，任大星的《吕小钢和他的妹妹》，也是这种展示日常生活，将故事隐在生活背后的写法；再看台湾的作品，朱天文有一篇很优秀的儿童题材小说《安安的假期》，写法上与凌叔华有异曲同工之妙，只是篇幅更大，生活面也更广阔了；进入新时期，尤其是90年代以后，安安静静写日常生活的作品越来越少，怕人静不下心来看的焦虑越来越重，故事的骨骼愈

五、凌叔华的《小哥儿俩》

益外露,文学阅读的趣味则日见淡薄了,但我以为,像秦文君的"小香咕"系列等,就还是坚持了这样的写法。

一个偶然的机会,我听到一位儿童文学专业的博士愤愤地说:"看凌叔华的作品,难看死了!"我闻之一惊。回家再看《搬家》,还是欣悦异常,有五体投地之感。这引起了我的反思。于是我渐渐发现,儿童文学的那种静美、斯文、深邃、悠远,好像是在渐渐离我们远去,似乎只在儿童图画书中还保留了几分。打开现在的儿童刊物,不是热闹打斗,就是肆意搞笑;小说故事的骨骼大多外露,只怕人看不出情节线索;有的小说开头就是骂人,通篇吵骂不休,唯恐一静下来抓不住眼球……读者,包括研究者的口味,已深受这种通俗风气的影响了。就像天天接触重味,习惯以辣不辣为第一标准,那又怎么可能欣赏鲜美和清淡?——而人生本来是清淡的,正是在清淡中蕴藏着悠远。或者,换句话说,一个孩子在文学中如只看得见热闹,只能领会粗线条的故事进程,这有利于他将来独自安静、细心、长年地面对普通日常生活吗?我们的儿童文学,能只有通俗故事而没有真正优美的文本吗?儿童能从小缺失静心阅读的机缘吗?细腻的艺术感觉能力真的将和未来的读者们告别了吗?

"小说"的本意,就是描写普通日常生活的。小说不应成为"大说"。即使是通俗文学创作,也要尽可能保留真实的日常生活的滋味,要有对日常生活的文学描写能力,在情节的铺展中也要有日常生活的质感。《水浒》艺术上高于《三国》,就在于它的人物更丰满了,当时当地日常生活的质感浓烈了,细部增强了,从而进入了新的文学境界。

所以,我很希望今后中国的儿童文学教学,能把凌叔华的小说作为基本教材,这样我们才有可能从文学史和文学理论的角度,把握"纯文学"的真髓。事实上,中国儿童文学发展到《小哥儿俩》等作品问世,才真正出现了艺术成熟的标记。它是"自觉的儿童文学",是"为儿童"的,同时也是充满艺术个性的"说自己的话"的文学,它是成人与儿童都能接受的,而且今天读来仍没有时代隔阂(这是一个奇迹!)——我以为,它的魅力将是永恒的。

凌叔华一生未曾大红大紫,去世后却因年轻时的恋爱经历遭反复炒作,着实可悲。她作品不多,主要就是几部短篇,但当时的文坛其实是懂得她的价值的。

除上文说到鲁迅与周作人的评论和举荐外,叶公超曾说:"她的文字有点像英国十九世纪的女小说家珍妮·奥斯汀……"徐志摩说她的作品"有权利要求我们悉心体会";施蛰存说:"我以为凌叔华是一个懂得短篇小说作法的人。她的小说,给予人的第一个好感就是篇幅剪裁的适度……不感觉到她写得太拖沓了,或太急促了。在最恰当的时候展开故事,更在最恰当的时候安放了小说的顶点。"沈从文则说:"叔华的作品,在女作家中另走出了一条新路。"(均转引自《高门巨族的兰花》)

  再说两句题外的话。正如陈福康先生以一人之力研究郑振铎,给我们保留了大量郑先生的资料和线索,陈学勇先生多年致力于凌叔华研究,编纂了《凌叔华文存》(上、下,四川文艺1998年版)、《中国儿女——凌叔华佚作·年谱》(上海书店2008年版)和上述传记《高门巨族的兰花》,给后来的研究提供了极大的方便。看来这类专门研究还是不可少的,希望年轻一代研究者也能知难而进,不要都被市场牵着走吧。

六、沈从文、陈伯吹与老舍的"阿丽思"

我们前文说过,在赵元任译作《阿丽思漫游奇境记》出版后,周作人所鼓吹的充满童话想象的"有意味的没有意思"的创作思想,未能在儿童文学界形成气候。虽然如此,这部书的影响还是非常大,周作人的影响也不可小觑,好多年后,还有几位重要的作家在摸索甚至模仿"阿丽思"的写作。

第一个就是沈从文。1928年,已经发表了一些短篇小说,但在文坛还立足未稳的沈从文来到上海,他的母亲和妹妹还在北京,她们要靠他微薄的稿费收入生活。他想写点轻松的东西,既是写给妹妹和母亲的,也是为了维持她们生活的,于是想到了写《阿丽思中国游记》。作品共18万字,自1928年3月起在《新月》杂志连载,到年底即以第一卷和第二卷分两个单行本由新月书店出版,每卷各含十个章节。这可算是中国儿童文学史上的第一部长篇童话。沈从文在单行本的后序中说:

> 我先是很随便的把这题目捉来。因为我想写一点类乎《阿丽思漫游奇境记》的东西给我的妹妹看,让她看了好到在穷病中的妈面前去说说,使老人开开心。原是这样的无什么高尚目的的写下来,所写的是我所引为半梦幻似的过去当前有趣的事,只要足以给这良善的老人家在她烦恼中

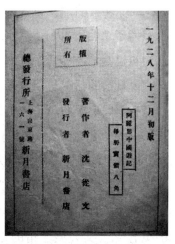

《阿丽思中国游记》版权页
沈从文著 新月书店 1928年版

暂时把忧愁忘掉，我的工作就算是一种得意的工作了。谁知写到第四章，回头翻翻看，我已把这一只善良和气的有教养兔子变成一种中国式的人物了（或者应当说是有中国绅士倾向的兔子）。同时我把阿丽思也写错了……我把到中国来的约翰·傩喜先生写成一种并不能逗小孩子发笑的人物，而阿丽思小姐的天真，在我笔下也失去了不少。……我不能把深一点的社会沉痛情形，融化到一种纯天真滑稽里，成为全无渣滓的东西，讽刺露骨乃所以成其为浅薄，我是当真想过另外起头来补救的。但不写不成……

最后他是用三十天时间，硬着头皮写完了。这也是他自己的第一部长篇作品，他不得不承认"这次工作的失败"。

总结一下这样的失败还是很有意思的，我想，不外乎如下几点吧：

一、"轻敌"了。这位初入文坛的天才作家，也许以为为儿童写作不会是什么难事，卡洛尔写阿丽思，当初就是顺口给孩子讲故事讲出来的，现在把这故事搬到中国，照着原著的方式讲，有何不可？顺口编故事是有可能编出最杰出的作品来，因为作家这时处于最自由的状态，但那要有"天时地利人和"作前提：要有最适合儿童文学创作的心境和环境，创作者要有长期积累，内在的童心也须保持得特别完整。而这样的机缘其实是不多的，不然旷世杰作恐怕早已堆成山了。

二、作者的"童心"还不完备。在赵元任译本《阿丽思漫游奇境记》的扉页上有孟子名言："大人者，不失其赤子之心"。这话他不会看不到。但作家大都认为自己是有赤子之心的。我们在前两章中阐述了周作人以"赤子之心"来整合"说自己的话"与"为儿童"之间的矛盾的理论倾向。赤子之心即童心，而童心是有不同层次的。沈从文有童心，但他的童心适合剖析中国儿童所处的现实环境，也能给儿童以深刻的同情，却还未能以完全的儿童心态来扫视整个成人社会，以自足的顽童的心境投入阿丽思式的长篇狂欢。

三、作家接过了"顽童"母题的形式，写的却是"父爱型"母题，这就很难不失败了（这是对上一点的再展开）。恕我借用拙著《儿童文学的三大母题》中的概念[注]，"父爱型"指的是能帮助孩子认识和体验沉重现实的儿童文学创作；"顽童型"则是指完全以儿童的眼光看待世界，常与成人逻辑形成冲突的狂欢式

六、沈从文、陈伯吹与老舍的"阿丽思"

作品——这一母题的创作只有童心最完备者才可进行，卡洛尔就是这样的天才。而沈从文通过阿丽思和兔子傩喜的奇遇，写出的是中国的战乱、灾荒、失业、冻饿，民间的敬神占卜、蒙昧迷信，知识界的平庸猥琐、浅薄无聊，等等。他在检讨自己的创作时说，"不能把深一点的社会沉痛情形，融化到一种纯天真滑稽里，成为全无渣滓的东西"，这确是看到了自己作品与卡洛尔原作的区别，但这是没有办法解决的，因为他是用成人对儿童的眼光在作观察和写作，而卡洛尔所用的完全是儿童的眼光，所以才有"纯天真"可言。

三年后的1931年，又一位踏入文坛不久的年轻作家陈伯吹，也以同样的方式，写了一本《阿丽思小姐》。陈伯吹的童心也被卡洛尔激活了，他后来回忆说："早年我读过《阿丽思漫游奇境记》。一个喜欢幻想，有点想象力的青年人，完全给这书的艺术感染力感染了，也在这篇童话作品的本身得到了启发。至此，像一台蒸汽机的引擎，推动了我那创作的冲动与欲望，满想通过笔尖勾画出一个天真烂漫、聪明活泼、却又勇敢机智的孩子形象……"（《蹩脚的"自画像"》，载《我与儿童文学》一书）按理，在原创童话书甚少的当时，他不会看不到沈从文已有过一本同类的书，但他一定是按捺不住内心的创作冲动，他觉得自己这一本也是非写不可的了。可见"阿丽思"确是击中了作家心底最深处的那一份童心。他从1931年春天开始写，不久即在自己编辑的《小学生》杂志上连载，至1932年6月载完，1933年1月由北新书局出单行本，全书约六万字，共二十章（巧得很，沈从文的书也分二十个章节），书前有赵景深序。

《阿丽思小姐》所写的，也是阿丽思在中国遇到的种种怪人怪事，这里寄寓了作家的童心，同时也寄寓了他的现实观察。阿丽思看到了昏庸无能的瞌睡虫法官、毫无顾忌偷吃粮食

《阿丽思小姐》，陈伯吹著
北新书局1933年版

的米蛀虫、变着法子欺骗顾客的糖果店蜜蜂老板、率领蚱蜢蝗虫百足等耀武扬威的大蟒皇帝,以及肚里空空只会教八股的杨柳诗人蝉儿……写到第十二章时,"九一八"事变爆发,作者回忆说:"电讯传来,简直是地坼天崩,多么大的刺激,我再也不能循规蹈矩地按着原计划写下去了……"这样,阿丽思小姐又变成了抵抗大蟒皇帝军队、撕碎不平等条约的"无畏小战士"。几十年后,陈伯吹反思当时的想法时又说:"爱国的十九路军将士,奋起反击那些得陇望蜀的敌军侵犯淞沪,这也应该写进去吧,可是生吞活剥,艺术性不成熟,不免是有'图解'之讥"(1981年新版《阿丽思小姐》前言,湖南人民版)。事实上,比起沈从文来,陈伯吹此书离卡洛尔原著更远,因为他太注重自己的教师身份,下笔之初,就怀着很强的教育儿童的目的,作品中不时穿插品德教育与知识性的内容,包括小学自然课本里的动植物常识和作文知识、修辞手法等等,所以后来的激励爱国心的重墨渲染,读来也并不觉得太过突兀。所以,此书所运用的,就不仅是成人的眼光,而且还是最注重教育的那部分成人的眼光;这和顽童的眼光当然不是一回事。严格地说,这与卡洛尔宣扬"纯游戏精神"的"有意味的没有意思"的写法,可谓南辕北辙了。

1948年4月1日,已经成为儿童文学界代表人物的陈伯吹在《大公报》上发表了一篇《儿童读物的检讨与展望》,他将"民国十五年至二十年"(即1926—1931年),称为儿童文学"教育价值的时期"。他写道:"平心而论,读物注重阅读趣味,是合于教育原理和儿童心理的,只因为太热心于趣味,把趣味纯娱乐化了,甚至于低级化了,这当然是不好而且不妥当的,一时虽然风行,日久必被察觉,等到悟出过去的破绽,这转向也是自然而然的。所可惜的,未能熔铸趣味与教育在一炉,烹煮成一种上等的精神食粮,去哺育儿童,不使他们尝到一种枯燥的焦味。这一点直到现在还没有能够做好。"这时的陈伯吹先生,早已确立了自己"教育儿童的文学"的理论宗旨,他回顾的正是他写《阿丽思小姐》的时期,这是不是也包含着对自己刚下笔时"太热心于趣味"的自我检讨呢?

伯吹先生所说的"未能熔铸趣味与教育在一炉""到现在还没有能够做好",与前文所引沈从文说的"不能把深一点的社会沉痛情形,融化到一种纯天真滑稽里",其实是一回事。而它的不能解决,是有先天的必然性的原因在的,即最好

六、沈从文、陈伯吹与老舍的"阿丽思"

的"父爱型"作品的童心童趣,也还是不能和最好的"顽童型"作品比;何况,这两部中国版"阿丽思"都还不属"父爱型"作品中的成熟之作——后来有些注重教育配合时事的图解性的儿童文学创作,其艺术质量则更在此二书之下了。对此,我们不妨再回顾一下周作人当年的话:

其实艺术里未尝不可寓意,不过须得如做果汁冰酪一样,要把果子味混透在酪里,决不可只把一块果子皮放在上面就算了事。但是这种作品在儿童文学里,据我想来本来还不能算是最上乘,因为我觉得最有趣的是有那无意思之意思的作品。安徒生的《丑小鸭》,大家承认它是一篇佳作,但《小伊达的花》似乎更佳;这并不因为它讲花的跳舞会,灌输泛神的思想,实在只因它那非教训的无意思,空灵的幻想与快活的嬉笑,比那些老成的文字更与儿童的世界接近了。(《儿童的书》)

借此机会,再谈一点与上述作品相关的理论探讨。

朱自强先生在《中国儿童文学与现代化进程》(浙江少年儿童出版社2000年版)中,反复强调了他的一个重要的观点:"五四"时期的儿童文学理论与创作之间存在着"明显而重大的错位"。这是很有深度也很有创造性的发现。他指出——

中国儿童文学是受西方儿童文学的催生而产生的。……"五四"时代里,虽然新文学知识分子如周作人等在观念中描画了儿童的时代,但是,真正的儿童时代并没有出现在中国社会,因此,也是作为时代生活的表现和作为作家生活感觉表现的儿童文学创作,难以获得"儿童本位"的感性体验,其艺术形态中,不可避免地缺失"儿童本位"的表现,而过多地渲染属于成人世界的思想和心境。(第196—197页)

这里运用的是一种唯物史观的艺术论,即当时中国的社会生活的土壤还没有达到足以产生"有意味的没有意思"那一类作品的程度,所以,虽然理论已经走到了这一步,但创作始终跟不上。这是有道理的,我总体上也是同意这一分析的;但我同时又认为,"五四"后的中国社会的土壤并非铁板一块。中国之大,各处或有不同。中国人口众多,人与人亦有不同。"五四"前后国门早已大开,知识分子走出去的也不少,思想和生活感觉未必都一样。总而言之,我的意见是:大体应是如此,但还可有例外。

朱自强很准确地将"儿童时代"未在中国出现所造成的文学局限,落实到"时代生活"和"作家生活感觉"这两点上。前者指中国的客观环境,后者指作家的创作个性。客观环境包括国难当头、社会动荡、民生惟艰,而且儿童本身也缺少自由、愉悦、狂放的生活,现实中的童心未能开放,作品中如何体现?同时也指社会的容忍度,连陈伯吹写一位那样现实那样针对中国国情的"阿丽思",发表后还会收到康同衍的善意的批评:"当阿丽思抵抗帝国主义的时候,没有看到群众抵抗的情形……望先生在再出版的时候,把这伟大的事实补上去啊!"(见王宜清《陈伯吹论》,少年儿童出版社 2006 年版)如真的写了"有意味的没有意思"的作品,可想而知,在这非常的时刻,又会遭到怎样的反响。至于作家主体的局限,朱自强以叶圣陶和冰心为例——他们理性上都愿意接受周作人的"儿童本位"论,但一到创作时,感性还停留原地,所以就出现了种种不足。

《小坡的生日》,老舍著作家书屋 1944 年版

那么,为什么我说"可有例外"呢?因为,生活再动荡不安,童心总是乐观向上的,它总还要存在的,并且即使中国社会对儿童充满压抑,那也并不等于在文学中就决不能够有自由的表现和呼喊,在没有爱情自由的年代不也有《西厢记》《牡丹亭》和《红楼梦》吗?在以作家为例时,我又觉得,当时如果也能够注意到凌叔华的小说创作,那结论就还可以有所松动。总之,事在人为,文学当然会受到社会生活的局限,但这又并不如镜子反映图像那么直接和单向,它要灵活得多,所以,它可以允许例外。

六、沈从文、陈伯吹与老舍的"阿丽思"

这里我要在凌叔华之外,再举出一个例外——老舍。

二十世纪二三十年代之交,除了沈从文和陈伯吹,还有第三个模仿卡洛尔《阿丽思漫游奇境记》的写作者,那就是当时已在文坛有了较大名气的老舍。他于1929年6月自英国启程回国,因手中的钱只够买到新加坡的船票,就在新加坡住了几个月,一面教书,一面写作,写的就是《小坡的生日》。他在那里写了全书的前十一节;1930年2月回到国内,住在上海郑振铎家中,又一气续完了小说的后七节。作品在1931年连载于郑振铎主编的《小说月报》一至四期上。1934年由生活书店出单行本。

老舍与沈从文、陈伯吹不同,他从头至尾没打阿丽思的旗号。可是,我们不妨看看书中的这几段:

……还是妹妹好,她说:"东街上的小孩儿们全有马来父亲,咱们的父亲也一定是马来。"

"一定!马来人是由上海来的,父亲看不起上海人,所以也讨厌马来。不知道父亲为什么看不起上海人?"小坡摇着头说。

"父亲是由广东来的,妈妈告诉我的,广东人是天下最好最有钱的!"仙坡这时候的神气颇似小坡的老大姐。

"广东就是印度!"

仙坡想了半天,"对了!"

"仙!赶明儿你长大了,要小孩的时候,你上哪里去捡一个呢?"

"我?"仙坡揉着辫子上的红穗儿,想了半天:"我到西边印度人家去抱一个来。"

"对了,仙!你看印度的小孩的小黑鼻子,大白眼珠,红嘴唇儿,多么可爱呀!是不是?"

"对呀!"

"可是,妈妈要不愿意呢?"

"我告诉妈妈呀,反正印度小孩儿长大了也会变成中国人的。你看,咱们那几只小黄雏鸡,不是都慢慢变成黑毛儿的和红毛儿的了吗?小孩子也能这样变颜色的。"

"对了！仙！"

他们这样解决了人种问题。

他们都站在树荫下，谁也不知道干什么好。南星，那个广东胖小子，一眼看见小坡的火车，忽然小铜钟似的说了话：

"咱们坐火车玩呀！我来开车！"说着他便把火车抱起来，大有不再撒手的样儿。

"往吉隆坡开！"小坡只好把火车让给南星，因为他——南星——真坐过火车，而且在火车上吃过一碗咖喱饭。坐过火车的自然知道怎么驶车，所以小坡只好退步。

两个印度小男孩的父亲在新加坡车站卖票，于是他们喊起来：

"这里买票！"

（现在他们全说马来话——南洋的"世界语"。）

大家全拔了一根兔儿草当买票的钱。

"等一等！人太多，太乱，我来当巡警！"小坡当了巡警，上前维持秩序："女的先买！"

小妞儿们全拿着兔儿草过来，交给两个小印度。他们给大家每人一个树叶当作车票。

大家都有了车票，两个卖票的小印度也自己买了票——他们自己的左手递给右手一根草，右手给左手一个树叶。

他们全在南星背后排成两行。他扯着脖子喊了一声："门——"然后两腿弯弯着，一手托着火车，一手在身旁前后地抡动，脚擦着地皮，嘴中"七咚七咚"地响。

开车了！

后面的旅客也全弯弯着腿，脚擦着地，两手前后抡转，嘴中"七咚，七咚"，这样绕了花园一圈。

"吃咖喱饭呀！不吃咖喱饭，不算坐过火车！"驶车的在前面嚷。

六、沈从文、陈伯吹与老舍的"阿丽思"

于是大家改为一手抡动,一手往嘴里送咖喱饭。这样又绕了花园一遭。

火车越走越快了,南星背后的两个马来小姐儿,裙子又长,又没有多大力气,停止了争论谁是姐,谁是妹;喘着气问:"什么时候才能到呢?"

"离吉隆坡还远着呢!到了的时候,我自然告诉你们。"小坡在后面喊。

"什么?到吉隆坡去?刚才买的票只够到柔佛去的!"两个小印度很惊异地说:"没有别的法子,只好还得补票。"说着他们便由车上跳下来,跟大家要钱。都没带钱,只好都跳下去,到墙根去拔兔儿草……

"来,说笑话吧!"小坡出了主意。

大家都赞成。南星虽没笑话可说,可也没反对,因为他有个好主意:等大家说完,他再照说一遍,也就行了。

他们坐成一个圆圈,都脸儿朝里,把脚放在一处,许多脚指头像一窝蜜蜂似的,你挤我,我挤你地乱动。

"谁先说呢?"小坡问。没有人告奋勇。

"看谁的大姆脚指头最小,谁就先说。"三多——那个福建小儿——建议。

"对了!"仙坡明知自己的脚小,可是急于听笑话,所以用手遮着脚这样说。

南星也没等人家推举他,就拨着大伙儿的脚趾,像老太太挑香蕉似的,检查起来。结果是两个马来小姐的最小,大家都鼓起掌欢迎她们说笑话。

两小姐的脸蛋更红了,你看着我,我瞧着你,不知说什么好,也不知谁应当先说。嘀咕了半天,打算请姐姐先说,可是根本弄不清谁是姐姐,于是又改成两个一起说。她们看着地上,手摸弄着腿腕上的镯子,一起细声细气地说:

"有一回呀,有一回呀,有一个老虎,"

"不是,不是老虎,是鳄鱼!"

"不是鳄鱼,是老虎!"

"偏不是老虎,是鳄鱼!"

一个非说老虎不行,一个非讲鳄鱼不可。两姐妹越说越急……南星鼓起掌来,他觉得这非常好听……

最后还是小坡提议:叫她们姐妹等一会儿再说,现在先请妹妹仙坡说一个。……仙坡说了：

"有一回呀，有一只四眼虎。"

两个马来小妞，两个印度小儿一齐说了："老虎都是两只眼睛！"马来和印度都是出虎的地方，所以他们知道得详细。

仙坡把小嘴一撅，生了气："不说了！"

印度小孩觉得有点不好意思，赶紧解说："你说的是两只虎，那自然是四个眼的。"

"哑！偏是一只老虎，四个眼睛！"仙坡的态度很强硬。

马来姐妹一起低声问："四个眼睛都长在什么地方呢？都长在脖子上？"说完，她们都遮嘴。低声笑了一阵。

仙坡回答不出，只好瞪了她们一眼。

三多忽然一时聪明，替仙坡说："戴眼镜的老虎就是四眼虎！"

南星不明白话中的奥妙，只觉得糊涂得颇有趣味，又鼓起掌来。

……最后南星自荐，给大家说一个：

"有一回呀，有只四眼虎，还有只六眼虎，还有只——有只——七眼虎。"说到六只眼，他的"以二进"的本事完了，只能一只一只往上加了。一直说到"还有只十八眼虎"，再也想不起：十八以后还是五十呢，还是十二呢。

想不起，便拉倒，于是秃头儿文章，忽然不说了。假如他不是自己给自己鼓掌，谁也想不到他是说完了。

熟悉《阿丽思漫游奇境记》的读者，看了这几段描写，或许会发出会心的微笑。因为，这里有神似，也有形似（如坐火车买票和讲笑话的场面，就容易让人想起《合家欢赛跑和委屈的历史》中阿丽思给小动物发奖等情节）。老舍英文好，又在英国生活多年，他对卡洛尔的文学传统的领会，无疑要在当时的沈从文和陈伯吹之上。

如光看这几段描写，我们也许会得出结论：谁说那时中国没有"有意味的没有意思"的儿童文学？这不就是！

是的，就这些片断看，并不远逊于卡洛尔！然而，它们只是片断。就整个

《小坡的生日》来看，却是不能和《阿丽思漫游奇境记》比的。它没有一个充满幻想的奇异而完整的结构，故事也不是沉浸在童话想象的氛围中。作者本想写一个南洋华侨的很严肃的作品，因为时间不够，又不熟悉生活，而只熟悉儿童生活，于是写了这篇以南洋为背景的儿童小说。笔墨是写实的，但一写到儿童，一放开手脚写，顿时就趣味横生了。可见，作者本身是有着足够的童心童趣的，但他没有像卡洛尔那样把这作为一部作品的最重要的内核，除此之外不需要添加别的分量；他只愿将此作为佐料，而主旨却是要写出"联合世界上弱小民族共同奋斗"——这一点其实是达不到的，从小说中根本读不出这么伟大的意思来。所以，正如他自己后来所总结的："这是幻想与写实夹杂在一处，而成了个四不像了。这个毛病是因为我是脚踩两只船：既舍不得小孩的天真，又舍不得我心中那点不属于儿童世界的思想。我愿与小孩们一同玩耍，又忘不了我是大人。这就糟了。"（《我怎样写〈小坡的生日〉》，载1937年人间书屋版《老牛破车》）

不妨设想一下，如果老舍当年更简单、更成熟一些，或者对世界儿童文学的格局能有一个总体的把握，他还是有可能写成一部优秀的、合乎"儿童本位"的"顽童型"作品的！当然，这还牵涉到当时中国文学的总的语境，也就是，长期以来，中国式的思维是：一个时代只允许有一类作品，不能容忍另类，不能保证多元并存。所谓"救亡压倒启蒙"，也是指的这一现象。因而，在国难当头的时候，作家能不能放心放手大写"没有意思"的"顽童"，写出来以后能不能顺利发表，发表后能否不遭到全民性的攻击，这都是问题。而这，其实也可以归结到朱自强所说的"中国社会"的土壤问题上来。

注 拙著《儿童文学的三大母题》有1995年、1997年少儿出版社版，2009年华东师大出版社增订版，2015年复旦大学出版社版。书中将儿童文学分为"爱的母题"（内分"母爱型"与"父爱型"）、"顽童的母题"和"自然的母题"三大类。"爱的母题"体现的是成人对儿童的眼光，"顽童的母题"体现的是儿童自己的眼光，"自然的母题"体现的是人类（对自然界）的共同的眼光。

七、张天翼的《大林和小林》

二十世纪三十年代的文学刊物，大都很重视儿童文学，至少是绝不排斥，而且能与成人文学创作一视同仁。上文说到，老舍的《小坡的生日》是发表在1931年的《小说月报》上的；一年后的1932年，张天翼的长篇童话《大林和小林》发表在"左联"机关刊物《北斗》二卷第一期和二卷第三四期合刊上。过后不久，张天翼的儿童小说《蜜蜂》又发表在施蛰存编辑的大型文学刊物《现代》一卷第三期上。这是中国现代文坛的一个很好的传统。

《北斗》创刊于1931年9月，主编是丁玲。此前的1931年2月，丁玲的丈夫胡也频与柔石、殷夫等一起被国民党当局枪杀于上海龙华，此即"左联五烈士"。到这年末与翌年初，左联的刊物《十字街头》《前哨》，连同更早些的《萌芽》《海燕》《大众文艺》等，都已被一一查禁。《北斗》出完二卷三四期合刊（即刚登完《大林和小林》后）也被迫停刊。当年身历其境的茅盾（曾任左联执行书记）在晚年回忆录中说："1932年以后上海的白色恐怖，比之1930年、1931年更是猖獗了。"但他也回忆了1931年11月前后左联的变化，那就是在鲁迅和瞿秋白的推动下，由"政治中心"（即当年左翼作家不搞创作都去参加飞行集会、散发传单等）开始向"文学中心"复归。在

《大林和小林》，张天翼著
中国少年儿童出版社1956年版

七、张天翼的《大林和小林》

《北斗》上还展开了"创作不振之原因及其出路"的大讨论，鲁迅、茅盾、丁玲、张天翼、郑伯奇及郁达夫、叶圣陶、陈衡哲、邵洵美等二三十位作家为之撰稿，这些讨论文章就发在1932年1月20日出版的《北斗》二卷一期"特大号"上。《大林和小林》也在这个"特大号"上开始揭载。

从上述背景中可知，当年27岁的左翼作家张天翼，面对压迫加剧、战友被害，年轻的心正处于怎样一种激昂状态；同时，随着左联本身的改变，重新开始倡导创作和艺术，他身上的灵感又被激活，那些天才的潜质也开始萌动和突围了。

应该说，《大林和小林》是一部非同小可的作品，张天翼也是一位非同小可的作家。整个中国现代儿童文学史上，真正称得上天才作家的，也许只有他这一位。笔者2010年有韩国之行，曾与仁川大学元钟赞教授作过一次对谈（载韩刊《创作与批评》秋季号）。元教授是重要的左翼批评家，谈到儿童文学史，他最为感慨的就是韩国没有出现像张天翼那样的天才作家，致使左翼运动过后，没有真正的好作品留下来。天才的出现总是偶然的，一如安徒生之于丹麦，林格伦之于瑞典，虽有产生的土壤，却不具备必然性。这就更使我们意识到张天翼的难得和宝贵。

读《大林和小林》，可以使孩子从头到尾笑个不停，这情形，唯有苏联儿童文学作家诺索夫的作品可以相比。现在让儿童发笑的创作确乎不少，但笑得如此畅快放肆、压抑不住，笑过之后还留下如此美好回味的，却并不多。我是在小学低年级时读这本书的，半个世纪过去了，那种快乐的记忆还在心头，当初读到的细节有些到今天还能复述；遇到年龄相仿的人回忆儿时阅读，也常会津津有味地讲起这本书。相反，现在有些搞笑的童书笑过之后却很懊恼，而且转头即忘，说不出自己刚才为什么笑。这是很值得研究者作对照分析的。

我以为，《大林和小林》里的笑，其根基在童趣。那是深深扎根于儿童生活的，作者太熟悉儿童了，他自己也有一颗蓬勃的童心与之相贴合，于是一下笔，由童趣引发的喜剧之美就喷涌而出了，挡也挡不住，躲也躲不开。许多人就是看了几行便笑着往下读，怎么也不肯放手了。

首先是，这个故事的表述，就是用的儿童的节奏、儿童的口气。叙述语言简洁明快，总是寥寥几笔就把事情勾勒出来，而且那几笔不光是勾勒，本身也是有趣味的。比如写这两个失去父母的孩子的哭：

……天也晚了。太阳躲到山后面睡觉去了。月亮带着星星出来向他们眨眼。大林和小林还哭着。哭呀哭的，太阳睡了一觉醒来了，又从东边笑眯眯地爬出来。

小林揩揩眼泪说：

"你还哭不哭？我想不哭了。"

"好，我也懒得哭。走吧。"

这对话有说不出的好玩处。孩子哭够了，是会想到"不哭了"的；但问"你还哭不哭"，就像问"你还想吃吗"或"你还要休息会儿吗"，似乎完全忘了哭是一种不受控制的情绪突发。而大林是懒孩子，他说"懒得哭"，也让人不禁莞尔。

又如这一段：

怪物现在站直了……他伸出他那长着草的手来抓大林和小林。他要吃他们！真不幸，大林和小林一定会给怪物吃掉了！

这两句是不是很平很啰嗦？不是。这也是儿童口气，在讲故事的时候，他们就爱这样渲染、强调——尤其是他们感到后面有好戏的时候。他们很喜欢故意吓吓你。

还有这一段：

皮皮对国王鞠一个躬说道……

不对，我说错了！原来皮皮先生还没有开口，小林就抢着说了，他说得很快，他说：

"我在地上睡觉，后来这个皮皮先生来了。后来这皮皮拾起了我。后来皮皮先生说我是他的东西。后来我不服。后来我们来问你这个国王。"

七、张天翼的《大林和小林》

"后来呢?"国王问。

"后来敲城门。后来你这个国王摔了一跤。后来你这个国王哭了。"

小孩子讲故事就是边想边说的,总是急于交代后面的东西。也因为小林说得急,所以这里的"我说错了"十分自然,也渲染了气氛。国王会顺着他的一个个"后来"问:"后来呢?"这确是儿童会话,这说明他听傻了。而小林直来直去,一点不为国王遮掩,也是儿童特有的声口。

作品里的对话都很精彩,不仅用的是儿童的语言,而且背后都是儿童的思维、儿童的逻辑。如:

"皮皮先生,你抓着我走,我真谢谢你。我正很疲倦呢,叫我自己走可走不动。"

皮皮虽然力气大,可是提着小林走了几里路,手也提酸了,他只好抓得轻一点。

小林恭敬地说:

"皮皮先生,你提不动了?我自己走吧。"

"好吧。"

等皮皮手一放,小林就飞跑了。

……皮皮跑得比小林还快,因为他本来是猎狗出身。果然,皮皮的手离小林只有一尺远了。

……"小林,快呀,快快跑呀!"小林对自己打气。……最后,皮皮的手搭在小林的肩上了。皮皮先生一把抓住小林。

小林就说:

"算你跑第一吧。"

小林又被抓了,这并不是一场追逃游戏,

《大林和小林》插图——华君武图

其实是一件很严重的事：皮皮声称他捡到谁谁就是他的，这是这个国家的法律；小林要挣脱，要自由，所以才跑。然而小林毕竟是孩子，跑不过，又被抓，就以一句"算你跑第一"来解嘲，因为在跑的过程中，那背后的严重性早已被奔跑本身所掩盖，这是孩子注意力转移的特点，也是孩子特有的思维。

再看皮皮拍卖小林的场面：

"各位！现在皮皮商店要拍卖这许多货。货色都是最上等的。喂，注意！现在要卖第一桶了。第一桶里，有小林一只，墨水一瓶，火柴一盒，饼干一片，画片一张，铁球一个，都是好货色。看各位肯出什么价钱。"

买东西的人就哇啦哇啦叫起来。

"我出一分钱！"

"我出两分钱！"

"十个铜子！"

"十二个！"

"五分钱！"

"六分！"

"六分半！"

"六分七厘五！"

"七分！"

有一个满脸绿胡子的男子站起来说：

"我出一毛钱，一毛钱！"

这场拍卖，怎么看都像是儿童的"过家家"，一边读一边会心地想笑。儿童大都爱收集各类小杂物，什么都不舍得丢，于是，"墨水一瓶，火柴一盒，饼干一片，画片一张……"就和"小林一只"放在一个桶里了。而小孩眼界有限，出手当然很小，所以，就一分、两分地往上加；两分之后会有"十个铜子"，再后还会有"十二个"；"六分半"后面还有"六分七厘五"，这都体现了孩子特有的"小气"。最好笑的倒是那位富翁，煞有介事地站起来，很了不起地宣告："我

七、张天翼的《大林和小林》

出一毛钱,一毛钱!"这里的重复,显示了他拿出一毛钱时的庄重之态;作家很为自己写下这一笔而得意,他不想让这意外的效果流失,所以,以后这位富翁(四四格)每一开口,结尾都要重复一下。如:

> 小林问:
> "你带我去做什么?"
> "做工,做工。"
> "做什么工?"
> "什么都要做,都要做。"
> "给钱么?"
> "不给,不给。"
> 过了一会,小林又问:
> "你说起话来,为什么一句话要说两遍?"
> 四四格摸摸绿胡子,答道:
> "因为我的鼻孔太大了,太大了。说起话来鼻孔里就有回声……"

我猜想,这样的构想,就是在创作过程中突然产生,而又让作者顺势抓住的。一部天才的作品,肯定不会处处都事先想定,而天才作家与一般作家的区别,也就在于灵感特别蓬勃,势如泉涌,而他又特别能抓住灵感,能不受约束地让灵感发挥到极致,所以作品如行云流水,行于所当行,止于所不得不止,于是总能自创新格,如有神助,不会陷于俗套。

当然,不可否认,皮皮和这位四四格,都是很坏的坏人。我们再来看另一个坏人包包和大林的对话:

> ……包包就把一对鸡翅膀插在背上。
> 大林问:
> "这是做什么?"
> 包包诧异道:

"咦，你不知道么？你看过童话没有？外国的童话里，都说天使是有翅膀的。所以我要把鸡翅插在背上。"……

这位美丽的天使四面瞧瞧，对大林小声儿说：

"你别乱跑，得好好在这儿等着我。你要是饿了，可以打开窗子吸一点儿新鲜空气。我出去办事去了。再会！"

……

包包就走出去了。到门口又打回转，从柜子里拿出一块鸡蛋糕，又把柜子锁上。包包一面嚼着鸡蛋糕，一面说：

"当个天使还得会唱歌才行。这个考不住我。"

大林就听着包包一路唱着"天使之歌"走了——

"吃一块鸡蛋糕，

美丽的包包。

吃一块鸡蛋糕，

美丽的包包。

……"

声音愈来愈小，听不见了。大林忽然觉得一阵头晕眼花，就赶紧去打开一扇窗子……

包包确实坏，自己吃鸡蛋糕，却叫大林"吸一点新鲜空气"。可再坏，也仍然还有孩子的特点。我们再看后面的描写：

包包一扭一扭地走出大门，就坐上了马车。包包对马说：

"得儿！到叭哈家。我是要跳墙的，只要到叭哈家的墙外就行了。知道了么？"

"知道了。"

马车一口气跑过去，跑到一座白墙跟前停下了……

包包预备好，一二三！一跳。

可是墙太高，包包先生跳不上，跌到了地下。马看见了就笑起来了，说道：

七、张天翼的《大林和小林》

《大林和小林》插图——华君武图

"呜呜呜,

包包老爷跌得苦!"

包包生了气。

"呸,你笑我跳不上么?你再看!"

包包就用了全身的力气,预备好,一二三!包包把两只脚一用力,就跳上去了……

这里没写别的,就写了包包争强好胜的孩子气。

我想,这部作品中充沛丰盈、无处不在的童趣,已不必再作抄引和分析了,读者一打开书就能感觉到。甚至,作者所受《阿丽思漫游奇境记》的影响,也不必再特别指出,因为许多掩也掩不住的相似之妙,在作者笔下汩汩流出,自然而然,既相似又独到,这是一个天才激发另一个天才的奇妙现象,然而这是谁都看得出的。我想在本文中特别讨论一下的,就是上面所说的"坏人"与"孩子气"的关系。

显而易见,在这样一个渲染阶级斗争的故事里,坏人也就是"敌人";而一旦将坏人作为孩子来写,势必会消解这"敌对"的性质。孩子气亦即童趣,终究还是可欣赏的,哪怕是他们的小气、自私、出丑(这都体现在包包身上),也只能令人发笑,却难以让人生恨。这在当时左翼作家团体的创作氛围中,其实是很危险的倾向,而竟未被揭发,未遭到严厉批判(如蒋光慈等当时都因作品而受到残酷批判),实在也是一个奇迹。我以为,是这一作品所图解的"革命理论"掩盖了它的这种审美倾向,是外在的"革命性"掩盖了它这种内在的"不革命性",而当时的文艺批评又更注重在作品中寻找一眼可见的"革命"(或"反革命")元素而不注重从审美判断上把握作品(这一倾向后来延续了很长时间,一直延续到"新时期"以后,我曾在八十年代批评过这种只会"捞盐粒"而不会品尝"盐之在水"时的滋味的评论方式,可参阅拙著《文心雕虎》中的《由别林斯基的话说开去》)。

其实,这是个相当复杂的问题,牵涉到对文学作用的不同理解。文学如何作用于人生?按通常的理解,文学就是人生的一部分,从文学中吸取爱,吸取恨,吸取力量,随即就可直接投入到现实人生中去,所以,把该爱该恨的都加以强化,也就成了一条很重要的文学原理。但也有另一些看法,如林语堂当时正提倡"幽默",就认为文学要从现实人生中超脱出来,因此被鲁迅批评为"是将屠户的凶残,使大家化为一笑,收场大吉"(《"论语一年"》)。周作人则强调"文学无用",认为文学不可直接作用于人生,文学只可作审美之用,当然审美也能将人提高,所以间接地还是有益于人生。张天翼的这种写法不合于第一种理解,却突出了儿童文学的特性,他是以一个天才儿童文学作家的感悟力直觉地把握住了这一特性。或者说,世上可以有直接作用于社会人生的儿童文学,但也有不少非常好的儿童文学,并不是这样直接作用于社会人生的,因为儿童读者年龄的关系,儿童文学更需营造儿童自己的世界。对此毋须多作论证,只要看看儿童的反应就会知道结果。儿童读者并不喜欢看"敌人",对敌人的凶恶、残忍、罪行累累,他们除了厌和怕,没有太大的兴趣,即使看了也记不住。但当这些"敌人"像孩子一样傻愣受骗、狼狈跌倒,或者被打屁股而呜哇乱叫时,他们就会笑得前仰后合,因为这不光能出气,也与他们的生活相接近。他们更爱看的,恰恰是张天翼笔下这种为他们所熟悉所理解的"坏孩子"——看"坏孩子"和小林的冲突时,他们有一种自身也投入其中的快感,有一种游戏的愉悦,对他们来说,这是最合乎其天性的审美。这明显地不同于受教育,不同于上阶级斗争课。我和许多儿时的伙伴,读了那么多阶级斗争的小说,大多忘得一干二净,但读小林、大林、皮

七、张天翼的《大林和小林》

皮、包包、四四格的故事所带来的乐趣,却一直留在心里,一回忆起就忍不住想笑,这也算个例证吧。

这也牵涉到对喜剧的不同理解。前面所说的把文学直接作为现实人生的一部分,这往往更适合悲剧或正剧的写法,比如同是二十世纪四十年代的舞台剧,《白毛女》易于挑起战士的激愤之情(甚至发生过向舞台上演坏人的演员开枪的事),《抓壮丁》就很难有这样的效果,因为喜剧诉之以笑,笑是一种特殊的审美体现。当时的左翼作家很看重苏俄文学源于果戈理传统的"带泪的笑",其实"带泪的笑"是含有悲剧性的喜剧,还是不同于一般的喜剧。左翼批评家胡风对喜剧就颇感隔膜,他在那篇著名的《张天翼论》中批评说:"似乎他和他的人物之间隔着一个很远的距离,他指给读者看,那个怎样这个怎样,或者笑骂几句,或者赞美几句,但他自己却'超然物外',不动于中,好像那些人物和他毫无关系。"又说,"我们希望他不要忘记了,如果他自己站得太远,感不到痛痒相关,那有时就会看走了样子。我们更希望他不要忘记了,艺术家不仅使人看到那些东西,他还得使人怎样地去感受那些东西。"这里的要点,是要作者"动于中""痛痒相关""怎样地去感受"……其实还是一种悲剧或正剧的要求,他并未理解张天翼式的喜剧的特殊性,尤其是儿童文学对这种喜剧的特殊要求。当年,还是年轻读者的任溶溶看了此文,就暗暗感到,自己更喜欢的是张天翼,而不是胡风。我想,这与任溶溶的儿童文学悟性及儿童文学立场,是大有关系的。

事实上,像《大林和小林》中的这种审美,与现实保持着明显的距离(也就是胡风说的"隔着……距离"),这是带有现代主义性质的艺术手法,与德国戏剧家布莱希特的"间离效果"十分相似。二十世纪三十年代的上海与国际文坛交往密切,各种现代主义作品和理论都能即时进入中国作家的头脑。现代主义中的积极养分滋润着他们的笔墨,鲁迅自己就深受现代主义影响。"间离效果"并不否定作品的意义,当作品中的坏人也是孩子而不是真的敌人时,这样的作品虽与现实拉开了距离,但孩子在阅读时,同样能感受到故事中的种种充满现实性的荒谬、不公正、不合理。他们在自己所能理解的充满乐趣的游戏中体察这一切,而不是在类似于斯坦尼斯拉夫斯基的"内心体验"中领会这些,所以这不一定要走得更近(如胡风所要求的那样),反倒是退后一步,才看得更清。这是一种很奇妙的文学现象。其实，鲁迅的《阿Q正传》也不是以让人感动、让读者"动于中"而取胜的，它也是通过"间离效果"让人发笑并引发极为广阔的思索，这在审美方式上恰与张天翼相近似。

于是我们看到，这样的文学审美，虽然不合于将文学直接置于现实中的理论要求，却也并非"将屠户的凶残，使大家化为一笑"，而是在游戏中，在笑中，在非现实中，让儿童看到屠户的荒谬、可笑；当儿童回到现实中，看到相似的情景，他会变得非常敏感，能马上意识到其中的荒谬性和可笑性。所以，这同样是通过审美"将人提高"，同样是以文学推进社会，但这是审美的间接的推进，而不是实用的、直接的、工具式的。

正是在这样的意义上，我们说，《大林和小林》是非同小可的；张天翼对中国以至世界儿童文学的贡献，是不容忽视的。

以上说的都是《大林和小林》的成功之处。但这部天才的作品，同时也有极不成功的一面，其不成功处因为有它的成功一面的掩盖，所以贻害更甚！可以说，自此书问世以后，它的消极影响一直在误导中国儿童文学，直到新时期以后还不能真正消除。在这一点上，可谓"成也萧何，败也萧何"。

我所指的，是它开创了一条图解"革命理论"的文学创作之路。在《大林和小林》的充满童趣的故事背后，并不只在暗示着现实社会的种种荒诞性，却是很细心地安排了一个理论的框架，各种人物遭遇或人物关系，都要合于这一理论才行（所幸的是孩子们只管看自己喜欢的内容，对于背后的这种理论图解，并不十分关注）。这当然是作者所信奉的理论，但肯定不是他从自己的生活积累中体验和发掘出来的，那是从理论书里搬来的。比如，小林和几个孩子一起制造钻石，用的是泥土和汗水，还要在桶里搅拌半天，汗水和劳动是他们付出的，泥也是他们掘的，为什么钻石能卖这么贵？他们一讨论就明白了，四四格并没有提供价值，这价值来自他们自己。这当然是"剩余价值理论"了。孩子们打死了四四格，开心地商量着自己生产钻石后，要建立新的分配方案，但第二四四格来了，打死第二四四格，第三四四格又来了，这说明，他们的对手不是资本家个人，而是整个资本主义制度。故事的主干，就是小林和大林走散后，一个进入被剥削被压迫者阵营，一个辗转进入剥削阶级阵营，写这两个阵营之间的争斗。在这里，

七、张天翼的《大林和小林》

坏人中有国王,有资本家,有象征镇压机器的怪物,也有投靠富人的知识者;好人中有工人,有农民,而起来反抗时,"有些教师,还有些作家和艺术家,还有些科学家,也都站出来……"这自然是"统一战线"了。到最后,作者写道:

> ……老百姓越来越愤怒了。包包大臣只好把所有抓去的铁路工人都放出来。
> 皮皮对包包大臣小声儿说:
> "你看那些老百姓——多可怕!我们可没几天好日子过了。"
> 第三四四格也叹一口气:
> "唉,不久他们就得把我们赶下台,不再让我们当老板了。"
> 过一会儿,第三四四格又说:
> "唉,到那时候再说吧。反正我现在——当一天老板就得赚一天钱。"

小林和小朋友乔乔在斗争胜利后的一个休息日,在图书馆里看童话。一个不知趣的童话作家去采访他们,要了解他们的斗争经历。故事就在这里结束。

这让我想起另一位天才作家——意大利的罗大里的长篇童话《洋葱头历险记》。这也是一部带有理论图解性质的作品,写的也是两大阵营的斗争,也写得才华横溢。两位作家之间不可能有事先的交流,但《洋葱头历险记》的结尾也是坏人失败,被赶出城堡,城堡成了少年宫。作品最后也有一段对话:

> 狗熊:"说真个的,咱们没有任何理由要互相敌对。我的曾祖父,就是大名鼎鼎的棕熊,也曾经说过,他听老一辈讲起,在记都记不起来的老年间,在林子里大家是和平相处的。人和狗熊是朋友,谁也不害谁。"
> 洋葱头:"这种日子会回来的,咱们大家有一天将成为朋友。人和狗熊都客客气气,见了面要摘帽子。"

这也是我们熟悉的理论,说的是从"原始公社"到未来"人类大同"的社会发展史。这和张天翼所写的几个"坏人"的哀叹,角度相反,说的却是同一个理论。这就带来问题了,这理论再好,可一用文学来图解,那就只能有一种作品了，不论先后，不论中外，总的故事只能有一个，结局也只能是一个，这样，雷同就将越来越严重。到那时，我们还会有真正的文学吗？

当年，张天翼似乎想在这条路上一直走下去，他随后写的《秃秃大王》《金鸭帝国》等长篇童话，图解倾向愈益明显，艺术质量也不如《大林和小林》了。《金鸭帝国》最初在刊物上发表的时候，题名为"帝国主义的故事"，计划写多卷本；其引子部分由"山兔之书""鸭宠儿之书"和"金蛋之书"组合而成，以反映原始社会、奴隶社会和封建社会，全书要一直写到垄断资本主义的发展和没落。看来他是要写一部童话版的《帝国主义论》，当然后来并未写成。这样的创作路数，成了当时许多作家心目中的"正道"，甚至被视为时代对儿童文学的最高要求了。

巴金是一位很进步却又很独立的作家，他与"左联"有密切联系但又保持着距离。他很少写儿童文学，但在张天翼发表《大林和小林》的两年后，即1934年末，也写了一则短篇童话《长生塔》，一年后又写了《塔的秘密》，再过一年，又写了《隐身珠》和《能言树》。1937年，他把这四篇童话结集为一本《长生塔》，由文化生活出版社出版了。这四个故事，大多采用父亲给"我"讲故事的方式，语调沉重，有作者一贯的抒情味。这在艺术风格上与张天翼大不相同，思想上因信奉"安那其主义"（无政府主义之一种）所以更不易与《大林和小林》相雷同。第一个故事写一个怕死的皇帝逼着穷人赶造长生塔，为此杀死了很多无辜的人，最后塔还没造好他就急着住进去，就在这时塔倒了，皇帝也死了。第二个故事是前者的再发掘，说的是已经住进长生塔的皇帝，知道民间有让塔倒掉的秘密方法，千方百计想破获却不能，人民的坚强和勇敢时刻威胁着塔里的暴君。第三个故事写一个被迫害的乡村教师的孩子变成了龙，到城里报仇，把城市变成了一片汪洋。第四个故事写老皇帝如何作威作福、快活无比，这个国家的年轻人却受到迫害摧残，但没有一个年轻人愿意屈服，一棵树代他们说出了真理："这一切的安排都是不合理的。在大地上一切的人都是没有差别的。并没有谁应该受到特殊的待遇。凡是把自己的幸福建筑在别人的痛苦上……他们终于会失掉幸福。连那二十二层的长生塔也会在一个早晨的工夫完全倒塌。只有年轻孩子的心才能够永远存在……"这棵树说的话鼓舞了年轻人。巴金的这些故事，往往在

七、张天翼的《大林和小林》

讲到关键情节时,忽然不再细说,只交代个结局。面对孩子的追问,父亲会说:"这不过是个故事。""故事都是人编出来的。"其目的,就是不让读者过于沉浸于故事本身,而能更多地想一想它们的寓意和象征。这也是一种"间离效果"。此外,我们不难看出,虽然作者信奉的理论与张天翼不同,但他也在故事中图解甚至直接宣讲自己的理论,这些故事都是全景式的,都想说明皇帝—穷人乃至整个不合理社会的出路问题,这一点又和张天翼十分相似。

这种创作追求,与当初叶圣陶的《稻草人》还是不一样。《稻草人》虽然也控诉社会黑暗,也有对理念的图解,但图解成套的理论的写法并没有出现。也许,在二十世纪的"红色三十年代",随着全世界知识者政治热情的普遍高涨,除了个别头脑清醒、特别爱惜自己的文学体验和审美感悟、特别坚持自己美学理想的大作家外,文学,包括儿童文学的政治化倾向,已经很难避免了。

在中国儿童文学界,这样的图解理论的创作,正是由《大林和小林》开的先河。

八、从"政治童话"到"教育童话"

继张天翼的《大林和小林》与巴金的《长生塔》之后,中国儿童文学界出现了一批"政治童话",其中的重要作家,有贺宜、金近、何公超、包蕾、仇重、吕漠野等。

贺宜自 1935 年开始发表作品,第一篇童话《小山羊历险记》由时在商务印书馆的周建人介绍,登载于《儿童世界》,那年刚 21 岁。此后作品源源不断,很快成为一个重要的童话作家。长篇童话《凯旋门》是他早期较有代表性的作品,1939 年由少年出版社出版。那时抗战烽火正烈,日军已占领上海,租界成为"孤岛",少年出版社是贺宜和钟望阳等几位作家临时出面组建的。作品时势性、政治性很强,写的是"米乎米乎国"的皇帝、元帅、大臣要征服"大华国",强迫本国民众当炮灰,在国内横征暴敛;而"大华国"的皇帝和大臣只会欺压百姓,不会和外敌打仗。侵略者长驱直入,于是做起胜利美梦来,他们要在远征军凯旋的时候,在首都建造一座凯旋门,便请"希拉希拉国"的建筑师来设计,此人提出,要用"士兵的尸灰、老百姓的鲜血和眼泪做原料",才能建起凯旋门。最后,本国人民起来反抗,他们和前线败退下来的士兵会合在一起,冲进了皇宫,吊死了皇帝、元帅和大臣。群众在凯旋门下庆祝自己的胜利,这对统治者形成了极大的讽刺。贺宜在《凯旋门》后记中说:这本书"是一把外科用的小刀,我要指给我的小朋友看,在'友邦'的膏药旗下面是怎样的毒疮啊!可怜'友邦'要给这个毒疮烂死了"。这里想要表达的是民族战争中的敌对方的问题和下场,作者把自己的理解和设想通过童话故事演绎出来,虽然和张天翼在《大林

八、从"政治童话"到"教育童话"

和小林》或《帝国主义的故事》中所要图解的理论有不同，但其实也还是一种图解。当时和后来，这种写法的作品很不少，以至形成了一种创作模式。而最后结局，大多是人民起来，推翻黑暗的统治，《凯旋门》中的群众冲进皇宫吊死皇帝等，与巴金《长生塔》中的故事，可以说是殊途同归的。

到了二十世纪四十年代末，随着时代激变的到来，这样的作品更多了。金近是当时最活跃的童话作家之一，他1937年就在《小朋友》上发表童话了。1948年，他的第一本童话集《红鬼脸壳》由上海童联书店出版。用作书名的《红鬼脸壳》是一则短篇，写于1946年12月，写的是"马虎国"里

《凯旋门》，贺宜著
华华书店1948年版

的国王定下了一条法律，每年要举行一次抽奖大会，大小臣子都参加，老百姓不能参加。抽到的奖品是鬼脸壳，分红绿黑黄白灰六等：戴红鬼脸壳的可以发财；戴绿鬼脸壳的可以随便说话，说你是牛你就得爬给他看；戴黑鬼脸壳的表示威严，什么也不用怕；戴黄鬼脸壳的可以向农民要谷子，要多少就得给多少；戴白鬼脸壳的可以白吃东西不给钱；戴灰鬼脸壳的最差，只能吓唬小孩子。这一年抽奖的时候，两个大臣打架了。一个是武将，长得又瘦又高，眼大嘴小，人称"螳螂大将"；一个是文官，又矮又胖，气量却小得连针眼也钻不进，人称"针眼儿大臣"。先是螳螂大将挡住了针眼儿大臣的视线，让他看不到国王和王后了，于是他在后边推了一下又一下，推过了还抵赖，两个人就吵了起来。这个说："你再推，我就揍你！"那个说："你要我不推是可以的，你就站到我后面来。"这个当然不肯。到了抽奖时，前面的螳螂大将抽到一个红鬼脸壳，后面的针眼儿大臣只抽到一个白鬼脸壳。他认为这个红鬼脸壳应该是自己的，如果两人换了位置不就是他的吗？于是上去抢，可哪里抢得过武将，鼻子上被打了一拳，流了满面的血。他想到河边去洗鼻血，但从河面上看到自己的白鬼脸壳已渐渐变红了，心中大喜，就找到螳螂大将，要他再打自己一拳。这拳下去，他的鬼脸壳完全变红了。台上的国王一看下面有两个红鬼脸壳，感到奇怪，就叫上来问。针眼儿大

臣谎称刚才有财神菩萨从天上飞过,说:"今天的红鬼脸壳本来是给你的,现在既然给螳螂大将拿了去,那么再送你一个。"说完用手一指,白的就变成红的了。国王说:"好好!你该要发财,就让你发吧。"作品的最后一段是这样的:

可巧这一年是大荒年,马虎国里的老百姓本来是很穷的,现在戴鬼脸壳的臣子们都要欺负他们,逼得他们没法活下去,就联合起来反抗。戴红鬼脸壳、绿鬼脸壳,还有别种鬼脸壳的臣子们,起先很凶,见到老百姓就杀。后来老百姓的力量一天一天大起来,戴鬼脸壳的臣子们吓坏了,逃到一座高楼上,楼小,人多,轰地倒下来,戴鬼脸壳的臣子们都被压死了。

这个结局,和《长生塔》,和《凯旋门》,甚至和《大林和小林》与《洋葱头历险记》,都大同小异。而且那时的童话动不动就是"某某国",写的多是那一国度的黑暗,和人民的反抗、斗争、胜利,最后大多是推翻国王的统治。这是当时中国面临的政治大势,很多作品都努力与此取得同步。《红鬼脸壳》前面并没有写到反抗,它写的是宫廷里的荒诞和黑暗,把文武大臣丑化了一通,这些大臣都自私爱财,想方设法要让自己发横财,支持他们的正是国王和法律。这不能说和后面的结局完全没联系,但这仅是因果上的间接联系,作为完整的故事,尾巴就显得突兀,有人为外加的痕迹了。这样的尾巴可说是此类童话图解政治的一种标记。

《红鬼脸壳》,金近著
上海童联书店1948年版

从两位大臣的争吵中,我们也可以看到张天翼的影响,他们的话中也透着一点孩子气,但那只是儿童所常有的无赖、不讲理和瞎编故事,而这些毛病并非只是儿童才有;儿童的可爱和好玩之处,在作品中却看不到。所以,说到底,这样的人物还是让人生厌并且生恨的。这就是后来的政治童话与《大林和小林》的根本区别——这里没有"间离效果",它更希望引起的就是小读者对统治者的鄙夷、蔑视以至愤怒,这与

八、从"政治童话"到"教育童话"

张天翼作品的那种游戏性已不是一回事。也就是说,这些作品学到了张天翼图解政治的一面,却未能学到他艺术性、游戏性、现代性的另一面。

比《红鬼脸壳》稍晚,金近还写了短篇童话《"好"人国》,写于1947年3月,这也是当时很有代表性的作品。它也写了一个国家,国名就叫"'好'人国",好字要打引号。这个国家有地位的人头上都是长角的,皇帝要穿龙袍,皇冠给两只角钩住,很牢固,刮台风也吹不掉。这个国家最重要的法律有三条:

一、不许讲道理,讲道理是犯法的;
二、不好的事情要说好的,假的事情要说真的;
三、你请我吃一块糖,我定要打你一记耳光,你请我吃一块糕,我要打得你求饶。

可见这是一个蛮不讲理的国度。作品写皇帝的儿子满十岁,文武百官都来送礼,送的是坏东西(如粪筐、棺材之类,当然里边又装着好东西),说的都是坏话,但皇帝听了异常高兴,然后把送礼的痛打一顿,被打狠了的感恩不尽,没资格挨打的还不甘心,还在拼命巴结……这是一堆乌烟瘴气的人和事。弄到后来,老百姓的房子着火了,一辆辆救火车从四面八方开来,但喷出来的居然是汽油,一条街上一百多幢房子都给烧掉了,"好"人国里又添了一万一千个"烧民"。这个倒行逆施的国度越变越荒唐,老百姓活不下去,就造反了。童话的结尾是这样的:

……于是全国的老百姓开了一个大会,要跟皇帝拼命。

皇帝知道这个消息,吓坏了!赶紧召集所有的臣子们,也开了个会。可是这个会开得很糟糕,因为皇帝还是要照老规矩办事,却偏要把老规矩叫做新规矩。……他们还没讨论好,"好"人国里所有的老百姓,已经打进皇宫来了,臣子们赶出来打老百姓,皇帝皇后躲进棺材里。老百姓人多,一批一批地涌进皇宫里去,臣子们死的死,逃的逃,剩下的只有皇帝和皇后,躲在棺材里发抖。老百姓们找不到皇帝皇后,看见棺材,就放上一把火烧掉了。等皇帝皇后大声喊救命时，骨头快要烧成灰了。可是谁也不愿救他们，烧死是活该的！

从此以后，"好"人国里的老规矩取消了，老百姓可以真正快快活活的过日子，国家的事情，由他们自己来做主。

这个结局也是似曾相识，但其中另有一些新的东西。那时候，金近在《文汇报》等进步报刊上发表过大量杂文、故事、儿歌，抨击国民党统治。对国民党压制民主，单方面召开"伪国大"的事，他是很清楚的。1946年10月11日，国民党占领了张家口，蒋介石被这一胜利冲昏头脑，当天便撕毁政协协议，下令召开独裁的国民大会。11月15日至12月25日，"伪国大"在南京召开，名为"制宪国大"，此后不久就爆发了全面内战。金近的作品创作于"伪国大"闭幕之后，显然在讽刺国民党的倒行逆施，他是把童话当做杂文来写的。作者在1980年1月写过一篇《我喜爱这工作》（载《我和儿童文学》，少年儿童出版社1980年版），回顾了一生的创作经历，文中写道："到1947年，国民党撕下假面具，加强血腥镇压了，封闭了上海的一些进步报刊，对进步文化人也采取恐吓、镇压手段。这时候，我失去了发表杂文、讽刺诗的一些园地，就多写儿童文学作品，着重写童话和儿童诗，尤其是童话，运用它的特殊形式，也可以反映现实。"这些作品在当时的政治价值无可否认；然而从儿童文学的角度看，童话形式在这里主要被当作了斗争工具，虽然作者仍在努力表达童趣，虽然儿童也能感觉其间的荒谬，能感悟人为的荒谬所造成的必然结局，但从中得到的文学享受毕竟有限。这更像一篇篇童话版的政论或檄文，张天翼的《帝

《一九四八年儿童文学创作选集》中华书局1949年版

《一九四八年儿童文学创作选集》这是书中童话选的目录页

八、从"政治童话"到"教育童话"

国主义的故事》或庶几近之。

随着解放战争的节节胜利和新中国的即将建立,儿童文学作家的政治热情更加高涨。当然不可能所有作品都写这种国王被推倒的情节,有不少作品是从侧面来表现的。比如包蕾写于1948年的童话故事《石头人的故事》,写一个冬天的黄昏,一只飞行了一天的燕子落在了墓园石头人的肩上,燕子快乐地向石头人描绘外面世界的精彩,告诉他许多新的变化,提醒他春天就要来了;可石头人一动不动,更不为之动心,他只留恋自己的旧主人,对人类没有丝毫热情,认为外面的生活只是"今天的无聊换上明天的无聊"。燕子飞走了,去追求光明的明天了。不久,大地动荡,风暴降临。当一切都过去,春天来到的时候,"墓园也已填平了,各处繁殖着鲜艳的花朵,和暖的风吹着新种的小树,在轻轻地摇曳。"这里所写的,不就是当时知识分子迎接解放、迎接新生的心境吗?当然,也有对顽固不化者的警告。

另一位童话作家吕漠野在1937年写过一篇《熊》,写马戏团里逃出来的小熊历尽艰难,终于回到了故乡,可它给母亲和熊兄弟们表演从马戏团学来的舞蹈后,竟被大家所排斥,大家认为熊除了吃饭、睡觉外,根本不应该会跳舞,它们高喊着"你不是熊!你不是熊!"把它赶出了熊的国土。这显然是一篇批判"国民性"的童话。但到1949年,作者重新写了一篇《跳舞的小熊》。汪习麟先生是这样介绍这篇新作的:

在这里,小熊的归来,受到了热忱的欢迎;它为乡亲们跳舞献技,虽然没有得到鼓掌与喝彩,但并未遭到驱逐,大家关心它启发它;作为熊,还必须学会造窠,学会爬高,学会自己找食,学会不依赖别人而生活。最后,响起了暴雷一样的鼓掌与喝彩声:"欢迎我们的伙伴!欢迎我们灵巧的伙伴!"作品洋溢着炽热的团结友爱气氛,一扫当年的孤独与悲愤。

看得出来,这是作者"有意为之"之作,它既表明了作者对往昔的思想的一种否定,又表明了作者的文艺创作始终服从于时代的要求,自觉地向少年儿童进行"歌颂工农,歌颂劳动,改造思想,去旧迎新"的宣传教育……(《浙江籍儿童文学作家作品评论集》,浙江少年儿童出版社1990年版)

的确，批判"国民性"，抒发一己的孤愤，这是站在知识分子的、个人的立场上的，那对立面，便是中国的民众；而现在，面临解放，人民当家作主了，知识分子要夹紧尾巴，向工农学习才行。作品正是在这个根本点上作了改写，从而跟上了"时代"，亦即合于当下政治宣传的基调了。前一篇《熊》是从作者自己的人生体验出发的；后一篇呢？不能不说还是一种"正确观念"的图解。

将上述这些童话称作"政治童话"，我想是不为过的。因为它们的价值首先是政治的，而不是文学的，文学在这里，只是政治斗争的"工具"；后来有些作家、理论家，如贺宜、鲁兵等，称儿童文学是"教育的工具"，这一点也不奇怪，因为在这之前，儿童文学早就当过"政治的工具"了。

不断阅读这样的作品，难免让人感到单调和贫乏，总感到缺少了什么。少了什么呢？我以为就是少了丰富多样的儿童生活，儿童生活应充满自己特有的童趣，应有各种各样不同于成人的苦恼和欢欣（把凌叔华的《搬家》拿来一比，马上就能体会这区别了）。如果以"儿童本位论"来衡量，我们会发现，这样的创作，离"儿童本位"已经很远，离"文学本位"也已相当远。既然不表现儿童生活，这些作品表现什么呢？表现的是大人关心的政治，是政治生活、政治形势，甚至政策策略（关于"伪国大"和知识分子"向工农学习"，那已是非常具体的现实政治了）。如果说与儿童有关，那也只是向儿童进行政治宣传、政治教育，这可以做得十分形象生动，但毕竟难与文学审美完全贴合。而在很多时候，它们只是借童话形式向统治者发出的匕首和投枪，儿童读者只是这场争斗（虽然这也与他们命运相关）的半懂不懂的旁观者，他们即使未被遗忘，也已被充满政治热情的作家们放在一边了。

新中国成立后，作家们衷心拥护新政权，不需要那么多讽刺和推倒黑暗统治的童话作品了，但作家的图解理论的习惯已很难改变，如果没有那么多正确理论供文学工作者拿来作形象化处理，创作之路该怎么走，一时恐难以回答。所以二十世纪五十年代初，创作的作品很少，书肆上出现的是大量翻译的苏联儿童文学作品。但作家们很快意识到了儿童文学的优势，那毕竟是写给孩子看的，孩子

八、从"政治童话"到"教育童话"

有很多缺点,他们在成长,他们需要教育,用正确的道理教育孩子,不就能写成好的童话?于是,给孩子讲道理,帮孩子认识缺点错误,针对孩子的毛病编出的童话故事,也就日见其多——因为这些道理总还是正确的,作家们对此还是有自信的。正如我们前面所说,在叶圣陶童话集《稻草人》中,虽然最后那篇《稻草人》有明显的政治倾向,但还不曾有图解成套理论的倾向;同样,在他的《小白船》等作品中,有不少有缺点的孩子,但并没有出现后来那种有明确针对性的教育倾向。这都是后来才产生的,而"教育童话"正是"政治童话"产生以后,在新中国建立后的自然的延伸。

《小公鸡历险记》,贺宜著
少年儿童出版社 1978 年版

写过《凯旋门》的贺宜此后写了中篇童话《小公鸡历险记》,这篇作品因为生动和充满童趣,获得了普遍的好评。它写小公鸡在一次次历险中,认识到自己骄傲、任性、爱撒娇、听不得批评的毛病,知道这些是要不得的,终于改掉了自己的缺点。写过《石头人的故事》的包蕾写了《小金鱼拔牙齿》,批评了小金鱼不懂爱清洁,不懂得保护牙齿;又写了《理发的故事》,批评了许多孩子任性、不肯理发的毛病。这样的作品在建国后大量出现,成为童话创作的一个重要的套路。这样的童话,具有近乎"药片"的功能。

最能说明问题的还是金近,他写得又多又浅又生动,所以很受儿童和家长的欢迎。在 2006 年出版的金近童话选集《狐狸打猎人的故事》(湖北少年儿童出版社)中,还附有一篇杨植材先生的文章,谈了金近晚年的超短篇童话,其中写道:

我有个孙子三岁多,就爱听童话故事。一次他从幼儿园回来,手里拿一个哨子,在院里跟邻居的小不点儿玩,他一会儿挨这个耳朵使劲一吹,吓得人家蒙了耳朵赶紧逃,一会儿又挨那个耳朵使劲一吹,吓得人家大叫,他乐得笑得不得了。我说这样吓别人可不好,快把哨子给爷爷,他不给。过了会儿,我将金近同志的《小老鼠吹哨子》讲给他听,收到了意外的效果。在这个超短篇童话中,写一个小老鼠有一次拿到个哨子,就使劲地吹,先把一群小鸡吓得飞逃,又把一窝小白兔吓得大哭大叫,接着把小麻雀吓得够呛,那小老鼠却乐得东倒西歪。小鸡、小兔、小麻雀向八哥告小老鼠的状,八哥来了个绝招,当小老鼠要再去吓唬青蛙时,他一忽儿后,一忽儿前,一忽儿左,一忽儿右,学猫叫,小老鼠吓坏了,四面都有猫,哪里逃得了?哭得好伤心。这时在树上的八哥才说:"你也害怕啦?这就好,快回去想想吧。"小老鼠明白是八哥用学猫叫的办法来教育他,很不好意思地溜掉了。

我的三岁多的孙子听得很有味,说小老鼠不好,就主动把哨子交给爷爷了,但要爷爷再给他讲八个故事。

这是一个很典型的用童话医治儿童毛病的过程。此文写于1990年前后(这时金近先生已辞世一年余)。可见,自四十年代末五十年代初成型的"教育童话",其套路其影响已延续将近四十年了。

当然,儿童文学,尤其是低幼文学,可以而且应该有这样的品种。但这毕竟不是文学性最强的品种,更不应成为唯一的或主要的品种。儿童文学不应只有像"药片"一样的作品,更应该有像"水果"那样的原生态的快乐的能深入儿童心灵(不仅达到儿童头脑)的创作。它往往不是作家按现成的正确道理编个故事,而是作家在人生现场艰苦探寻的结果(儿童文学也不应例外),它是作家的发现,是新的发现,可以包含一些从来没有人说过的道理,作家虽然写出了故事却也未必能讲清其中的道理(佐野洋子的图画书《活了一百万次的猫》就是一例)。这样的作品应该成为作家的最高追求,当然不是每个人都能达到这样的高度,但虽不能至,心向往之,在这样的追求下,创作才会不断向高处走,文学也才会渐渐走向丰富多样,而不是愈益雷同。——这是一个复杂的理论问题,这里先提一下。我们还是顺着中国儿童文学创作进程慢慢向前走吧。

不过还得补充两点——

第一,金近、包蕾、贺宜等后来都有很好的童话作品问世(吕漠野建国后改行从教和翻译,仇重被打成"右派"后不知所终,因此后来都没有新作了)。

八、从"政治童话"到"教育童话"

其中有两则童话后来改编成了动画片——包蕾的《三个和尚》和金近的《狐狸打猎人》,大受儿童欢迎,它们的确具有很强的艺术性。这两则童话仍属"教育童话"。事实证明,教育童话也有高下之分;就像张天翼的《大林和小林》也可说是"政治童话",他的创作天才却充分地体现在其中了。这也是"戴着镣铐跳舞",跳得好时,还是会有杰作诞生。此外,包蕾还写了中篇童话《猪八戒新传》,贺宜写了中篇童话《鸡毛小不点儿》,这都在很大程度上突破了教育童话的模式,达到了更高的水准。前者有大量教育目标所不能涵盖的童心童趣的描绘,给儿童带来了极大的审美愉快。后者写出了"小不点儿"在芸芸众生中的不被理解和不被看重,写出了它的委屈和不甘,也写出了它那虽然幼小却感人至深的拳拳之心,这在当时的"教育童话"洪流中可算一块不随波逐流的奇石;它的艺术性也很强,童话想象得到了充分发挥,是最能显示贺宜童话创作灵气的作品之一。

第二,前文说到,到新中国建立后,那种群众造反、推翻皇帝的"政治童话"明显地少了,但并不是没有了,这样的作品仍在不断创作出来。这可能和当时持续不断的阶级斗争宣传有关。1955年,洪汛涛根据民间童话素材,重新构思创作的童话《神笔马良》,大获成功。它写穷苦孩子马良从小喜欢画画,在得到了那支画什么就能变什么的"神笔"后,他只给穷苦人画犁耙、锄头、油灯、吊桶,绝不给财主画画,更不给皇帝画龙凤画金山,最后,他用手中的神笔,把皇帝、大臣等统统葬身于大海之中。这就是很典型的"政治童话"的结尾。到了1978年,"文革"刚过,受尽迫害的贺宜重登文坛,他在当年六月号的《上海文学》上发表了童话新作《哼哼和珍珍》,写的是小金丝猴哼哼老是捉弄人,老实的小熊猫珍珍被他气坏了,再也不理他了;他又去捉弄锦雉一家,捉弄灰兔和小鹿,结果,把大家都得罪了,谁也不愿和他一起玩了,他孤单极了;这时有两只小豺狗悄悄逼近,说愿意和他玩,小熊猫在树上大喊:"哼哼!快跑!……他们会咬死你!"哼哼赶紧往珍珍那儿跑,最后在珍珍帮助下逃到树上;豺狗不会上树,就去吃小锦雉,锦雉妈妈不顾一切飞下来啄瞎了豺狗的眼睛,熊猫珍珍跳下来压住豺狗,金丝猴哼哼捡大石头砸豺狗的脑袋,"没多大工夫,可恶的小豺狗就送了命"。这个作品,可说是"教育童话"与"政治童话"的结合。多年未能从事创作的老作家，在重新复出后，以熟练的枪法上阵，运用的正是过去使用最多的两大套路。这也说明，"政治童话"与"教育童话"，其内里是合一的。

附记：

本文理应写到1949年，此后的儿童文学发展，是本书卷二的任务。而1949年之前的儿童文学，除了童话，也还应有儿童小说、儿童诗、儿童剧（包蕾就是一个重要的儿童剧作家）及其他种种。但我只拈出童话一项，在此大谈特谈，又越过时间界限，一直谈到"文革"前十七年，甚至谈到"文革"后新时期的创作及影响之延续，这在体例上是有点说不过去的。

我的想法，是因"教育童话"紧接着"政治童话"而来，二者在内在思路上是同构的，所以不宜分开说。而童话因为面向更低年龄层次的读者，在儿童文学中更具代表性。中国的"政治童话"与"教育童话"其实在总体上代表了自二十世纪三十年代中期至六十年代中期的儿童文学创作的总思路，称之为"主潮"也不为过。所以，建国后"十七年"的儿童文学，就是处在"教育童话"创作模式笼罩之下的，直到"文革"后的新时期，这一模式才开始化解。因此，"十七年"中的真正的纯文学，大多是在这一前提下的突破的成果，即文学审美突破了教育的框框。面对这样的框框，是顺其而行还是有所突破，是被其剥夺了创作个性还是既顺应又尽可能发挥自己的个性，就成了作家们不得不作出的选择——虽然，有些选择并不是作家的自觉行为，那是创作时的审美心理在悄悄指挥着作家行事。

鉴于此，本章在写到1949年后又作了一定的延长，提出了"教育童话"的概念并作了一些论述，目的就是对下卷作个铺垫，权作卷二小序看可也。

卷二

九、鲁兵与柯岩：童诗从哪里出发

1949年以后的中国文坛，陈伯吹、何公超、张天翼等老作家，贺宜、包蕾、金近、郭风等一大批中年作家，加上从解放区来的严文井、管桦、苏苏等，都在继续从事儿童文学创作。此外，还有一批年轻作家相当活跃。他们多是热血青年，此前已以各种方式向报刊投稿，有的还出版过自己的集子。鲁兵、圣野和田地就是其中的三位，他们都是从儿童诗开始创作生涯的，有的也写过不少童话。他们的作品政治性、战斗性很强，这与四十年代中国大时局有关。如鲁兵最早的创作中，就有这首《乌鸦》：

> 我有嘴巴，
> 我要说话，
> "呀，呀，呀！"
>
> 我看了不顺眼，
> 我可不能装哑，
> "呀，呀，呀！"
>
> 人家恨我要害我，
> 我也全不怕，
> "呀，呀，呀！"

《鲁兵童话诗选》，鲁兵著
少年儿童出版社 1984 年版

在那个不准人民说话，不准发出声音的时代，这样的诗，就是勇敢的抗议了。鲁兵也写了很多童话（那时用的笔名是严冰儿），如《掉到月亮里去的富翁》《狮大王做寿》《瞎眼的法院》等，正如他自己所说，那是"暴露了反动阶级及其政权对人民群众的经济剥削、政治压迫和精神统治"。"国民党政府控制新闻出版甚严，可是对于满纸小猫、小狗、狮子、老虎，却不大在意。那时童话之兴旺，正是由于在无声的半个中国，还可以运用这种语言发出一点微小然而强烈的声息。"（《喜见儿童笑脸开》，载《我和儿童文学》）新中国建立以后，他们的创作，很快就转向歌唱祖国、歌唱新生活、歌唱建国初期的建设和战斗（鲁兵和圣野都曾参军，鲁兵还上过朝鲜战场），当然，也转向了"教育儿童"。田地在那一时期作品最多，至1957年被打成"右派"前，已出版了《南瓜花》《轮船就要开了》《他走在阳光下》等六本儿童诗集，代表作是1954年发表在《新少年报》上的长达八十行的朗诵诗《祖国的春天》。汪习麟先生评论说：

> 那一时期，我们在上海少年宫的草坪上，在北京等地的少先队活动的诗歌朗诵会上，经常可以看到孩子们在朗诵田地所写的那些明朗优美的诗篇。在这些诗篇中，有构思新颖、赞美少先队员们好品质的《考试考过了》；有以对比形式来指导孩子学习方法的《小魏佳的烦恼》；有以比兴手法，反复举例，形象地描绘半途而废的危害的《这——好，还是——不好？》；还有童话式的短诗《全都做好了吗？》，以书包抓住衣服的有趣情节，说明做好功课再去游玩的道理……
>
> 从这些诗篇中，我们看到，田地依然是一位循循善诱的教师，他时刻不忘对下一代的教育。(《他从冬天飞到了春天》，载《浙江籍儿童文学作家作品评论集》）

鲁兵和圣野从部队转业后，都到上海的少年儿童出版社工作。他们的诗，也多有明确的教育倾向（圣野的题材相对多样，也常以对儿童的欣赏为题旨）。后来，鲁兵就和贺宜相呼应，提出了儿童文学是"教育儿童的文学"的命题，将儿童文学视为"教育的工具"（直到二十世纪九十年代，鲁兵还将自己的评论集定名为"教育儿童的文学"）。统观五十年代的儿童诗和整个儿童文学，可以发现两

九、鲁兵与柯岩：童诗从哪里出发

大特点：首先就是很突出的"教育倾向"，作品的教育目的往往十分明确，针对儿童某一缺点弱点，一看即知；同时强调"贴近儿童"，这些作品大多浅近易读，有的还很有童心童趣，很引人入胜（枯燥乏味的说教之作也有，但大多不出于儿童文学大家之手）。

"教育性"和"儿童性"，此二者常常联系在一起，这是个很能发人深思的现象。

1955年，鲁兵创作了他早年的代表作《下巴上的洞洞》（1979年又作了修改推敲），他写道：

> 从前
> 有个奇怪的娃娃，
> 娃娃
> 有个奇怪的下巴，
> 下巴
> 有个奇怪的洞洞，
> 洞洞
> 谁知道它有多大。
> 瞧他
> 一边饭往嘴里划，
> 一边
> 从那洞洞往下撒。

这是第一节。从字面看，无甚稀奇，但读给小孩子听，效果就出奇地好。作品缓缓进入，叙述清晰，孩子一听就懂，一点不累，而且充满悬念，越听越奇。诗的节奏感也强，两字一顿的句式，会把孩子的注意力紧紧地吸引住。然后是第二节，调侃了一下吃饭漏米粒的孩子：饭桌不是土地，饭粒不会发芽，漏饭种不出庄稼，等等，听来也很有趣。最后一节难免说教之嫌，但现场效果还是很好：

> 你们
> 听了这笑话，
> 都要
> 摸一摸下巴；
> 要是
> 也有个洞洞，
> 那就
> 赶快塞住它。

孩子听到这里，会情不自禁地摸下巴，会注意地看别人，会开心地笑起来。这样的效果，来自互动性（朗诵者和"你们"）、动作性（听众的动作），也来自诗本身的含蓄——作者始终没有说穿"洞洞"是什么，但孩子在摸下巴的时候，肯定已经明白了，而且那笑中，还都有几分不好意思呢。

鲁兵从部队回来后，就编辑低幼杂志《小朋友》，长期和小娃娃打交道，对儿童的心理特点十分了解。他写了诗，就要知道孩子的反应到底如何，常作现场调查，绝不想当然。早在1948年，他发表于《小朋友》893期上的《我和一只小狗的友谊》里，就有这样的话：

……很可惜它听不懂我的话，否则我一定把刚写完的故事念给它听，它说："好听！"那就真的好听了，我就多么快活；它说："不好听！"我就重新把这故事修改一下；它说："一点都不好听！"那我就把这故事丢掉。

到了晚年，他不能常跑幼儿园了，就委托幼儿园的老师替他做这样的工作。写于1990年的《我写童话》一文中，他又说了相近的意思：

……这些短篇童话，和长达八九万字的《小西游记》一样，都请我的朋友陈静英女士读给小娃娃们听过，得到他们的批准。……她将稿子寄还给我，都附有

九、鲁兵与柯岩：童诗从哪里出发

一信，告诉我孩子们的反应。

这就难怪他的作品，能始终得到小读者的喜欢。"文革"过去之后，他主编的幼儿读物选集《365夜故事》，发行竟达五百万套，也可说是一个明证。他写于八十年代初的童诗代表作《小猪奴尼》，故事其实并不新鲜（柯岩写于1955年的《小弟和小猫》即与此相似），无非是批评脏孩子不肯洗澡，从字面上看也未见有多精彩，但与《下巴上的洞洞》一样，读给孩子听效果就是好。尤其是奴尼在外疯玩脏得连妈妈也认不出了，诗中这样写：

《小猪奴尼》，鲁兵著
少年儿童出版社 1983 年版

"妈妈，妈妈，
我是奴尼。"

"不是，不是，
你不是奴尼。"

"是的，是的，
我真的是奴尼。"

"出去，出去！"
妈妈发了脾气。

"你再不出去，
我可不饶你。"

"扫把扫你，畚箕畚你，
当作垃圾倒了你。"

奴尼吓得逃呀逃，
逃出两里地。

这里有一种夸张的喜剧性，虽然明知不会发生，但孩子们笑作一团，这是他们都熟悉，都能领会的游戏，他们完全投入其中了。这里还有一点小小的奥妙，就是孩子和垃圾有一种秘密的联系，垃圾桶是他们眼中颇有魅力的地方，几乎所有家长都和小孩说过"你是从垃圾桶里拣来的"，这在喜剧效果里也起了潜意识的作用。诗的最后，奴尼洗干净了回家，看到"妈妈真欢喜"时，诗中写道："奴尼，奴尼，／鼻子翘翘，眼睛眯眯。"只要朗诵者加上表情的动作，孩子一定也会发出会心的笑声。这正与《下巴上的洞洞》结尾时的互动相一致。这种效果，都是在诗人与娃娃们的交流中发现，并修改、琢磨而强化的吧？

这样一种交流使人记起美国电视节目《芝麻街》，它们的整个制作工作都是在与小观众的交流中进行的，"小样本调查"几乎是他们所有决策的依据，不可须臾相离。而《芝麻街》恰恰是个教育性节目，其主要对象是二到四岁的孩子。教育者（尤其是低幼教育）常常分外注意"儿童性"，因为舍此就不会有任何教育效果。这种儿童性上的探索，这种向着"清浅"的努力，应该成为今天和未来儿童文学创作的一笔巨大财富。当然，也不可忘记，《芝麻街》背后还有"商业性"的动力，这正如建国后的"教育儿童的文学"背后还有"政治性"的动力一样。

鲁兵写儿童诗有明确的教育目的，如《我们七个》《这样看书好不好》《我知道和小问号》《不知道和小问号》等，就是批评儿童因为练"武功"而影响学习，因埋头看书而影响视力，以及说大话、不爱动脑筋等毛病的。虽然强调儿童性，也有一定的文学性，但最终还是以道理或教训来充实这些诗作的。这样一种创作方法对文学性很容易造成伤害，除了题材上的单调，不能有更丰富的儿童生活和心理进入创作视野外（孩子的毛病大体就是这些，所以到后来题材上的雷同愈益

九、鲁兵与柯岩：童诗从哪里出发

难免），还体现在每一题材或作品中，难有更多的余情余趣，一旦形象只围着思想转，思想就必然大于形象。本来，"思想大于形象"在文艺学中是尽人皆知的缺憾，可既然已把儿童文学定义为"教育儿童的文学"，它已成为"教育工具"，教育成了第一位的，于是在那个时代，教育（思想）大于文学（形象）也就成了天经地义的事。贺宜曾说："每一篇儿童读物都应当有它的教育任务。"（《童话要正确地教育孩子》，载1958年第10期《文艺报》）可见，它要完成的是"教育任务"，文学本身的追求被推到了第二位，被纳入工具层面去了。

这种现象到"文革"后的"新时期"渐渐被突破，鲁兵内心的诗情也突破了他固有的文艺思想的樊篱，他也写起找不到明确"教育任务"的童诗来，《小猪奴尼》的续篇《过生日》（创作于1987年）就是很有代表性的一篇，无论童趣还是文学性、独创性，都胜过了写于六年前的那篇名作。它写奴尼一早醒来就看见大蛋糕，那天正是他生日。"砰砰砰……谁来了？"小象来了，背着背包；小猴来了，挎着挎包；小羊来了，拎着拎包；小牛来了，"提的篮子不是包。"奴尼开始切蛋糕，刚分好，正要吃，"砰砰砰"，门又响了，进来一只又瘦又脏的小黑猫，他说："我没有妈妈，呜喵。／我没有朋友，呜喵。／我一年没洗澡，呜喵。／我三天没吃饱，呜喵。"这太让人同情了，孩子们围上去，你一言，我一语："我们做你的朋友，你说好不好？""我的妈，做你的妈妈，你说好不好？"大家给他洗澡，奴尼还递给他一块蛋糕，他真的饿坏了，肚里咕噜咕噜叫。可就在这时，奴尼发现问题了，他愣住了，受不了了：

>　　大家笑着吃蛋糕，
>　　奴尼瞪着眼睛瞧，
>　　瞧着瞧着，
>　　哇地哭起来，
>　　他没蛋糕吃，
>　　他没吃蛋糕。

因为刚才的同情和慷慨大度，他的蛋糕给小猫吃掉了，这是他的生日，他是这里的主人,可是,居然,"他没蛋糕吃!"这让他委屈得哇哇大哭,一分钟前还开开心心,现在却伤心极了——这就是孩子。大家上来劝奴尼,小象从背包里拿出香蕉,小猴从挎包里掏出蜜桃,小羊从拎包里掏出紫葡萄,小牛变戏法,从篮子里变出了牛妈妈做的大蛋糕。这弥补了奴尼没蛋糕吃的大遗憾。后面还有个有趣的结尾:"只有小猫没礼物,/唱支歌儿凑热闹:/奴尼身体好,/大家身体好!"真是皆大欢喜。而这诗中所表现的微妙真切难以言说的童心变化,就不是教育性的题旨所可包容的了。这里的"形象"已明显大于"思想"。——当然,这都是后话。

尽管田地的诗很受欢迎(据当年的辅导员们告诉诗人,他的《祖国的春天》发表后,他们的主题队会几乎都朗诵了这首诗),但那毕竟只是在集体活动中流行,要小读者们私下耽读并喜爱这样的调子高昂的作品,可能性并不大。鲁兵和圣野的诗虽有一定影响,却也并未形成诵读流传的局面,成人文学界更未对此多加注意。在二十世纪五六十年代形成更大影响,作品过了几十年仍被人津津乐道的,是另两位后起的诗人:柯岩和任溶溶。可以说,他们的创作,代表了那一时代儿童诗的最高水平。

《"小迷糊"阿姨》,柯岩著
作家出版社 1960 年版

柯岩写儿童诗始于 1955 年,时年二十六岁。那年 9 月 16 日,《人民日报》发表了影响很大的社论《大量创作、出版、发行少年儿童读物》,中国作家协会随即发出"发展少年儿童文学"的指示,全国文联主席郭沫若撰写《请为少年儿童写作》一文作呼吁,冰心紧接着发表了《"一人一篇"》进行响应。柯岩的丈夫贺敬之是著名诗人,当然也要响应号召,但他写了一夜只有短短几行,房里香烟缭绕,纸上满是涂抹痕迹。柯岩见他愁眉不展,一问是苦于为儿童写诗,就说:"这有什么难的?我来试试。"结果,一天时间,写出了九首。贺敬之睡醒一看,大为惊讶。他从中选了六

九、鲁兵与柯岩：童诗从哪里出发

首寄到《人民文学》，在当年12月号上刊出了三首，此即后来大得好评的《儿童诗三首》，还曾被收入中青版"青年文学创作选集《海滨的孩子》"一书。这就是柯岩儿童文学的处女作了。

这三首诗都充满童趣，相比之下，第一首有更多的教育性，但仍不失为好诗；第三首又有个政治性的尾巴；第二首《坐火车》属儿歌形式，但童趣最为浓郁，艺术上也最完整。第一首《小弟和小猫》是柯岩儿童诗的名作，即后来鲁兵写《小猪奴尼》与之略有雷同者。写的是小弟玩得满头满脸都是泥却不肯洗澡，妈妈叫他他跑掉，爸爸拿镜子照给他看，"他闭上眼睛格格地笑"，后来他去抱小猫，小猫连忙往后跳："不妙，不妙，太脏太脏我不要！"他这才害臊了，忙让妈妈给他洗。诗中的小弟写得很活，小猫又夸张得很形象，转折巧妙自然，很受儿童喜欢。它在孩子中自觉流传，传了几代人，至今还常有人念起里边的句子。第三首《我的小竹竿》，写孩子将竹竿当赶车的鞭，当不用喂草的马，满院子乱跑，最后是当解放军的枪，"把侵略我们的强盗消灭光"（这一句几年后收入集子时，被改为"把强盗土匪消灭光"，可能是根据国内国际形势的变化吧），这就有点标语口号之嫌了。现将第二首抄录如下：

> 小板凳，摆一排，
> 小朋友们坐上来。
> 这是火车跑得快，
> 我当司机把车开。
> （轰隆隆隆，轰隆隆隆，呜！呜！）
>
> 抱小娃娃的前边坐，
> 牵小狗熊的往后挪。
> 皮球积木都摆好，
> 大家坐稳就开车。
> （轰隆隆隆，轰隆隆隆，呜！呜！）

穿大山,过大河,
火车跑遍全中国。
大站小站我都停,
注意,到站下车别下错。
(轰隆隆隆,轰隆隆隆,呜!呜!)

唉呀呀,怎么啦?
你们到站都不下?
收票啦,下去吧,
让别人上车坐会儿吧!
(轰隆隆隆,轰隆隆隆,呜!呜!)

全诗都是孩子的自言自语,分明是她一个人"过家家"的语音记录。但孩子的心情、思维、趣味和性格,全在里边了。看得出,诗人下笔时,真正沉浸到幼儿的游戏世界里了,所以涉笔成趣,童趣满溢而出,令人愉悦异常。第一节中,那句"这是火车跑得快",显得特别郑重,这是孩子掌握的新知识,或许是听来的,或许是亲眼见过火车后得出的结论,因前后三句都是交代性的叙述,这一句则是"特别提醒",因而很显凸出。第二节中,前两句写她指挥若定,很一本正经,但"牵小狗熊的往后挪"有点奇特,到第三句,"皮球积木都摆好"就更露馅了,看来这还不是个真正的司机(其实应是乘务员)。第三段显示火车飞驰,这列火车要"跑遍中国",而且要"大站小站"全都停,的确很了不起,小乘务员显得挺称职。第四段最有趣,完全是小儿声口,她"轰隆隆隆"跑了一大圈,忽然想起车上的人都坐着没动,于是责怪起来(小小孩子都很爱责备人的),"怎么啦?""都不下?"她要把乘客轰下去了,这当然是出于好心:"让别人上车坐会儿吧!"但这样一来,乘客上车好像不是为了旅行,只是来歇歇脚,或来坐坐玩玩似的——她虽然在扮演司机,心里想的原来还是"过家家"这样的诗,体现了一点幼儿的职业向往,也暗含祖国建设繁荣发展的气氛,但这终究只是附带的,真正的着墨点,还是童心童趣,它表现了诗人对孩子的喜爱和观察,写的是儿童

九、鲁兵与柯岩：童诗从哪里出发

愉快的游戏情景。这样的诗，可以说是"积极"的，却很难说是"教育"的。

紧接着的1956年，对刚走上诗坛的柯岩来说，是一个丰收年。她创作了一批生动有趣的儿童诗，奠定了自己在文学界的地位。这些诗，有的有淡淡的"教育性"，有的依然没有。即使是有教育目的的诗，也仍然沉浸在童趣之中，而不是直奔主题——思想大于形象。她这一年发表的诗有《姐姐的本子》《小红花》《放学以后》和《看球记》《心事》《爸爸的眼镜》（这三首都写"弟弟"，前两首还都与足球有关，可视为一个系列），另有组诗《小兵的故事》和《少年运动会诗三首》，等等。

《姐姐的本子》写小妹妹"我"很想写字，可是没有本子，就把姐姐的书包打开，在书皮上写下自己的名字，又一口气写了好几个"小丫"，看来看去觉得不好，就照着姐姐写过的字描，"弯弯曲曲把空格填满"。等姐姐跳完橡皮筋回来，打开本子准备做作业了，"我心想她这回准得夸我能干，谁知她抓住本子又哭又喊。"结果可想而知，妈妈也来了，奶奶也来了，所有的人都说小丫不好。"我写字累得满头是汗，/墨水都抹到了鼻子尖，/到头还惹得姐姐哭了一场，/唉，她的书包我再也不翻。"《小红花》也有异曲同工之妙，写姐姐种了一盆花，要在"五一"劳动节送给妈妈，花已经开出来了，弟弟"我"带着妹妹，还有小狗，每天盯着这盆花，他们向姐姐保证一定把它养好，姐姐这才同意让他们来照顾它，结果他们又浇水又擦洗叶子，还小心翼翼地搬进搬出，几天不到，花头折断了，花掉下来了。妹妹哭了，小狗耷拉着尾巴，"我"的心里像针扎，可是什么也救不了小红花，妈妈的礼物没了，"这到底是怎么回事啊？这错处到底在哪儿呢？"两首诗都写了幼儿的过于热心，急于干好事，却弄出了坏结果，他们既委屈，又迷惘。看得出诗人对儿童生活的熟悉，她把握儿童心理十分真切细微，一下笔就能让人想起自己周围许多好玩的孩子来。她没有一句批评，完全从幼儿的角度展开故事，虽然也有一点教育或提醒的意思，重心却还是对儿童的喜爱和欣赏。她在诗末也常会来一句含有理念的话，如："她的书包我再也不翻！"这可算是"结论"了；"这错处到底在哪儿呢？"虽然还没找出原因，但出现了"错"字，总之已经是"认错"了。再后面的《爸爸的眼镜》的结尾甚至还带点教训味："唉，小弟呀小弟，/你这个小糊涂东西！/有学问要靠自己努力，/眼镜怎么能代替你学习！？"这"教训"依然是淡淡的温婉的，充满喜爱和欣赏，并非真的耳提面命。这样的结尾，体现了当时时代风气的影响，与诗人自己的文学观念也有一定关系。可是在这样的诗里，我们仍然能感受到一种新的气息，一种压抑不住的诗性，它们不是当时的观念所可替代或掩盖的，那就是：它的出发点是诗，是对生活、对童趣的欣悦的体验，是对这一体验的表达的冲动——这才是创作的动机。㊟这样的动机，和找到一种儿童的缺点，然后编个故事批评之、教育之，是不可同日而语的。这是两种完全不同的创作方法。在这里，诗人的本性起到了决定的作用。

《看球记》（载《文艺学习》1956年10月号）当然更要精彩得多，写的是球迷一家看足球的故事，"青岛"对"新疆"，1956年8月在青岛的确举行过全国少年运动会，其中就有这场小足球赛。小弟对看球是最起劲的，"从清早就在院子里看天，有一朵乌云他就急得踩脚"。可球赛开始后，他却"什么也不懂"，他说"最好让两边都赢"，然而很快就看出了门路，"跟着我鼓掌还学着喝彩"，有一次"新疆"把球踢出场外，他站起来差一点跳出看台。最后还是"青岛"得胜，支持青岛的妹妹狂喜，小弟夺过她手里的花丢在地上，两人差点打起来。诗的最后几节是这样的：

    好些人围着"新疆"的大门照相，
    我也挤进去对他说：真棒！
    弟弟一把抱住9号运动员，
    他说："我也看出来你们很勇敢！"

    回家的路上爸爸和妈妈已经和好，
    小弟和妹妹可还在争吵，
    我用脚勾一块小圆石踢给小弟，
    唉！有工夫磨牙还不如来练脚。

    夜里大家已经熟睡，

九、鲁兵与柯岩：童诗从哪里出发

可是小弟还在梦里踢球，
一脚把被窝踢到地上，
还用脑袋拼命去顶枕头。

妈妈叹口气去给他盖被，
他一脚丫正踢着妈妈的手。
妈妈笑着把他侧过身去，
一看，背心上还用红墨水涂了个大"9"。

这是一首生活气息浓郁、童趣盎然的小诗，这里找不到多少教育的痕迹。可见真正能激发作者诗情的，正是对千姿百态的儿童生活的压抑不住的兴趣，而不是现成的教育主题，更不是在诗尾加上去的那些教育性的话。

但仔细想想，这首诗里还有更值得探究的东西。弟弟是在极短的时间里看懂足球的，看懂了就投入，而且是全身心投入，看到球出界了会急得跳起来，看到妹妹为敌队欢呼会去抢花甚至打架，还跟着哥哥挤过去为勇敢的守门员喝彩，当晚就做起了踢球的梦……小孩的兴趣来得快，而且是那样真诚专一，这正是他们童心的体现。梦是"潜意识"在起作用，在梦里还那么专注，这让妈妈又叹气又欢喜。从这里看得出，诗人对儿童已非一般的喜爱欣赏，已不是寻觅一些有童趣的细节或画面铺陈为诗，而是深入到孩子的拳拳之心中去了，她是看重并珍视这拳拳之心的。相比之下，从教育主题出发的写作是居高临下的，以为自己必高于孩子，作者必高于读者；而这种欣赏、看重和珍视，却是把孩子放在一个很高的地位，一边看着他们的趣事，一边自己就会隐隐感动——这是诗人之心与儿童赤子之心的相通。

柯岩儿童诗的这一内在特征，在《帽子的秘密》中体现得更为突出。这首诗在读者中影响极大，被很多人视为建国后至"文革"前"十七年"中儿童诗创作的压卷之作，这并非过誉。它是组诗《"小兵"的故事》(载《人民文学》1956年4月号)的第一首，它那清清浅浅的开头，让许多早已成年（以至中老年）的读者至今还能背诵：

>   我的哥哥可不是个普通的人，
>   他是一个三年级学生。
>   他一连考了那么些个五分，
>   妈妈送他一顶帽子当奖品。
>
>   这顶帽子的颜色可真蓝，
>   漆黑的帽檐亮闪闪，
>   别说把它戴在头上，
>   就是看看心里也喜欢。
>
>   可是这顶帽子有点奇怪，
>   它的帽檐老是掉下来，
>   妈妈把它缝了又缝，
>   不知为什么它总是坏。

这第一人称的儿童口气，悄悄流露着对哥哥的崇拜，这为后文埋下了伏笔。同时，由于帽子的"秘密"，人们急于往下看。妈妈派给"我"一个任务，让他跟着哥哥看看是怎么回事，可是哥哥一见他就把他赶开。这天他偷偷到了他们的学校，这才发现他们几个同学"一出校门就把帽檐扯下来"。他们在空地上来回跑，又喊"靠岸"又喊"抛锚"，哥哥还拿着个木头望远镜，四面八方到处瞧……原来他们在模仿海军呢！"我"还没决定躲不躲，已经被他们当"奸细"抓住了，"哥哥看也不看我一眼，就下命令把我枪毙"，于是"我"又踢又打吵个不停，即使告诉说"枪毙是假的一点也不疼"也不干，最后只好让他也一起参加了小海军的游戏。应该说，在二十世纪五十年代，因战争刚过，战争电影又多，当时部队威望高，海军又是现代化的兵种，这样的游戏确是男孩子们的最爱。那天，弟弟的兴奋可想而知。诗的后面几节是这样的：

九、鲁兵与柯岩：童诗从哪里出发

> 晚上我回家见了妈妈，
> 我向她谈了船舱又谈甲板，
> 我告诉她什么叫做舰队，
> 还说天下最勇敢的就是海员。
>
> 至于哥哥的帽子嘛……
> 我说："这是秘密你最好别管。"
> 妈妈摸着我的头发笑了：
> "那好吧，亲爱的海员！"
>
> 我奇怪妈妈怎么知道，
> 她说："这也是个秘密。"
> 她说她还有几句话，
> 让我给所有的小水兵捎去：
> ……

捎去的话无非是"热爱祖国热爱劳动""不看帽子要看行动"，这严格地说也还是"套话"。这首诗中最为感人之处，我以为就是"我"回家见了妈妈，"又谈船舱又谈甲板"，告诉她什么是舰队，"还说天下最勇敢的就是海员"……小时候每次读到这里，鼻子就酸酸的；长大后，重温儿时的诗，看到这里还是会有一种情感涌起，这是为什么？仔细推敲一下，这是由于作者对"潜意识"的精确刻画，孩子兴奋之后，产生了难以压抑的表述欲望，他不想让妈妈知道秘密，但他内心的快乐和豪气要有表达的出口，他就控制不住地对妈妈说个没完，这就让妈妈猜出了他们的秘密。通过这些刻画，我们一下子进入了孩子的"潜意识"，作者没有说破，是我们在审美中体悟出儿童的这种心灵变化的，而这恰恰是最容易让人感动的。

"潜意识"是弗洛伊德派深层心理学的理论，在柯岩开始写诗的年代，弗洛伊德是连名字也不能提的"资产阶级心理学家"，她不太可能读那样的书。但因诗人的天性带来的文学自觉，因对生活和儿童的热爱从而走进了儿童的内心，这使她自发地与这理论相通了。这是对童心的深入的发掘和巧妙的艺术表现，那些居高临下的教育的诗，自然很难拿来和它相比了。

　　五十年代的确是教育主义统治的时期，但文学总能有自己的突破——真正成功的作品总是有自己的与众不同的突破的。柯岩诗中最好的那几首，很能说明这个问题。

　　㊟ 当时已有人很敏锐地发现了柯岩儿童诗的这一特点，舒霈（束沛德）在柯岩的《大红花》（中国少儿版）与《"小兵"的故事》（天津人民版）面世后，于1957年第35期《文艺报》上发表了《情趣从何而来？——谈柯岩的儿童诗》一文，指出："她的诗篇里充满着令人激动的儿童情趣"，而"目前的很多儿童文学作品，包括儿童诗在内，还非常缺乏这种情趣"。

十、任溶溶：把童趣推到极致

任溶溶与中国儿童文学的缘分，早在二十世纪四十年代就已开始了。但那时主要是翻译而非创作。他的第一篇儿童文学译作刊载于1946年元旦出版的《新文学》杂志创刊号，那是一位土耳其作家的儿童小说《粘土做成的炸肉片》，译者名署的是"易蓝"。就任溶溶一生贡献来看，确属翻译成就最大。他的创作始于1953年夏，那时他经常在上海人民广播电台为小朋友讲外国儿童生活故事，有一次打算按一篇报道讲，开场前发现太单薄，但已骑虎难下，于是决定自己写，到播出时，这已变成了一篇口述小说；文学刊物《少年文艺》是这年七月降世的，创刊后稿件奇缺，主编李楚城从广播里听到了这篇作品，当场拍板，决定在刊物上发表。这就是任溶溶的儿童小说处女作《我是个黑人孩子，我住在美国》(载1953年8月号，出版单行本时改名为《我是个美国黑人孩子》)。后来，也因为讲故事，他在少年宫讲了自创的《没头脑和不高兴》，在小朋友中引起轰动，《少年文艺》的编辑又来要稿，他坐在咖啡馆里，一气呵成，写出了这个中国儿童文学的名篇。《没头脑和不高兴》发表于1956年2月号《少年文艺》，故事的构思成形应该是在1955年。——柯岩的童诗创作也始于1955年，对于中国儿童文学来说，这是个重要年份。我们下文还会谈到。

任溶溶的儿童文学创作主要是儿童诗，但这开

《我是个美国黑人孩子》，任溶溶著
文字改革出版社1960年版

始得比较晚——始于二十世纪六十年代初。那时因中苏关系破裂，致使他所从事的儿童文学翻译工作几近中断，因欧美的作品自1949年后就不再引进，这时再除去苏联和东欧的作品，的确没什么东西可翻了。他所在的少年儿童出版社译文室也随之撤消，并入了文艺室。他自解放初就大量翻译苏联诗人的童诗，一面翻一面就想自己创作，曾把许多好题目记在本子上，准备一到四十岁就动笔。这时因为闲得难受，便提前三年开始了童诗创作（那时三十七岁）。不料一发而不可收，他成了中国最重要的童诗作家之一。本书上一章说童诗，也已提及任溶溶，为使行文顺畅，我们就先谈他的童诗吧；而且，从儿童诗中，也最能见出他的创作个性。

任溶溶的儿童诗，大多单纯、巧妙、好玩，绝不平淡，绝不一般。它们大多有个简单而有趣的故事，但即使没故事，也同样引人入胜，让你充满兴趣。这些读来异常轻松的诗，却看得出写时是动足脑筋的，但又绝不是"苦吟"的产物，作者的愉快、调皮、兴奋全在字里行间隐藏着。比如那首《强强穿衣》：

> 早晨当当敲七点，
> 强强起了床。
> 拿起书本看半天，
> 开始穿衣裳。
> 一个袖子才穿上，
> 他就去洗脸。
> 两个袖子刚穿好，
> 他去吃早点。
>
> 扣上两个小纽子，
> 他去玩邮票。
> 再扣两个小纽子，
> 中饭时间到。
> ……

十、任溶溶：把童趣推到极致

最后，到强强好不容易穿好第一只袜子，要穿第二只时，天早已黑了，妈妈已经在叫"快脱衣裳，去上床"了。这当然是极度的夸张，与他的童话《没头脑和不高兴》用的是同一手法。但闲散拖沓、做事精力不集中的孩子，的确有；假期刚刚到来时，这样的孩子更多；其实，作者所在的文人圈里，这样的人也不少，作者自己恐怕也有类似的习气。作者在诗里没有一句批评，只是一味夸张，夸张中充满玩笑的心态。另一首《我给小鸡起名字》也很有趣：

一、二、三、四、五、六、七，
妈妈买了七只鸡。
我给小鸡起名字：
小一、
　小二、
　　小三、
　　　小四、
　　　　小五、
　　　　　小六、
　　　　　　小七。

小鸡一下都走散，
一只东来一只西。
于是再也认不出：
谁是小七、
　　小六、
　　　小五、
　　　　小四、
　　　　　小三、
　　　　　　小二、
　　　　　　　小一。

二十世纪五十年代很时兴苏联马雅可夫斯基的"楼梯式"诗,结果排版松散,诗意也松散,虽慷慨激昂有余,却紧凑耐读不足,当然也不失为一种有益的尝试。但"楼梯式"一般是长诗,是所谓"朗诵诗",任溶溶别出心裁,在一首小品中

《小孩子懂大事情》,任溶溶著
少年儿童出版社 1965 年版

忽然玩起"楼梯式"来,让人觉得新鲜别致。而且,前面是从一数到七,后面是从七数到一,循环往复,有绕口令之趣。儿童对音韵节奏最为敏感,一看形式特别,一念好听好记,字又不难认,自然就爱不释手。

上述两首,第二首是纯游戏诗,没有什么意义(正合周作人之所谓"有意味的没有意思"),因而也谈不上教育性(当然也可说有"数字教育"之效)。但第一首则有教育目的。在六十年代,关于教育性的强调更盛,已非解放初期可比,这在本书后几章还会论及。任溶溶这时又在出版社内部受过批评帮助,编辑室主任也不当了,正是

"夹着尾巴做人"的时候,所以,在创作中时时不忘教育性,也就不难理解。但读他的诗,总觉得这教育性,和读鲁兵的诗或金近的童话,有所不同。我们再来看一首教育性很强的诗,《从人到猿》:

> 我家有个小家伙,
> 一早唱懒歌:
> "穿衣服可真没劲,
> 麻烦实在多。
> 早晨起来得穿上,
> 晚上又得脱。
> 热天衣服得减少,
> 冷天得加多。

十、任溶溶：把童趣推到极致

要是身上长上毛,
那,那,那多快活……
还有吃饭也麻烦,
烧饭得生火,
吃了还得洗碗筷,
还得涮饭锅。
最好住在树上面,
饿了吃水果。
只要爪子抓来吃,
手也用不着。
干脆长条长尾巴,
用它把树拨,
水果自己掉下来,
直往嘴里落……"
他在床上唱懒歌,
我在旁边坐,
顺手给他画个像,
全照他所说。
请大家来看一看,
他呀像什么?

这当然是对懒的批评,是一种教育,但作品不仅夸张,而且从头至尾是个谜,让孩子自己来猜,越念下去,谜底越接近,越清楚,但就是不说破。全诗用长短句的方式,有如说唱、快板,这也增强了它的游戏性。看得出,作者是在教育性的大旗下,安排了一场欢乐的游戏快餐。任溶溶诗的这个特点,在《我是翻译家》里表现得更为突出。诗里的"我"才七岁,爸爸是个翻译家,"我"不懂外语,专翻中国话:他能跟奶奶讲广东话,跟姥姥讲宁波话,同是"阿婆"两个字,叫奶奶"apo",叫姥姥"abu"。这天他陪两位老人看电影,她们听不懂普通话,于是他就当起翻译家来——

电影里一个孩子说：
"这老大爷是我爹。"
我给左边，就是我奶奶翻：
"呢个伯爷公系我老豆。"
我给右面，就是我姥姥译：
"迭个老老头是阿拉爷。"

"那个孩子真好玩，"
电影里一位老人讲。
"个细佬哥好得意。"
"伊格小囡交关好白相。"

一场电影看下来，
我的脖子别了筋，
又向右来又向左，
像个钟摆摇不停。

一场电影译下来，
我的嘴巴实在干，
一回家就找水喝，
咕嘟咕嘟连喝八大碗。

我有一位福建的姑丈，
我有一位贵州的姨父，
要是哥哥娶个江西的嫂嫂，
要是姐姐家个湖南的姐夫……

十、任溶溶：把童趣推到极致

读到这里让人忍俊不禁，如果这么多方言放到一起，那可真是太好玩也太热闹了；要是小翻译家这么多才，那也真是够他累的。到最后，这翻译家大叫"受不了""捱唔住""吃弗消"，而最后两句显出了教育主题：

办法诸位都知道，

请大家讲普通话！

末句不仅用了感叹号，而且用了黑体字，可见是很想突出这主题的。然而回过头去看，尽管作者赞成推广普通话，但他的写作的兴趣，与其说是为了宣传这个主题，不如说更为了表达各种方言聚集在一起时的那种趣味。他本来就是文字改革工作者，对方言特别有兴趣，这样将头摆来摆去变换吐露他所熟知的方言，那种得意和兴奋，从字面上就可看出来。在当时的形势下，如没有一点宣传教育的意思，只是一味好玩，这诗是不能发表的。所以说，这是教育大旗下的游戏快餐；它也有一点"药片"的功能，但在这功能的名义下却致力于它的好吃，要做得比糖还好吃，比零食还好吃，最后它的好吃大大超过了它的功能（主题）。这就是：虽有教育性，但形象大于思想，趣味大于教育，好玩和快乐超过了其他。在这里，结尾的教育的话（他常常会在诗尾加一句你想不到的有教育性的话，而且还用黑体），更像是一张"准生证"。这就是任溶溶的诗，此即"把童趣推到极致"。

任溶溶说过，他写儿童诗受到了自己翻译的作品的影响。建国初期，他翻了大量苏联的儿童诗，有马雅可夫斯基、马尔夏克、巴尔托、楚柯夫斯基、米哈尔科夫……还翻过普希金的童话诗，这些译诗大都出了单行本。他特别珍爱巴尔托的诗，当年译成以后，新文艺出版社首任总编辑王元化很喜欢，时任新文艺编辑的诗人罗洛一定要拿去出，只因少年儿童出版社成立，任溶溶才坚持把诗稿抽回，交少儿社出版，这就是1953年版的《快活的小诗》。他特别喜欢其中的一首《碰见》，诗很短，写的是诗人在路上碰见一只狗，狗一直跟着他，这让他心花怒放，可他到家了狗仍往前走，他大声叫它，它在远处边走边答，原来只是同路罢了。他在后来回忆说："这诗其实没有什么意思，就是有趣。但要不是苏联作家的作品，在那时肯定是发不出的。"诗集中还有一首《结绒线》，更好玩，抄引如下：

> 我们的大姐
> 从清早起就编结。
> 夜里她不肯睡——
> 把编针藏在枕头下面。
> 她夜里坐在床上——
> 在黑暗里结绒线。
>
> 我们的大姐
> 从清早起就编结。
> 只要绒线弄到手，
> 她整天不吃不喝也能够。
>
> 如果绒线已经用完，
> 她就把大衣柜打开来。
> 眼看着一件绒线衫
> 慢慢地全散开。
> 等到奶奶回家，
> 有须头的三角围巾没啦。
>
> 短衫没了衣领！
> 家里绒线都拆干净！
>
> 两只毛茸茸的小狗

十、任溶溶：把童趣推到极致

睡在小门旁边晒太阳。
姐姐一面结绒线，
一面远远盯着它们望。

姐姐的脾气我知道，
去把小狗关起来才好！

她要拿起我的小狗，
把狗毛当绒线来用。
她要一声不响：
手套用狗毛结成功。
我把小狗关进屋子，
别让它们落进姐姐手里！

此诗注明是"笑话"，但其实很有童趣，写出了一种真切的儿童心理。有时在儿童眼中，成天结绒线的大人确实不太好理解，他们只看见大人成天拆了结结了拆，也没工夫说话，一旦绒线没了，会不会动狗的脑筋呢？他们真的担心。这样有趣的作品在只强调教育性的氛围中，当然是异类了。可见任溶溶（还有文学素养深厚的王元化等）心中珍爱喜欢的，其实还是这类作品。马尔夏克的《笨耗子的故事》和《一个糊里糊涂的人》，任溶溶也非常喜欢，他曾在少年宫和儿童图书馆里朗诵过，小朋友们笑作一团。前一首中含有很多动物的叫声，任溶溶朗诵时刻意模仿，大大发挥了自己被掩盖的特长；第二首，反反复复写一个不开窍的人，有点类似于周作人介绍过的英国李尔（Lear，一译利亚）的"胡诌诗"——这其实都是"有意味的没有意思"的佳作。进入"新时期"以后，任溶溶还动笔译了一组李尔的诗，发表在《巨人》杂志上。李尔诗集《A Book of Nonsense》，周作人译"nonsense"为"没有意思"，陆谷孙译作"胡诌"，任溶溶干脆依其广东话译为"无厘头"。他多次说过，在西方，这种"没有意思的诗"，大多被视为儿童文学的源头。

这里还须提一下的是,任溶溶的创作受普希金影响很深。他认为,普希金是世界一流大诗人,但诗作写得清浅可读,线索单纯,常有故事,而且句式规整,讲究韵脚和格律,用原文读来朗朗上口。他觉得这其实是一种说唱,新文学家一般看不起说唱,认为是低下的艺术,其实恰恰错了,第一流的诗歌(不仅指童诗)也可以是说唱。所以他译的普希金的《渔夫和金鱼的故事》,几乎每句都是十个字,节奏感很强。另一首《神父和他的长工巴尔达的故事》,虽句子有长有短,说唱味道却更浓。此诗开头是这样译的:

> 老神父,
> 傻乎乎,
> 到市场上走走,
> 看有什么合他胃口。
> 迎面来了巴尔达,
> 也没准儿要上哪。
> "神父,干吗这样早?
> 你在把什么找?"
> "找个长工,"神父回答他,
> "厨子、马夫、木匠全要一把抓。
> 工钱又要不怎么高,
> 这样的人,不知哪儿能找?"

诗中用的,都是纯粹的口语,他希望用这样的中国语言复现原诗的"音步",并在韵味上达到神似。他说过,他所译的普希金,所有音节都按原诗,原句有几处停顿他也有几处,一点不走样。这是他早年学俄文时跟姜椿芳前辈学的。所以,到了他自己创作的时候,也多采用比较整齐的句式,念上去也常有说唱的感觉。

在任溶溶早年的创作中,虽然大都在题材选择上或在诗的尾巴上挂上教育性的"准生证",但纯属趣味性的诗也还是有,比如上述《我给小鸡起名字》就是一例,另一首《拍照》(写自己拍照时心理上的小算盘)也可算一例。到"文革"以后,教育主义的枷锁不再箍得那么紧了,可以比较自由地抒写了,童趣在他笔下就发挥得更充分了。他的《告诉大家一个可以大喊大叫的地方》《没有不好玩的时候》《大人有时候也很狡猾》《爷爷他们也有过绰号》等,都是脍炙人口的好诗,诗人自己的顽童的心态,表现得淋漓尽致。这些诗在读者中引起了较大反响。这里再介绍一首反响不那么大的《一支乱七八糟的歌》:

《给巨人的书》,任溶溶著
少年儿童出版社 1980 年版

> 我这真叫自作自受:
> 这个口琴给这小妞。
>
> 我姐姐的这个女儿,
> 今年三岁零两个月。
>
> 她拿着我这个口琴,
> 从早到晚吹个不停。
> "多——咪",
> "咪——多",
> "多——咪",
> "咪——多",
> 我给吵得直捂耳朵。
>
> 可她"独奏"还不算数,
> 竟然拉我参加节目。

"唱个歌吧，好小舅舅，
我来给你口琴伴奏。

一个人吹，一个人唱，
电视上面就是这样！"

"你呀，"我真气得火冒，
"口琴吹得乱七八糟！"

别说这小妞不懂事，
竟也懂得不好意思。

她低下头，抬起眼睛求我，
很轻、很轻、很轻地说：

"我吹乱七八糟的口琴，
你就唱支乱七八糟的歌！"

瞧她多甜，像个天使，
你倒说我怎好推辞？

唱吧，有人请我唱歌，
我这辈子还没有过。

"多——咪"，
　"咪——多"，
　　"多——咪"，
　　　"咪——多"，

十、任溶溶：把童趣推到极致

我跟着这琴声"唱歌"。

她使劲地吹啊吹啊，
越吹她的劲头越大。
我也唱了
——不，叫了——
　半天的歌。
不知唱了
——不，叫了——
　一些什么。

一直唱到妈妈回家：
"乱七八糟，你们干吗？"

小不点儿盯着我瞧，
我看着她，偷偷地笑。

能够欣赏这节目的，
恐怕只有我们两个。

不错，
　是支乱七八糟的歌，
不过唱得实在快活。

是的，在一些不能理解儿童文学的人看来，任溶溶的这些创作，包括他的那些翻译，大概都属于过分幼稚的乱七八糟的东西，但他和孩子们一起享受这童趣，他也从中感受着莫大的快乐。说到底，他的这些特色和成就，都来自他的永远不老的童心——顽童之心，亦即赤子之心。

当然，比之于柯岩，他的诗缺少对儿童内在心理以至潜意识的发掘，他的童趣相对来说更外在一些，但也因此，他的诗就更热闹，更好玩。但他绝不同于后来那些商业性的浅薄搞笑的儿童读物，后者是大量重复的没有生活基础的粗陋编造，是以人工的"软饮料"来哄取孩子的欢心，其中并没有真生命。任溶溶的创作恰恰相反，这完全是从生活中来的，是自己的个性与人生体验的艺术再现，他自五十年代初就在本子上记下许多诗题，过一段时间拿出来看看，重看时仍然感动，就准备写；一旦再看不感动了，就删掉。到了晚年，他身边不再有孩子了，他仍想写诗，但是写不出，他明白，自己缺乏生活了。但有一天，他的第四代上门来玩，他与之相处半日，心情愉悦异常，孩子走后，灵感又来，他果真又写出了一首童诗。这都证明，他的诗来自儿童生活，这都是他的童心和儿童生活交融的结晶。

任溶溶的童话《没头脑和不高兴》与他的童诗有相似之妙。他极少写童话，"文革"前就写过这一篇，但影响非常大，有人甚至称它为"十七年"童话创作的"压卷之作"（一如柯岩《帽子的秘密》被称为童诗的"压卷之作"），平心而论，在短篇童话中，我以为此说并不为过。后来，任溶溶自己担任编剧，将这一作品改编成动画片（张松林导演），放映后更为轰动。几十年过去了，现在电视里还常能看到此片的重播。这无疑是一则有着明显教育性的作品，其中的"没头脑"是指孩子丢三落四（"他其实很聪明，但记什么都打个折扣，缺点零头"），这可能是所有没长大的孩子的通病，有些长大的人此病还在；"不高兴"是指那种故意的不合群，毫无道理的倔，做什么都爱逆着来，这样的孩子不多，但"任性"和"不听话"则是常见的，大人说"不能干什么"却偏偏想干干看的幼儿心态也是普遍都有的。对这类缺点的批评，可以写成很浅薄很老套很不耐看的说教故事，任溶溶的高明就在于进入这一题材后，凭借他满腹满脑的童趣和想象，利用夸张的手法，往好玩的方向尽情发掘。他没在理性说教的层面上停留，立即穿越而过，挖出了一片完全属于自己的充满喜剧意味的艺术天地。他让"不高兴"和

《没头脑和不高兴》，任溶溶著
少年儿童出版社 1958年版

十、任溶溶：把童趣推到极致

"没头脑"遇到仙人，把这一对活宝都变成大人，而且按他们的本意，一个成了演员，一个成了建筑师。结果建筑师造出了三百层楼的特大少年宫，却忘了装电梯，孩子们看戏要爬半个月楼梯才能到达，看完下来还得走半个月，随身带去的粮食将戏院隔壁堆成了粮仓。而当了演员的"不高兴"演《武松打虎》中的老虎，偏偏在台上就

《没头脑和不高兴》插图——詹同渲图

是不肯死，结果打了一天又一天，孩子们等不及了，因为下楼得半个月，学校马上要开学了！作品中最有趣的，是"没头脑"跟着一大群孩子一同上楼，大家从兴高采烈登楼到一个个忍不住骂建筑师，忘造电梯的荒谬日渐显现，这喜剧性是叠加的，越看越想笑；还有就是"不高兴"不肯死，一天天打下去，事情越变越荒唐，读得人笑不可仰。——我以为，这可以视为"形象大于思想"的典范。儿童文学不是不可以有教育性（却也并非必须有），更不是不可以有思想或意义，但应如盐之在水，浑然一体，不能从观念出发，更不能以观念代替形象。文学的本质毕竟是审美的，形象必须大于思想。

最后再说说任溶溶的翻译。任溶溶是当代中国最重要的儿童文学翻译家，能与他比肩的，大概只有翻过《安徒生全集》的老作家叶君健了。同创作一样，出

《没头脑和不高兴》插图——詹同渲图

自他译笔的作品，大多充满童趣，一打开书，就会有一种生机勃勃的感觉扑面而来，让你欲罢而不能。二十世纪五六十年代，他主要翻译苏联儿童文学，熟练使用的语言是英语和俄语。后来，"文革"开始，他和无数中国知识分子一样受到迫害，不能再从事创作和翻译，他就抓紧时间偷学其他语种，他的日文和意大利文就是在遭受批斗和监督劳动时学成的。到"文革"结束，他居然能从意大利文直接翻译《木偶奇遇记》了。他还接触过瑞典文，翻译林格伦作品时，主要靠英语转译，因为这些作品太重要，他找来瑞典文原版认认真真校核了一遍。除此之外，他精通世界语，早年曾积极参加左翼文化人发起的文字改革运动。除了前文说到的那些苏俄作家的儿童诗外，他译过苏联优秀儿童文学作家盖达尔的《铁木尔和他的队伍》，译过风靡中国读书界的《古丽雅的道路》，译过意大利作家罗大里的《洋葱头历险记》和《假话国历险记》，译过英国作家米尔恩的"小熊维尼"系列、特拉弗斯的"玛丽·波平斯"系列、内斯比特的"沙仙"系列（《五个孩子和一个怪物》等），以及玛丽·诺顿的《地板下的小人》，罗尔德·达尔的《女巫》及《查理和巧克力工厂》，巴里的《彼得·潘》，译过美国作家怀特的《夏洛的网》《吹小号的天鹅》《精灵鼠小弟》，还译过瑞典作家林格伦的《小飞人》三部曲、《长袜子皮皮》三部曲……举了这么多儿童喜爱的作品，就任溶溶全部译作来说，却还只是九牛一毛。他的翻译的数量和质量的确惊人。

这里特别要提一提任溶溶译林格伦的事。林格伦笔下的皮皮小姐，绝不是那种传统的正面的儿童形象，她是一位力大无穷、爱吹牛、喜欢恶作剧的女孩子，她做的事因违背大人意愿总是被称为"坏事"，但孩子们却因她的行为而欣喜兴奋不已。二十世纪八十年代初，任溶溶一气翻译了林格伦的八部作品，其中包括了《长袜子皮皮》和《小飞人》，中国读者开始用惊异的目光打量这些全新的作品。当时人们的思想刚开始解放，出版社很是为难，一方面知道它们有极大的吸引力，一方面又怕它们被定为"坏书"而挨批。最早印行林格伦作品的湖南人民出版社就在《小飞人》的出版说明中写道："这套书共有三本……书中的小飞人做了许多奇事、好事……"这分明是要把狂野不羁的小飞人和中国读者所能接受的好孩子形象硬扯到一起，而不敢承认这里其实有一种观念的冲突。好在那时的时代气氛总体是积极开放的，在孩子们一片叫好声中，中国的儿童文学界和理论界也开始正视林格伦的这些奇书了。人们在研究中发现,像小飞人卡尔松那样的人物,其实是欧洲文学中有着悠久传统的"流浪汉"形象的延伸,他没有家庭,独自一人住在屋顶上,无拘无束,自得其乐,爱怎么样就怎么样。对于小说中另一个主人公——处处受到父母、学校、保姆以及哥哥姐姐们管束,一举一动都要听从大人旨意的"小家伙"来说,卡尔松这样的野孩子实在太令人羡慕了。尽管卡尔松常骂他"草包",抢他的东西吃,弄坏了他的蒸汽机,好几次骗了他,还把脏活累活都推给他干……但卡尔松带给他的乐趣远远超过了这一切,当卡尔松带着他到处乱飞时,他也在一定程度上进入了这个久已渴望的自由自在的天地。当然,完全放任孩子自由发展是行不通的,成人不厌其烦地管束正是为了孩子安全而稳步地成长,林格伦很明白这一点。所以她将小家伙的家庭,尤其是他和母亲的关系,写得非常温馨;甚至,快乐的卡尔松有时也会暗暗渴望能受人照顾,能拥有像小家伙那样的家庭生活。这在很大程度上启发了中国的儿童文学工作者:渴望母爱与家庭(乃至社会)的温暖,与渴望冲破束缚张扬自由的天性,这正是儿童文学的两大永恒的母题。林格伦的作品,包括《长袜子皮皮》和《小飞人》,都贯穿着这两个母题,而我们中国的儿童文学长期以来惟有前者却没有后者!是林格伦的这些作品打开了我们的眼界,也让我们看到了中国儿童文学的根本缺陷。任溶溶自己是最喜欢《小飞人》的(喜欢程度胜过名气更大的《长袜子皮皮》),他认为在"小飞人"卡尔松身上暗藏着所有儿童的隐秘欲望,卡尔松做的事正是他们都想做的,他们不敢做,是卡尔松纵容和推动着他们去做。这正是卡尔松大受儿童喜爱的真正原因。他这真是一言中的。据此我们即可看到:儿童文学如果只是重复说"不能做什么",却不涉及儿童们的"想做什么",那就不可能是完整的文学,而只会是有缺陷的文学,甚至渐渐坠入伪文学。任溶溶在"文革"后放开眼界,以历届"国际安徒生奖"获奖作品为线索,大量翻译西方优秀儿童文学,林格伦是他选中的第一家。可以说,自二十世纪八十年代初起,任溶溶和林格伦等西方优秀作家联手,正一点一点改变着中国的儿童文学。

十一、儿童小说的两种范式

二十世纪五六十年代，在儿童小说创作上成绩最突出的，是任大星。虽然那时有不少作家致力于儿童小说，如写《五彩路》的胡奇，写《三月雪》的萧平，写《长长的流水》的刘真，写《蟋蟀》的任大霖，写《骨肉》的胡万春等，都引起了文坛瞩目。但胡奇主要写长篇，萧平、刘真只写短篇（这两位作品并不多），任大霖那时也只写短篇，胡万春的主要创作领域还是成人的工厂题材作品。任大星则长篇（有《野妹子》《刚满十四岁》）、中篇（有《吕小钢和他的妹妹》等）、短篇（有《双筒猎枪》等）都写，作品发表后大都在读者中产生很大反响；在读者的年龄层次上，从低年级到中学生，他都作了成功的尝试。他的创作是全方位的，不仅作品多，还都保持了很高的质量。

1954年4月，中国青年出版社出版了任大星的《吕小钢和他的妹妹》，这是他最早的儿童文学创作，也是他的成名作。作品面世不久，就受到中国作协主席、老作家茅盾的赞扬。这本薄薄的小书一再重印，出了英、日、俄等多种外文版；同时被改编成故事影片《哥哥和妹妹》在全国上映。各种儿童文学选本一再选入这篇作品（至今已不下数十种），如中国作协编的"青年文学创作选集·儿童文学选辑"（1955年底之前）《海滨的孩子》，就将它放在全书第一篇。

《吕小钢和他的妹妹》，任大星著
中国青年出版社1954年版

十一、儿童小说的两种范式

　　这篇作品受到如此欢迎,实非偶然。这是由于作家创作时有厚实的生活积累,也有文学上的充分准备,并且,还有真正的创造性的投入。在此之前,任大星已有一定的创作经验。他从十六岁(1941年)起就在浙江萧山一个初级小学当教师,那时就以写作来打发寂寞时光。到抗战胜利,开始在报刊上发表作品。建国以后,他在省财政机关工作,业余时间主动争取到附近儿童夜校当语文老师。他家周围大大小小的孩子成了他最好的朋友。他每晚读写到深夜,读的不是财经类的书,而是古今中外的文学名著、各国文学史、文学概论、儿童心理学、教育学,还有《在延安文艺座谈会上的讲话》和苏联加里宁的《论共产主义教育》等。他这时已意识到一个新的时代到来了,他要写一部给千百万少年儿童看,并能帮助他们在新时代健康成长的书,所以不能像过去那样只为抒发个人感情而写。他的这次创作,既是严格地从自己最熟悉的生活出发的,又是一次真正的探索——在他前面,并没有一个表现新时代儿童生活的现成的范式。他用了整整半年时间,写出一部作品的提纲。这提纲有四万字,此中的艰苦和认真是不难想见的。因为没有把握,他把提纲讲给院子里的孩子们听,作了修改后又寄给中国青年出版社,请他们把关。出版社很快来信了,鼓励他尽快写出来。他这才投入了正式的创作。因为事先想得周全,又因已有较成熟的提炼和剪裁的功夫,所以初稿竟然比提纲短:不到两万字。

　　用这么多文字介绍这篇小说的创作经过,实在因为它不只是一篇作品,而意味着一种范式的诞生。时间过去半个多世纪,将近一个甲子轮回,文学也有了自己的"否定之否定"。今天再看《吕小钢和他的妹妹》,可能已很难发现此中的新鲜感和创造性了,因为后来的小说几乎都是这么写的,甚至情节与之雷同的写哥哥和妹妹或姐姐和弟弟的作品也有了一大堆。可在当时,要把新生活的昂扬的动机天衣无缝地落实到儿童生活里,要让七八岁十来岁的小孩的日常生活渗透出新时代的气息,这一切又必须是真正的文学而不能以说教取代,委实不是件容易事。写《1Q84》的日本作家村上春树曾说:"从某一时刻起,我的前方已经没有人了。就这样,我在空白的地方一点一点开出道路,挖掘洞穴……"(《与松家仁之对话》)对此读者容易信服,因为从他的作品中能感受到这种创新。但当年的任大星也是这样探索的。

下面是这篇小说的开头——

我的妹妹真淘气。奶奶说,我小时候就够淘气啦;可是她比我还淘气!

我们六年级的范老师对我们说过:学习,是祖国交给我们的任务。长大了要好好地为祖国服务,小时候就一定要好好学习。

我的妹妹这学期读二年级了,也就是说,上了一年学了,可是她一点也不知道用功,一放学,就跟隔壁的小毛毛在门口跳橡皮筋。

今天,我打完了球从学校回家。一进门,又看见她跟小毛毛在天井里跳橡皮筋,跳得满脸通红。我叫她到屋里去做功课,她睬也不睬。我对她说:

"学习是学生的任务,你懂不懂?"

她扭着身子说:"哎嗯,哎嗯!"

我说:"什么'哎嗯哎嗯'!你可想长大了好好为祖国服务?"

她还是扭着身子说:"哎嗯,哎嗯!"

我上去想把她们的橡皮筋抢过来,她瞪了我一眼,拉着小毛毛又跑到大门口去跳了。

这段描写很有生活气息,妹妹写得尤其好,哥哥写得也不差。哥哥说的是说教的语言,但那是搬用了六年级范老师的话。建国初期的政治气氛是浓重的,随着一场场政治运动的到来,此后将愈益浓重。小学里也加强了政治思想教育、爱国主义教育、当好接班人教育,十二三岁正是政治意识开始萌动的时候,所以哥哥生搬老师的话,虽显别扭,却别扭得真实而有趣,倒是妹妹根本听不懂,也不买这个账。这段文字中,最值得注意的,也就是这政治性的内容渗入了日常生活——哥哥和妹妹的关系已不是原来意义上的家庭关系了,哥哥对她的管束,已有了一种政治性的高度,这在一定程度上,暗示着家庭关系社会化了。奶奶并不理解这一点,所以成了吕小钢管妹妹的阻力,而吕小钢对此一点办法也没有。

如果只一味突出思想,把吕小钢和奶奶组织成"正面"和"反面"的冲突,那就是一个概念化的作品了。后来许多低能的仿制品就走了这样的路,以致成为观念的图解。任大星是严格从生活出发的,他敏锐地发现了儿童生活中新的政

十一、儿童小说的两种范式

治性因素的渗入,但决不让这种因素从生活本身抽离出去,仍坚持按生活节奏而非逻辑推断铺展自己的笔墨,这就保持了一个作家的本色。于是,故事就变得真实而复杂了。妹妹在班级里和同学打架了,吕小钢遭了同学的白眼,他气得不行,上课回答问题像个木瓜似的,回到家就向奶奶发脾气:"都是你,都是你宠着她的!我叫她去上学,你护着她赖学;我叫她温习功课,你偏叫她跟我出去玩……"奶奶被冲撞得生了气,两人吵起来,把妹妹吓哭了。这天晚上,奶奶等妹妹睡着了,悄悄来跟他说,以后别再这样顶撞自己了,免得妹妹学样。他很快发现,这话真被奶奶说中了,没过几天,妹妹竟也像他一样和奶奶对吵起来,他吓得赶紧去捂住妹妹的嘴。——到这里,家庭关系呈现出一种真实的复杂的状态,奶奶并不总在"反面",这里并没有人为设定的"反面人物"。

星期三下午,二年级的杨老师来参加吕小钢他们的小队会,她说:"有一件事……我跟你们中队辅导员也商量过了,他也同意。"她望着吕小钢说,"这件事,只要一个人多出点力就行了;如果有什么困难,我可以帮助他,希望同学们也能够帮助他。"原来是要吕小钢帮助妹妹进步。吕小钢觉得这事太难,因为妹妹一点不怕他,于是大家七嘴八舌说,不应该让妹妹怕,应该是建立威信。吕小钢回忆起,有一次说好跟妹妹一起温功课,后来有同学叫他去骑自行车,他就跑了,这下妹妹也不肯温功课了……通过大家的分析,他明白了,妹妹学习上确实有困难,需要帮助;而他这位处处记着管人的哥哥,原来自己也有不少毛病。

后面的情节又有丰富曲折的发展。总而言之,是在杨老师的启发下,吕小钢学会了耐心地对待妹妹,陪她玩,带她一起参加游西湖的活动,当然,还教她做算术。这中间,有一段开头是这样的:

星期天早上,妹妹对我说:

"哥哥,我要到西湖边玩去,你带我去。"

我说:"不!今天要温习功课,咱们一起温习。今天,要是邱家瑜再来叫我骑自行车,我也不去。今天咱们温习一天功课,把你的功课全补上。"

奶奶笑着瞅了我一眼,好像有些不相信。等妹妹洗脸的时候,我悄悄对奶奶说:"这是我的任务。我答应杨老师要好好帮助妹妹学习,你别来打搅才好!"

奶奶说："也用不着温习一整天。"

这里的奶奶，依然在家庭生活、私人生活之中，而"我"已经是带着"任务"的社会性角色了。或者说，是两种角色兼而有之——在后来的许多儿童小说中，正是这兼而有之，保持或增加了作品的不少童趣。

到小说的最后，妹妹进步了，经班级选举，她被选入了功课好、舞蹈也跳得好的十六人舞蹈队。自参加舞蹈排练以后，她"每天早上都催着我上学。晚上回家，做好功课，就练习舞蹈。跳给奶奶看，跳给我看，也跳给小毛毛看"。妹妹对上学的兴趣越来越浓了，一有空就跟小毛毛说学校的事，惹得小毛毛也急着要上学了。

星期六的中队会上，杨老师和辅导员表扬了吕小钢，要大家向他学习——

我很不好意思，站起来说："我妹妹的进步，都是杨老师教育的。我算什么帮助呀，我不过带她去玩玩，讲讲故事给她听，跟她一起温习温习功课，还有，同学们也给了我很多帮助……"

"瞧！"周奔大声说，"这就够大家学习的啦！你又不是老师，当然只有这样帮助她。可我们有些同学连这样也做不到呢，他们把自己的弟弟妹妹当尾巴……"

大家笑了起来。

周奔气呼呼地说："有什么好笑的！一个少先队员连自己的弟弟妹妹也不关心，还能帮助别的同学吗？"

这就是整个小说的结尾。这样看来，虽然作品生活气息浓郁，人物鲜活，写的又是一个家庭，但从结构上看，也可说是写了一个任务，写了两个孩子的进步，围绕一个少先队员应如何对待弟弟妹妹的问题，这就是个社会性的故事了，儿童已生活在"组织"中了。这里有很多队组织的活动，有谈话和开会，已明显不同于"私人生活场景"。所以说，这意味着一种新范式的形成。

应该指出：这样的范式的产生，并不是从概念出发，倒确实是从儿童生活中来的。新中国的儿童生活出现了新的变化,作家敏锐地发现并抓住了这一点。

任大星的另一部一出版即引起很大反响的小说《刚满十四岁》(少年儿童出版社1956年9月版),可说是进一步确立并发展了这一范式。

此书从1954年10月开始动笔,到1956年5月修改定稿,与"吕小钢"的创作、出版、改编是紧相衔接的。作者在"吕小钢"的稿子寄出后不久,就调到上海少年儿童出版社任文学编辑,开始了专业儿童文学工作的生涯。此后的两三年,是作者一生最愉快、最有朝气的日子,他到中学里深入生活,参加少先队的各种主题队会、军事游戏和夏令营,体会着新时代的童年生活,把自己当成一个"不戴红领巾的大龄队员"。《刚满十四岁》写的就是建国初的中学生活,因时代气息浓厚,与现实生活联系紧密,一出版就受到少年读者欢迎,在短短几年里连印了十个版次。在有的学校,全班同学人手一册。后来成为儿童文学研究者的金燕玉当时正在南京上中学,十四岁那年,她们把作品改编成短剧,在学校上演。一说起这本书,她的喜爱之情至今依旧。作品在那一代青少年中所起到的积极作用,是不难想见的。

小说写一个充满朝气、积极向上的中队委员史小蓝,她即将进入十四岁,对未来怀着美好憧憬。当时团章规定最低入团年龄就是十四岁,她认真听团课,请班里的同学和辅导员帮自己找缺点,准备在生日到来时打入团报告。这段时间,班里发生了好多事,有同学无理顶撞老师,有即将超龄的队员不肯戴红领巾,还有班干部不愿积极工作,她在处理这些矛盾时痛苦过,也伤心地哭过,但她不断克服困难,一点点成长起来。而最大的事情,是女生陈朵云受社会上坏人的诱惑,差点成为受害者,她和几个同学勇敢地救出了陈朵云,并协助民警抓住了流氓。小说的第二节,写"史小蓝在开会",那是团总支书记作报告,讲"社会上的污泥浊水"对青少年的毒害,也讲了发展新团员的问题。小说最后是第十四节,写了陈朵云的觉醒,而史小蓝也终于郑重地交上了自己

《刚满十四岁》,任大星著 少年儿童出版社1956年版

的入团报告。

在写这部作品的过程中，作者投入了自己的真生命，所以在时光流转、世事大变后的1991年，当他重新拿起这本旧作进行修订时，不觉心潮起伏，"再一次与青年时代所写作品中的人物为伴，重新感受一下当时中学少先队员们朝气蓬勃的生活，足以使我忘掉了匆匆流逝的岁月，仿佛青春再度来临一般。"我们在几十年后读这部作品，虽然有明显的时代隔阂，但仍能真切体会史小蓝身上那种单纯向上的青春气息，并受到美好的感染。

比之于《吕小钢和他的妹妹》，这本小说更不属"私人生活场景"了，女主角的班干部身份几乎贯穿于全部情节，团组织的指引在无形中统领了整个故事。即使是很私人的情绪（比如伤心流泪），在小说中也是为了工作，并且也总是在集体的目光中和关照下。

政治生活越来越快地渗透进日常生活，这是二十世纪五十年代初中国社会的现实场景。这日常生活也包括儿童生活，虽然儿童生活的改变一般说来是滞后的，因为儿童有家庭的、父母的屏障；但这在中国社会恰恰相反，原因是那时特别注重学校的政治思想教育，而幼小的学生又是最为单纯而易感的，甚至儿童背叛父母的故事也常被作为榜样反复渲染（《海滨的孩子》一书中就收有王蒙写这一题材的短篇小说《小豆儿》）。何况，当时整个社会也都处在积极蓬勃充满向往的气氛中。在这样的时候，几乎没有人会认为这种变化有什么不好。这是一道向上的弧线，那时正呈直线状，光亮夺目，充满新鲜感，吸引着敏锐的作家，也吸引着全体中国人的眼与心。随着二十世纪五六十年代的一场场政治运动（尤其是"反右"和"文革"），也随着经济形势的变化（尤其是"大跃进"后的"三年困难时期"，和"文革"带来的"国民经济面临崩溃边缘"），人们才发现这弧线早已不再向上，而是转了一个圈深深地向下了。这时再回过头来看当年的政治生活迅速侵入日常生活，就会看到，那时已埋藏了一个缺陷，即：私人生活一点一点被剥夺了。再往后发展，则私人生活越来越成为一种近乎非法的存在。为什么二十世纪六十年代出现的"样板戏"里都没有家庭生活的描写？为什么《龙江颂》中的女支书江水英既无丈夫也没有"家"？这就是因为政治生活、社会生活的地盘越来越大，已挤走了家庭日常生活。这是后来在文艺创作中的极端表现，

十一、儿童小说的两种范式

也是整个中国社会在那一历史阶段的畸形走向。其责任不在作家,当然更不在儿童文学作家身上。

在写这本小史的同时,笔者与哲学家李泽厚先生作过多次对谈,后来整理成两本谈话录,由上海译文出版社出版(即《该中国哲学登场了?》,2011年版;《中国哲学如何登场?》,2012年版)。李先生在谈话中也说到此问题,现摘录如下:

中国在1949年以后,一个很大的特点,就是把军队的那套东西铺到社会上来了。毛泽东提出"支部建在连队上",这太重要了;推广到社会上,就是一直到居民委员会,管到所有人的所有一切。这是任何一个社会,包括当年斯大林也做不到的,每个人都在组织中间。所以到"文革"时,"五七干校"变成军事建制,我们社科院哲学所成了第二连,完全是军队建制。这些变化都很自然,大家也"很自然"地接受。建国以后很多思想和制度都是从战争时代和军事生活里来的。这是中国1949年以后的一个很大的特点,大家不一定注意到。部队里的这一套行之有效,在组织的严密性上,在对整个社会的控制方面,是空前的。那时候,恋爱、结婚、夫妻不和,这些问题,所有私人事务,包括思想、情感,都交由组织解决,夫妻吵架时党支部出来解决问题。这根本不是政党的事嘛。但军队里就是这样的,因为一个士兵如果情绪有问题,就打不好仗,所以政委要解决思想问题,解决个人问题。大家都知道,以前房子也是单位分配。全包,把个人的一切都包下来,也管住个人的一切,没有什么隐私权,认为这就是马列的集体主义……

正是在这样一种独特的生活和体制形成的初期,任大星写了两部描绘小学和中学生活的作品,摸索出这种新的儿童小说的范式。范式不是模式,它的依据是变迁中的社会生活而非某种作品,不是把某类作品定型化。在本文中,范式是一个更为笼统和宽泛的概念,此处指的就是把深受政治生活和社会生活影响的儿童生活纳入文学的视野,在这样的范式中,儿童生活已不再是"私人生活场景",而转化为"社会生活场景"了。

任大星后来并没有按着自己创造的路子直线地走下去,尽管这两部作品在当时可说是取得了巨大成功。一个真正的作家总是处在创造中,他不会不断重复自己。虽然他后来又写了一些学校生活的作品,但都与这两部作品有很大不同,他还运用奇思妙想将学校生活写成精彩的童话(曾结集为《大街上的龙》,百花文艺出版社1963年版)。他的创作目光又转向了旧社会的儿童生活和战争年代的生活,从而形成了与上述作品颇为不同的另一些特色,我们下文还将谈到。倒是常有别的作家按着他的路子写下去,这就把范式变成了模式,以后创作路子越走越窄,到"文革"中还出现了那种直接表现阶级斗争的概念化写作。这严格说来已不是儿童文学了。

本文题为"儿童小说的两种范式",那另一种,指的就是原有的"私人生活场景"的写作。此中的儿童当然也会受到社会生活的影响——儿童的天地从来不可能是世外桃源,但作家的眼光和叙述的角度,毕竟是不同的。为说清这一问题,我们再来简述两篇当时的作品。

其一是作家杜风的短篇小说《钓鱼去》(载《儿童时代》1955年第7期)。杜风也是一位儿童文学作家,与任大星同龄(1925年生),也曾在少年儿童出版社当过编辑。这篇小说写哥哥和弟弟的关系,哥哥也不耐烦自己的弟弟,把他当作"尾巴",去钓鱼时一心要甩开他。但弟弟就是粘着哥哥,简直是逆来顺受,不管怎么欺负他,就是要跟哥哥玩。哥哥让弟弟去拿方凳,弟弟老老实实去了,回来

《放假的日子》,杜风著
少年儿童出版社1957年版,
书中第一篇即《钓鱼去》

《放假的日子》插图——贺友直图

十一、儿童小说的两种范式

一看,哥哥没了,他顿脚大哭起来。妈妈过来为他抱不平——

"不要哭!等会叫爸爸带你去,难道没有哥哥,我们就不能钓鱼了吗?"
"不要嘛,不要嘛!我要同哥哥去钓……"
"你这个孩子也真怪,哥哥不要你去,你偏要去。难道爸爸同你去不一样吗?上次爸爸摘毛豆,也带你去过的,还给你捉了一只螳螂呢!"……
弟弟哭呀,哭呀;忽然,眼睛闪光,忍着泪珠朝门那边奔去,——门角上露着一根钓竿的竹梢头。

原来弟弟拿方凳时碰翻了柴堆,哥哥怕他摔着,没能跑掉,只来得及躲到门背后,这下给噘着嘴的弟弟逮着了。妈妈又好气又好笑,也过来责备他,他只好带弟弟去钓鱼了。他摸出手帕给弟弟擦了鼻涕,又擦眼泪,并警告弟弟钓鱼时不许说话,不许扔石子,不许把鱼吓跑……原来带着弟弟确实有点麻烦。弟弟点着头,嘴巴瘪呀瘪的,好像还想哭,却"扑哧"一声笑了出来。

小说很短,才三千字,是个小品,写的就是弟弟和小哥哥之间这种扯不开的感情,通过一个不太友好的人生片断写出了他们的内在的亲情,颇有世俗人情味,那份童趣看得人心酸酸的,却又有笑意泛上心来。这还是当初凌叔华《小哥儿俩》那样的作品,是很单纯的儿童小说。《儿童时代》是半月刊,发表此篇当在1955年4月初,《吕小钢和他的妹妹》已在此前出版。杜风显然没有任大星敏锐,从他的小说中看不出时代风气的变迁。但这两部作品所体现的两种创作范式,则不难从中看出来。这样的小说在当时不可能引起轰动,时过境迁之后,读它,却没有时代的隔阂。

其二就是萧平的《海滨的孩子》(载《人民文学》1954年8月号)。萧平比任大星小一岁,这篇小说也是自发投稿,被刚调到《人民文学》当编辑的沈从文夫人张兆和从来稿堆中发现,感到很特别,就请当时的常务副主编、儿童文学作家严文井审稿,严立即拍板发表。这是萧平的处女作,也曾译成多种外文。后来的"青年文学创作选集"以它的篇名作为书名,也可视为对它的重视,至少在中国作协的主持者眼中,它与《吕小钢和他的妹妹》都应是当年最重要的收获之一。

《海滨的孩子》
中国青年出版社 1956 年版

《海滨的孩子》生活气息浓郁，作者的文笔不仅优美，而且有极强的表现力——这是萧平的一个很突出的优点，在以后的创作中这一点愈益令人瞩目。作品写一个叫二锁的四年级学生到黄海边上的姥姥家玩，成天跟大他一岁的大虎哥在一起。萧平与杜风不同，他的作品有时代气息，他也写到了少先队组织：二锁前不久入队了，虽然大虎是小队长，但二锁并不怎么看得起他，他觉得自己班里的小队长比他强多了。二锁是城里的学生，内心里有一种暗藏的优越感。还因为大虎常指出他不对，这也让他不满。他兴奋地告诉姥姥今天看到了海上的白帆，雪白的，一动也不动，大虎打断说，那是因为远，其实在动。他拾了些白白的小船似的东西给大虎看，大虎笑起来，"那是乌鱼板子，我们都往外扔，你还往家搬呢。"可恨小花妹妹连忙跑去告诉了姥姥。小说中也有关于"尾巴"的描写，很有趣：

这天二锁和大虎从沙滩上回来，天已黑下来了。舅母和姥姥在做饭，小花一步不离地跟在姥姥背后，姥姥一转身，差点把她碰倒。姥姥生气地说："我还能做点什么，长了尾巴啦！"小花赶紧拉住姥姥的衣襟问："在哪里？在哪里？"姥姥正拿着一叠碗，哄着说："好小花，去找二锁玩去。"小花撅着嘴："我不。"二锁心里想："你还不哩，你找我我也不跟你玩。"

小说就在人情浓郁的日常生活的描绘中，悄悄埋下一条伏线：城里孩子与这海边渔村孩子之间的小小隔阂。二锁盼望大虎带他到渠子北面去拾蛤，他想在回城后向班里的同学炫耀。但那里的沙滩有危险，大人不让去。暑假快结束了，"二锁有自尊心，不愿死皮赖脸地去求人家，心里比什么都着急。"这天大虎偷偷地带他去了，果然遇到了涨潮，危险中，大虎让二锁的两个裤筒装满空气，扎住裤脚，代替救生衣，硬是拉着不会水的二锁游过了大海。死里逃生以后，二锁的心

十一、儿童小说的两种范式

态完全变了——

他抬头向北看了一眼,那里是白茫茫的一片,他的身上不由打了个冷颤。他又看了看大虎,大虎在他眼里已经变了样,他有多么好啊!为什么过去他不觉得大虎好呢?他突然对大虎说:

"大虎,你听我说,我对你好,心里真对你好,咱们一辈子做个好朋友行吗?"

可是大虎什么也没有回答。他两手攀着膝盖坐着,皱着眉头望着远处的海,过了好大一会,才对二锁说:

"回去我爹要问起来,你什么也不要说好不好?要说,你就说是我引你到北边港渠子跟前去的,潮水没涨我们就回来了……"

这就是小说的结尾。其实小说的主旨还是与时代合拍的,当时刚解放不久,由农村进城的部队与原有的城市生活之间的差异和矛盾,是个突出的话题。《人民文学》发表的萧也牧的短篇小说《我们夫妇之间》等就是谈这一话题的。城里人要向朴素的乡村看齐,这是那一时代的一种进步呼声。但小说没有突出或强化这种倾向,只是很隐蔽很自然地暗含了这一内蕴,一切都按人物的性格和生活的本来面目进行,所以过了几十年,小说读来还是那么真实可信,毫无别扭之处。小说中也没有出现少先队的作用,孩子的问题是孩子自己在生活中解决的。——这显然属于另一范式了。

在蒋风先生主编的《中国当代儿童文学史》(河北少儿出版社1991年版)中,有一处写道:"萧平的小说有些特别,他几乎很少写孩子的学校生活……"我以为,这可能正是萧平有意为之。如果说,杜风不如任大星敏锐,那萧平则可能更敏锐,看得更遥远。萧平自己就是个"老革命",进城以后,对于建国初期生活范式的变化应能看得很清楚,从他后来数量有限但质量很高的创作看来,他是很小心地避开了将儿童生活社会化的范式。也正因如此,《海滨的孩子》虽在文学圈内受到重视,却并未引起社会反响,它不可能像《吕小钢和他的妹妹》或《刚满十四岁》那样受到广泛欢迎。它更具有那种相对小众但魅力更为永恒的纯文学的性质。

新的范式贴近了新时代的脉搏，但确有其文学上的先天不足。因为要突出集体、团队组织及老师（或其他成人）所代表的正面政治影响的作用，孩子的问题往往不能由孩子自己解决，这样，儿童生活就难以表现得更儿童，也不可能写得更丰富，更复杂，更私人。小说的文学性不能不受到局限。仍以任大星的创作为例，他后来写了很多以旧社会儿童生活为题材的作品（有些是"文革"后直至晚年所写），如《双筒猎枪》《摔碎了的奖品》《我的童年女友》《罪恶的种子发了芽》，对这些作品中的女主角，他往往暗寓了一种朦胧的异性之间的复杂情感，这既是儿童的，又有几分成人的爱意的萌芽，它们处理得很巧妙，分寸感把握得非常好。读这样的作品，让人仿佛沉入一种少年的心理的深渊，得到非常充实的审美享受。这是任大星儿童小说十分出彩的地方，在"文革"前的儿童小说作家中，能写出此种滋味的，非常少见（萧平或许能算一个）。他写战争题材的小说《野妹子》，也在野妹子身上寄托了这种感情，作品中的"我"和野妹子之间仍然是纯洁的童年友谊，但友谊深处又多了一层更复杂美妙的东西。难怪后来的哲学研究者刘小枫在"文革"的荒漠时期读到这本小说，会生出许多关于爱情的幻想。他在自己的学术专著《拯救与逍遥》的增订版前言中说："好多革命历史小说中，《野妹子》印象最深。故事背景是浙东新四军游击队的活动，但小说中没有出现多少新四军，大都在说一个叫'野妹子'的女孩同一个城里来的少爷的暧昧的革命关系。'野妹子'太可爱了，打补丁的衣裳袖口总是挽到胳膊肘，手里虽然拿着砍刀，笑起来却很甜，一身村姑气，哪里像会用砍刀去砍敌人的人？故事的结局是，少爷参加游击队干革命去了，我却关心'野妹子'的幸福。小说偏偏没有讲这件事情，我感觉自己就像那个城里来的少爷，离开'野妹子'时，满心忧伤……"这里很可能有青春期读者的创造性误读，但作品本身的丰富内涵，于此可见一斑。

《野妹子》，任大星著
百花文艺出版社 1964 年版

十一、儿童小说的两种范式

然而，任大星的这一特色，在写旧社会的作品里出现了，在写战争生活的作品里也出现了，在写新时代的少先队员的作品里，则连一丝影子也没有。这是不难理解的，因为新时代的生活要单纯和严肃得多，这是完全开不得玩笑的。同时也因为，这样的范式无法容纳如此程度的丰富性、复杂性和私人性，它是一种更为刚性而非柔性（甚至很难刚柔相济）的范式。文学一旦排挤了私人生活和日常生活，就很难达到真正的完满了。

任大星毕竟是一个文学功底深厚的作家。《吕小钢和他的妹妹》与《刚满十四岁》，是他引起重大社会反响并必将在儿童文学史上留下重要痕迹的作品，却未必是最能代表他的文学功力的。单就文学性说，上文提到的《双筒猎枪》《大街上的龙》乃至《野妹子》，或许都在它们之上。"文革"后，任大星新作不断，除写有多种成人文学的中长篇外，儿童小说创作也进入一个新的境界。他的题材更集中于旧社会的童年生活，其中如《三个铜板豆腐》《我的第一个先生》《湘湖龙王庙》等，都因乡土气息浓郁，并暗寓一种悠长的诗化的美，而引来文坛与读者的关注。——这种"高雅的土气"，加上他写人（尤其写女性）时的"道是无情却有情"的含蓄笔致，都可说是独家枪法，是他重要的风格特征。他写当下现实生活和学校生活的新作，也抛弃了过去的束缚而回归于儿童的私人生活，并充满新的时代精神。他86岁时创作的《我梦中的好爸爸》(2011年第10、11期《少年文艺》)就是这样一篇不回避现实阴暗面的美的佳作。其实在读《双筒猎枪》时，我们就能感受到近似于屠格涅夫《木木》的那种韵味；而读这篇近作，让我想起了哈代的短篇小说。当然又是后话，我们留到这本小史的下一卷再说吧。

十二、"战争中的孩子"和"孩子的战争"

建国初期,在描写新生活的儿童文学还没有创作出来的时候,描写战争的小说已经有好几部了,其中影响较大的,是华山的《鸡毛信》和管桦的《小英雄雨来》。《鸡毛信》写成于1945年7月,出过多种版本,1949年由新华书店刊印新版;1954年改编为故事影片(张骏祥编剧,石挥导演),这是新中国早期国产片的代表作,放映后反响强烈。《小英雄雨来》的前身是一个短篇《雨来没有死》,写成后请作家周立波过目,得到他的称赞。周立波鼓励作者扩写成一个中篇。短篇发表在1948年的《晋察冀日报》上,扩写后的中篇1951年由三联书店出版。这两部作品的故事都被选入五六十年代全国小学语文教材,所以几乎无人不知。

写战争的儿童文学因为有紧张的情节,有与和平时期截然不同的生活氛围,更有生龙活虎既勇敢无畏又充满童趣的小英雄,所以很受读者欢迎。但正如上文所说,建国后的集体生活的新范式是从战争年代的军事化生活延伸而来的,所以,在描写战争的儿童文学中,儿童生活往往很难"私人化",他们的生活(至少是其中一部分)难免要纳入集体的、军事化的行动中。值得注意的是,那时的中国儿童文学大都不是写战云笼罩下的儿童生活,而是写儿童直接参加战争,写他们在战争中成长,成为小战士、小英雄。这就又碰到了我们上文谈到的一些问题。

让我们从一个很具体的情节入手,作些剖析。

早在《鸡毛信》诞生的前三年,即1942年,晋察冀地区的诗人方冰就写过一首《歌唱二小放牛郎》,由作曲家劫夫谱成曲,一直传唱至今。全诗如下:

十二、"战争中的孩子"和"孩子的战争"

牛儿还在山坡吃草,
放牛的却不知道哪儿去了?
不是他贪玩耍丢了牛,
那放牛的孩子王二小。

九月十六那天早上,
敌人向一条山沟扫荡,
山沟里掩护着后方机关,
掩护着几千老乡。

正在那十分危急的时候,
敌人快要走到山口,
昏头昏脑地迷失了方向,
抓住了二小要他带路。

二小他顺从地走在前面,
把敌人带进我们的埋伏圈,
四下里乒乒乓乓响起了枪炮,
敌人才知道受了骗。

敌人把二小挑在枪尖,
摔死在大石头的上面,
我们那十三岁的二小,
可怜他死得这样惨。

干部和老乡得到了安全,
他却睡在冰冷的山间,

他的脸上含着微笑，
他的血染红蓝的天。

秋风吹遍了每个村庄，
它把这个动人的故事传扬，
每一个村庄都含着眼泪，
歌唱着二小放牛郎。

王二小是个真实的人物，本名王朴，1929年1月22日生于河北涞源县上庄村一个贫困农民家庭，排行老二。歌中唱的是真实的故事，他牺牲于1942年10月25日。现在涞源县上庄村还有一所"王二小希望小学"。方冰是抗战期间北方战地很有名的诗人，1939年后那里出现过《诗建设》《诗战线》等诗刊，主要作者有田间、邵子南、魏巍（红杨树）、方冰、陈辉、曼晴等，被称为晋察冀诗派。建国后方冰曾任大连市文化局长、辽宁省作家协会副主席等，1997年去世。

这首歌中有王二小给敌人带路，把敌人带进包围圈的事迹。《鸡毛信》写的是太行山（也属晋察冀边区）放羊娃海娃给八路军送信，中途遇到日本军队，也把敌人带进了包围圈的故事。海娃当年十四岁，比王二小大一岁。很可能，这个作品就是以王二小作为原型创作的。又过了三年，管桦开始创作小英雄雨来的故事了，这也发生在晋察冀的抗日战场上，雨来也放羊。当然，《鸡毛信》可以说从头至尾就是一个紧凑的战斗故事，没有多少与送信及带路无关的人物日常生活的描写；《小英雄雨来》在建国初扩写成中篇小说后，内容要丰富得多了，雨来作为一个十二岁的儿童，他的性格、心理以及日常生活中的调皮、机灵、爱笑爱闹，写得很充分，跃然纸上，如见其人。但把敌人带进包围圈，仍然是书中最重要的情节。在完成了这次任务后，还有许多

《鸡毛信》，华山著
上海人民出版社 1972年版

十二、"战争中的孩子"和"孩子的战争"

续写的故事,其中,送信又成了一个大环节。

并不光是这三个作品,我们再往后看。1959年11月,中国少年儿童出版社出版了女作家颜一烟的长篇小说《小马倌和"大皮靴"叔叔》,这是当时极受欢迎的一本书。作者是满族人,原是清廷的格格,抗战前在日本早稻田大学读书,受鲁迅与左翼文

《鸡毛信》插图——夏书玉图

学影响,积极参加进步活动,后与郭沫若同船回国,曾在延安鲁艺任教,建国前后有很长一段时间在东北工作。她采访过一百多位"老抗联",做了几十本笔录,写出了《中华儿女》(即《八女投江》)的电影剧本,这是中国第一部获国际大奖的影片。作者熟悉东北抗联的生活,但《小马倌和"大皮靴"叔叔》从作品的风格样式上看,很可能还受到当时正引起轰动的长篇小说《林海雪原》的启发和影响。曲波的这部小说1957年由人民文学出版社出版,其中的一章《奇袭虎狼窝》出版之前已发表在当年二月号的《人民文学》上。作品吸收了中国古代演义小说《三国》《水浒》《说唐》的传奇风格,故事性强,情节夸张,主要人物充满传奇色彩;同时,东北大地冰天雪地的特异风光,也引起了读者的惊讶和赞叹。颜一烟的小说也具备这两大特征,所有故事都发生在抗战年代的林海雪原中,小主人公和抗联老战士"大皮靴"也都是传奇人物。小马倌为了逃避地主的压迫,一

《鸡毛信》插图——夏书玉图

《小马倌和"大皮靴"叔叔》，
颜一烟著
中国少年儿童出版社 1959 年版

个人逃进深山，成了一个掷石奇准、上树如飞的人物。他一开始把"大皮靴"当成日本人，后来终于也成了抗联小战士。他机智勇敢地完成了很多战斗任务，而最为出色的，是在一次归途中，遭遇到鬼子，他假装愿意带路，在漫天大雪中把大队日本兵带入了一处深山绝路，他故意拖延时间，等大雪把来时的脚印都覆盖后，只身从悬崖上跳了下去。最后那些日本兵都困死在冰天雪地里了，而他竟又奇迹般地生还了。作者没写他把敌人带进包围圈，却根据北国奇异的自然环境和作品的传奇风格，作了更大的夸张，让小马倌一人完成了这场消灭大队敌人的壮举。——但带路的情节毕竟还是存在雷同。

1964 年 5 月，天津的百花文艺出版社出版了任大星的长篇小说《野妹子》。正如前文所说，《野妹子》动用了作者所熟悉的农村中童年伙伴的素材，所以人物写得很活，它的主要内容也不是战争，而是写"我"和野妹子的一段特殊的乡村生活，野妹子一家参与了当时的地下斗争。但作品最后也出现了带路的情节（《小马倌和"大皮靴"叔叔》也把带路放在最后，皆因其为重头情节），"我"带着汉奸陈步云和几个卫兵，走进野妹子他们设下的包围圈。此书的不同之处在于这不是大部队活动，双方人数都不太多，野妹子和游击队员手里只有两支短枪，靠的是到时候把一大堆石头推下去。所以"我"不顾危险，既已脱险又重新暴露在敌人面前，冒着枪弹把敌人引到大石堆前，终于抓住了陈步云。

当然还不止这些作品，回忆一下我们看过的描写战争的电影和小说，可以发现带路情节的出现频率非常高。管桦、颜一烟、任大星都是有水平的作家，并且除儿童文学之外也都从事成人文学（或电影）的创作，有的还是中国成人文学的重要作家。那时候中长篇小说少，上面提到的那些作品他们肯定都看到过。那为什么还会允许这样的雷同在自己的新作中出现呢？任大星一语破的，在我问起这一疑惑时，他几乎不假思索地说："只有这一件事可以做——战争中的小孩没有

十二、"战争中的孩子"和"孩子的战争"

别的事情可以做。"原来他早已思考过这样的问题了。

细想想确实如此,儿童本不应该参加战争,要让他们参加战争,而且要在战争中建功立业,成为小英雄,那他们能做什么?他们还没长大,他们的能力非常有限;他们的敌人不是低能的傻瓜,战争终究是你死我活的,稍一犯傻即意味着丧命。所以,在这种你死我活的拼杀中孩子很难有所作为,而带路,让敌人进入我方包围圈,就几乎是唯一以他们为主角的战争行为了。或许还有第二种选择,那就是送信。但送信如遇太多曲折,送不到,任务就难以完成;轻易送到,又显示不出太多的英雄气概。所以在《鸡毛信》里,送信就和带路重叠着写,目的正是为了增加故事的分量。

这样的雷同,看起来是一个技术问题,再往纵深思考,就能发现,让孩子参加战争(即使只是在文学上——文学必然要受到生活逻辑的限制),这本身有多么不合理。明明不合理却要大写特写,于是作家就被逼到一条狭窄的路上去了。这就是雷同的原因。这其实就是我们谈建国后校园小说时所遇到的范式问题。在战争小说中,这个问题已经呈现出来,并且已在阻碍我们的儿童文学向更高水平发展了。

这里值得顺便一说的,是关于文学史写作的意义。为什么要有文学史?这个问题,在各类文学史正如雨后春笋般不断问世的今天,已经讨论过多次。笔者以为,文学史不应只是系列评论的汇拢,也不应只是史料长编,文学史写作的首要目的,就是要能发现不写史、不从史的角度研究就无从看到的秘密。所以说,文学史写作是要研究这一段历史中所特有的文学问题和与文学相关的问题,找出此中的经验、教训和规律性的东西来。即运用史的眼光,通过史的视角,给关注某一时段文学的人们提供有益的参照。

当儿童文学创作更热衷于写儿童如何参加战争,并成为战争英雄,而不仅仅满足于写战争年代儿童本身的"私人生活"时,创作不可避免地出现了雷同。这时,也有个别作家作出了别样的选择——这或许由于生活的赐予,也可能是出于作者自己的冷静思考。这样的作品不多,但毕竟还是有。

这里首先要提到的是女作家刘真的短篇小说《长长的流水》,它发表在1962

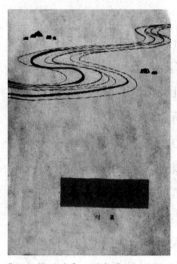

《长长的流水》，刘真著
作家出版社 1963 年版

年10月号《人民文学》上（1963年8月作家出版社出版了作者的同名短篇小说集）。作品开头，那行题记式的话就是："十三四岁的时候，我是多么不懂事啊。"它写的就是一个从小进入革命队伍的女孩，对于战争年代的记忆。那本来就是在集体中的生活，写的应是一连串的集体行动或战斗故事吧？但它偏偏没有这样写，作者写了一个像家庭一样的环境，写了她最尊敬和喜爱的大姐，写出了战斗集体中的"私人生活场景"。这在当年的战争小说中，真是十分异类的。作品第一节写1943年她刚上太行山报到时的情景：

……组织部的王干事把我叫了去，问我："这里有整风大队，也有学校，你想整风，还是上学？"

我想了想问："和我一起来的大同志都干什么？"

王干事说："当然啰，他们都整风。"

我毫不犹豫地说："那我也整风。"大同志干的事都是最有用、最光荣的，我还能落后吗？

没想到，旁边坐着一个女同志，她插嘴说："你这么小个孩子，整风干什么？上学去吧！"

我盯了她一眼，她脸上有许多黑点点，看那样子，也是刚从平原上来的。我很不满意地顶了她几句："噢！光许你整风，不许人家整风？我偏要整风，看你把我怎么着！"

王干事笑了："好好，叫你整风。"他转身对那女同志说："你看她小哇，她从九岁就到革命队伍里来了，当过宣传员、交通员，被敌人逮捕过两次。叫她先整整风，提高提高思想也好。"

我很想对那女同志说："怎么样？这一下把你那嘴堵住吧？"她却笑眯眯地站起来拉着我的手："那就走吧？"

十二、"战争中的孩子"和"孩子的战争"

我把身子一扭："你是干什么的呀？"

王干事急忙站起来说："我还没给你介绍呢。这是李云风同志，枣南县妇救会主任，现在是整风六队的小组长，就把你分配在她的组里，以后要听她的话。"

我心里想，真倒霉！

来到女同志宿舍，看她那个热闹劲吧。又是跟房东借大盆，又是去担热水，还拿出她的手巾和肥皂，下命令一样对我说："脱了衣裳，洗！"

嗬！这是干什么呀，热气腾腾一大盆水，又不是宰猪哩。我站着不动，她推了我一下："先洗头。"

就这样，"我"在大姐的妈妈般的关照下，开始了八个多月的"整风"生活。看着别人受批评、哭鼻子、闹情绪，大姐怎么做别人工作，倒也有趣（"我心里想，还是你们爱哭吧？我一次也没哭哩"）。但大姐对谁都很耐心，时常和大嫂们说笑，就是对"我"说话，"脸儿也变冷了，声音也难听了，好像我上一辈子该她二百钱"。大姐天天晚上逼着"我"上课，每晚布置作业，一点也不让拉下，"我"觉得简直多了个婆婆。虽然有过几次不愉快的冲突，但渐渐地，自己"有点喜欢大姐了，她脸上的雀斑点点，也好看多了"。不料大姐忽然得了淋巴结核，要去住院，临走前把上课的事托给了别人，还一再叮嘱："这孩子够聪明，可就是浮躁，管严一点才好。"因为想起老家有人称这种病叫"气疙瘩"，"我"担心地望着大姐的脖子问："你长这个，是叫我气的吧？"大姐说一声"不"，眼泪就淌下来了。以后在一次反扫荡中，"我"生病了，在战地医院又遇到大姐，大姐已病得不能走，成天躺着看书。这次住院，大姐给"我"讲了很多苏联小说中的故事，还让"我"学会了自己看书。妈妈从老家托人带来两双袜子，这在当时是极奢侈的东西，"我"把其中一双给了大姐，大姐的眼圈湿润了，把袜子细心地看了看，满意地放在旁边。但当大姐检查"我"的日记，又开始批评起来，而且批评得很严厉时，"我"忽然不高兴了——

我的泪水一下子气出来，伸手拿过那双袜子，不送给她了。我要送给小喜去，她和我一起到太行山来的时候，脚上打满了血泡。她是个老实巴交的小闺女儿，从来不说我长说我短的。

大姐愣住了，想笑，又把脸绷起来，一句话不说了，低头用红笔批改我的日记。她愿意怎么批就怎么批，反正那日记本我也不要嘞。

小说中的"我"完全是个孩子，虽然在革命队伍这个特殊集体中，她的想法仍是孩子的想法，从一开始的"偏要整风"，到这里拿回袜子"不送"了，都是孩子特有的行为。作品没有人为地把她拔高，而是写出了这一特定环境中的儿童真实的性格和人生。到战争结束，大姐已经失去了一条腿，但仍坚强地生活在基层，并且找到了自己的幸福。"我"在省城和大姐见面了，这时的"我"已经是个作家。"我"跑上去抱住大姐，忍不住哭了……

她忽然想起了什么，立刻打开她的书包，拿出两个小本本。"噢！"我狂喜地一把抢过来，紧紧抱着，这是我那最初的两本日记，黑皮的，紫皮的，我急忙打开了第一本。

大姐说："我总想找到你，把它送给你。现在有用处了吧？可认识认识那个调皮的小家伙吧！"

我忍不住地笑着往下翻看，那歪歪扭扭的小错字儿，胡乱用的标点符号，她都用红笔细心给我改过了……

我真的又看见了她，那个又野又傻的小丫头儿。在她面前，有平原上秀美的白杨树林，有太行山长长的流水；有剧烈的战斗，也有平静的月夜。那些日子里，大姐给予她的一切，都是永远珍贵的。

刘真写这篇小说之前，正受到一场粗暴的批判，差点被打成"右倾机会主义分子"。在最苦闷的日子里，她回想自己的历史，想起了过去教她识字、教她懂道理的大同志们，她怀念那时候的同志关系，这就是创作《长长的流水》的最初动机。后来，批判停止了，可以重新写作了，她将这篇作品重写了十五遍，最后还是在老作家严文井的指导下完成的。正因为小说是真正从自己的生活出发，写战争中自己所感受的真情，而且是一群成人对一个孩子的真正的爱，所以它与那些

十二、"战争中的孩子"和"孩子的战争"

编织战斗故事的作品就非常不同,与那些将孩子置于战斗故事中心的作品就更不同了。于是我们才有了这样一幅战斗集体中的"私人生活场景"的生动写照。或者也可简而言之:它写的是"战争中的孩子",而不是写"孩子的战争"。

《长长的流水》的这一特色,后来在部队作家徐怀中的短篇小说《西线轶事》(载《人民文学》1980年1月号)中又有了长足的发展——这是直接写战争的作品,难度比刘真高得多。作者注目于此中大量的"私人情感",使这些战争中的人充满了人情味,这就使小说突破了过去的框框,具有了一种深长悠远的魅力。这已超出本文论述的范围,且按下不表。但还须啰嗦一句的是,类似徐怀中的写法在苏联作品中时或可见。苏联很多优秀的战争文学并不像我们那样老盯着战争本身,就像苏联写校园的儿童文学也并不只盯着学生在学校教育中的进步,而很注重写学生的私人情感的变化与发展。

在二十世纪五六十年代,另有一篇写战争的儿童文学可与《长长的流水》媲美,这就是萧平的短篇小说《玉姑山下的故事》(载《人民文学》1957年8月号,现已收入湖北少年儿童出版社版《三月雪》一书)。它写的是一对青梅竹马的孩子,女孩小凤的妈妈因为受到财主的调戏,丈夫知道后骂了她一顿,当晚在果园里吊死了;小凤的爸爸(即小说中的三舅)成天不说话,老是闷闷地抽烟,但对小凤特别好。小凤非常可爱,"我"上姥姥家的时候,她有时也住在姥姥家,两人一起上玉姑山玩,"我"送过她很多小礼物。后来,两人渐渐大了,他从东北当学徒回来,小凤当着别人的面不大和他说话了。最让他受不了的是小凤好像有什么秘密,说好晚上来姥姥家的,等到半夜也没来;他去找,又发现她在果园里等人,还让他快走。第二天他赌气回自己家了,小凤追上来,想解释又没法说,急得哭。他也哭,但还是狠狠心离开了小凤。不久就传出小凤家那边出了共产党,三舅还是其中的重要人物。再以后,清乡的队伍来了,三舅被砍了头。他们还要抓小凤,幸好前一夜有个老人把她领走了。"我"心神不安地跑到姥姥

《玉姑山下的故事》,萧平著
少年儿童出版社1958年版

《玉姑山下的故事》插图——杨德玮图

家,打听了小凤一家的遭遇,还去看了被清乡队烧掉的房子,在灰烬中,他发现了自己过去送给她的礼物。过了几年,抗战爆发了,八路军的一个支队开到了那里,"我"也参加了工作。到这时,才知道那年发生的事是党领导的农民暴动。小说的结尾是这样的:

我时常想起小凤。我曾向一个参加过那次暴动的同志打听过。他知道那一带有个联络站,可是不认识那些人,也不知道他们以后的下落,他只知道那次参加暴动的人大部分都牺牲了,一小部分人跑到了海北。

一九四二年冬,日寇对胶东举行了残酷的拉网"大扫荡"。我们和群众一起在网里跑了两天两夜,第三天拂晓时,我们冲了出来,可是冲散了。我一个人沿着一条山谷跑着。这时,太阳已经出来了,积雪反射出耀眼的光辉,刮着西北风,两旁山上的松林怒吼着。忽然,在我后面响起了"嗒嗒"的马蹄声。我一惊,急忙转回头一看——不是日寇,却是我们的一个战士。他纵马从我身旁疾驰而过。就在这一瞬间,我忽然看出她是个女的,而且觉得很面熟。是谁?啊,像小凤啊!我想叫住她,可是战马早已驰过很远了。我呆呆地站在那里,望着那匹红马迎着西北风在山谷奔驰着,最后消失在深山密林里。

十二、"战争中的孩子"和"孩子的战争"

在"文革"前十七年所有的儿童文学作品里,这大概是我读过的最优美最难忘的一篇了。它和《长长的流水》一样感人,如果说,《长长的流水》是清新淡雅、透明欢快的,那么,这一篇就是浓郁凝重、幽深旷远的。当然,两篇都有非常精致的结构,都是既打动人心又很耐咀嚼的。这篇小说的奥秘,也是写战火中的人,而且是"个人",有着个人丰富曲折的感情。虽然在革命年代,虽然在战争中,但还是"私人生活场景"。作者所集中渲染的,作品所真正感人的,恰恰是纯个人的感情。

作者萧平还有一个稍长的短篇《三月雪》,发表以后影响更大,一直被视为他的代表作。但我仔细对比以后,发现这一篇就内在的文学性而言,远在《三月雪》之上。两篇作品的题材有相近之处,但《三月雪》写的是"组织中的一员",虽然多采取虚写而不正面渲染惨烈场面,并且注意通过孩子的角度表现,这使作品优美隽永,不同一般。《玉姑山下的故事》则是写的"这个",小说中的"我"以及先前的小凤,到后来可能都是"组织中的一员",这都没问题,关键在于——小说写的是"这个",而不是写"组织"。这在文学上是不同的。

本文还有一个不得不说的尾巴,那就是:我们的文学包括儿童文学,忽略了很重要的一点——如何"走出战争"。事实上,战争过后,对于全体人民,尤其对于儿童,还有一个从生活上和心理上"走出战争"的工作要做。战争终究是

《和爸爸一起坐牢的日子》,
卢大容著
少年儿童出版社 1958 年版

《和爸爸一起坐牢的日子》插图——华三川图

143

生活的特殊形态，是违背日常人生的常规常理的，即使是正义战争的参与者，在战后也仍需要逐渐平复战争激情，回归日常生活，要让对日常生活的渴望、让日常生活之美重新回到心灵的最重要的位置。这个任务，我们的儿童文学没有完成（《长长的流水》《玉姑山下的故事》等少量作品则较好地暗示了这样的方向）。

十三、胡万春·沈虎根·高玉宝

在建国后的儿童图书中,除了战争题材作品比较多,还有一类题材也不少,即描写旧社会生活的,其主题也相对单一,就是揭示旧社会的黑暗和穷人的痛苦与反抗。这中间,产生过较大影响,并具有一定文学水平的,是胡万春的短篇小说集《过年》,还有就是沈虎根的一组以学徒生涯为题材的短篇(含《满师》《小师弟》《大师兄》等,1965年由少年儿童出版社结集为《大师兄和小师弟》)。

《过年》出版于1962年(少年儿童出版社),其中最具影响的《骨肉》创作于1955年,发表在1956年1月号的《文艺月报》(《上海文学》的前身)上。1956年6月通俗读物出版社就印行了《骨肉》的单行本,作为"工农兵作品"丛书的一种。

《过年》,胡万春著
少年儿童出版社1962年版

这篇小说在1957年世界青年联欢节举办的国际文艺竞赛中获奖,这使胡万春很快成为全国知名作家。

《骨肉》写"我"的爸爸失业后,全家走投无路,只得把妹妹送给家中没有后代、专放"印子钱"(高利贷)的高老板抵债。"我"时时想着妹妹,有一次去看妹妹,正好见她挨打,就冲上去和高老板拼,被高老板扔下了楼梯。这时听到妹妹要逃出来的哭喊和煮开水的铜壶泼翻的声音,一下子急昏过去。等醒来再去

《过年》中《路》一文的插图——华三川图

敲门,没人开门,屋里一点声音也没有,妹妹可能已被烫死了……

小说写得很紧凑,对骨肉分离前的家庭生活,尤其是妹妹的可爱和哥哥的懂事,渲染得很到位,这使文末的悲剧变得万分揪心。但因后来此类写法越来越多,悲惨故事渐成模式,所以现在重看,也许会觉得并无太多新意。

书中的《"阿粹斯号"》(1956年作)写外轮上中国水手的悲惨遭遇,《过年》(1961年作)写纺织厂童工的生活,都很有生活气息也相当感人,故事情节引人入胜,有一种渐渐把读者的心揪紧的力量,可见作者在写作上已十分成熟。可惜的是这些小说都有一种明显的"忆苦思甜"的倾向。书中最有文学意味的倒是那篇不太被人提起的《路》(1958年作),它和《骨肉》也许是动用了作者亲身经历中的同一段素材,但《骨肉》把故事引向"惨",《路》则把故事引向"深",表面看它没有把生活写得更黑暗更绝望,其实却有一种内在的控诉力量,这不是外在的强烈所可取代的。它写一对母子到东家家里打工,发现那家的婴孩原来正是被迫送掉的弟弟,这本来是喜剧,可真正的悲剧就蕴寓在其中。弟弟渐渐大了,潜藏的血缘之力敌不过公开的家庭环境之力,弟弟跟打工的母子不是一条心,身份的隔阂让他看不起这对无私待他的母子,他让他们越来越寒心。最后,他们离开了这个冰冷的家。母亲对儿子说:"你的弟弟,真的死了。"儿子点了点头:"是的,妈!他死了!"虽然这个故事有点类似于张天翼的《大林和小林》,也多少有图解阶级斗争学说的含义,但它的着力点在于逐步深化日常环境中的人心的变异,这比编一个悲惨故事,确实高明多了。

沈虎根的学徒小说也有努力把旧社会生活写"惨"的倾向,他的《小师弟》中的小师弟最后死了,《大师兄》中的大师兄最后也死了,而且老板(一家小店的老板)全家,包括其小老婆、太师母等,全都串通一气,没有一个好人,这同

十三、胡万春·沈虎根·高玉宝

《过年》中《路》一文的插图——华三川图

样有图解理论之嫌。但沈虎根的好处,在于注重人心的刻画,这一点上更接近胡万春的《路》而不同于他的《骨肉》。

《满师》(1954年7月作,1955年6月改定)写三师兄快满师时,老板为了不发他工资,就叫"我"当证人诬其偷钱,好把他开除;当初,二师兄快满师时老板就是叫三师兄这样干的;不料"我"坚决不从,于是老板让小老婆诬"我"偷钱,要把"我"赶走;三师兄看不下去,当场揭露了老板的伎俩,最后两人双双卷铺盖回家;走在路上,三师兄忽然大哭起来,他意识到自己当初太对不起二师兄了……

《小师弟》(1956年9月作,1957年9月三稿)写一个老实的乡下孩子进店里后,受到老板母亲的威逼,要他天天告密,一定要说出师兄们暗地里做的事,不然不给吃饭;小师弟夹在师兄们和太师母之间,左右不是人,痛苦不堪;师兄们知道真相后,才消除了对他的鄙夷和痛恨,但他终于一病不起。这种对于小学徒心灵的利用和折磨,其实要比肉体打骂残忍得多,所以这篇小说明显高于同时代的大量忆苦思甜之作。

沈虎根的小说还有一个好处,就是叙述中不避"土气",尽可能将当时当地原生态的生活质感再现出来。比如他写"小师弟"的出场:

《满师》，沈虎根著
少年儿童出版社 1978 年版

新来的小师弟剃了一个刮光芋艿头，穿了一身新做的蚂蚁布小衫裤，嘴一张，上爿就显露出蚕豆一样阔的两颗门牙，左边耳朵上还戴了一只银耳环。他显得很拘束，老是习惯性地用手摸摸芋艿光头……

晚上，来不及整理出空地来搭床铺（因为房间里堆着货物），我照着大师兄的吩咐，叫他和我一起睡。当夜我们就搞熟了。他只十二岁，从他的谈话里我看出他还没脱掉孩子气。我问他为什么一个男孩要戴耳环？他说："母亲年轻时生过好几胎都落地就死了，到了近四十岁生下了我，也还是八个半月早产下来的，很难管。母亲又怕管不大，就给我穿了耳朵，戴上了耳环。"……我觉得他很忠厚、诚实，就关心地告诉他这样那样……还特别关照了在店堂里拾到了钱，要么交还给老板，要么由它放在原地不动。因为这是老板在试验学徒的心，像老板这种人对钱是不会疏忽的，你如果拿下了，就是"不规矩"，要开除。

这些叙述，都是又"土"又实，充满浙江小镇的生活气息，但写得从容不迫，看得出作者下笔时的津津乐道。这正体现了传统的浙江文风的特殊之美。从当初徐文长、王季重和李越缦的笔记，到鲁迅笔下的远观社戏与偷罗汉豆，周作人笔下的挖马兰头和坐乌篷船，再到任大星小说中三个铜板买一箬壳豆腐，都体现了这样的美，胡万春和我们以后要说到的任大霖，叙述文字中也都有相似之美。我们曾说任大星的小说有一种"高雅的土气"，指的就是浙江文坛的这一风致。此种文字，留恋学生腔者不敢为，普通知识分子作家不擅为，它显示了比一切学生腔、学院腔、文艺腔高雅得多的文学趣味。雅趣不避俗世，这是最具质感的人生写照。

沈虎根能达到这样的文字能力，与另一位高水平的浙江籍老作家魏金枝的辅导有关。魏金枝是上海作协副主席、《上海文学》副主编，当年正主持《文艺月

十三、胡万春·沈虎根·高玉宝

报》编务,沈的作品大都有漫长的修改过程,就因为魏在一次次提供修改意见。但魏金枝有一原则,即只提意见,决不代笔。结果,胡万春、唐克新等上海工人作家很快成为"十七年"里中国文坛的大家,来自杭州的沈虎根也成了当年青年作家中的佼佼者。

与此相反的例子,是部队作家高玉宝的成长之路。高玉宝在解放战争中刻苦学文化,用简单的文字加各种符号创作小说,被部队领导发现,后由解放军文艺社的理论组组长、作家荒草帮助修改:1951年,传记小说《高玉宝》在《解放军

《高玉宝》,高玉宝著
中国少年儿童出版社1956年版

文艺》连载;自1955年起,单行本由解放军文艺、人民文学、中国青年、中国少儿等多家出版社出版发行。《高玉宝》成了家喻户晓的揭露旧社会黑暗的作品,其中《我要读书》和《半夜鸡叫》两节因编入语文课本,流传更广。但此后几十年,这位蜚声国内外的中国作协会员(他于1956年入会)再也没有写出过有影响的新作。

如前所说,不管《高玉宝》也好,《过年》或《小师弟》也好,多少都存在图解理论的倾向。这是当时的时代局限,作家个人很难摆脱;但它分明有悖于文学的原理。一有此种倾向,就会以完成理论说明为标的,而不再致力于真切表现丰富复杂的人生。这就必然成为文学创作重复雷同之源。胡万春笔下的妹妹之死和沈虎根笔下的师弟、师兄之死,就都是为了强化理论而组织的情节。但从《路》与《骨肉》的对比中,我们已可看出,旧社会被迫送走的孩子未必只有"死路一条",生活还是会十分多样的。更能说明问题的是沈虎根在"文革"以后,还写过一本自传体作品《我这一家人》(浙江少儿出版社1983年版),书中也写了自己过去当学徒的事,这不再是小说,作家的文艺思想也有改变,不必再图解现成的政治理论了,这里的老板及家人,就变得很有人情味,也很复杂了,他们一一复原为"真人",不再只是坏和恶的化身了。作家如实坦言:"他们都是镇上的中、小型商店,有的还算不上是资本家。"其中一位店主还兼行医,平时

爱读书藏书，文学趣味和欣赏水平很高，作者当初正是受了他的影响，才爱上文学的。可见，图解理论的创作方式只能将旧社会生活往"惨"里写，将敌对阵营（这阵营有无限扩大之势）人物往"坏"里写，这就不能不抛弃生活本身的无限丰富性，走上一条狭窄的创作之路。而离开生活丰富性的创作，就难以往深处发展，更难以保持文学的真气和活气。

也许，要到任大霖《童年时代的朋友》发表之日，这种写旧社会生活的创作模式才能得以暂时突破。

十四、诗的散文与小说的散文

郭风是儿童文学界很有影响的诗人和散文家,生于1917年,到2010年去世时已是九十四岁高龄。他在抗战刚爆发不久,即二十岁不到时,在小报上发表过一篇散文《写给孩子们》,遭到了比他大十来岁的一位姑丈的批评:"这样的文章你也送去发表?这篇文章有官腔,看似散文,实乃训人之作,儿童不愿读。"姑丈曾在北京读书,崇拜早期新月派诗人,他反复强调:"为文最忌训人""亲切动人方为上乘"。这些话,郭风记了一辈子。他正式开始儿童文学创作是七年后的1944年,因为当过中小学教师,深感儿童读物奇缺,想和一位生物系毕业的老师合作,用文艺笔调写动植物(生物习性)故事,像法布尔写《昆虫记》那样。这个计划虽没实现,但这样的起点是至关重要的。此后不久他就写起童话诗、儿童诗、散文诗和小散文来,他为贺宜主持的《童话连丛》撰稿。也向陈伯吹主持的《现代儿童》和《小朋友》投稿。建国后,读到苏联作家普列什文、比安基等描写森林和大自然的优美的儿童文学,大受启发,从此致力于为孩子写短小的散文,描写家乡闽南山区的动植物故事,其中也包括童年的回忆。这些故事写得真切朴实,又带点抒情笔调,勾勒一点自然界的画意,以便使儿童的心能在这轻盈柔曼的审美中渐与大自然相通。

上文已说,二十世纪五十年代,描写战争、旧社会黑暗和表现新时代儿童生活的题材,成为儿童文学的主潮,这时,郭风的这些小散文就成了十分异类的存在。别人都在走向强烈、高亢,他却依然雅淡、小巧,像一朵小花开在大潮的间隙,并始终看不出有什么教育意义和思想性。但在这雅淡中,却有童心与诗意存焉。它们看似毫不重要，读过却令人难忘，让人放不下，被不少读者悄悄地喜爱并收藏。

为了说清他的散文，想先引一段诗评家谢冕先生对他的诗的评说。那是发表在1979年第二期《榕树文学丛刊》上的一篇《北京书简》，谢冕写道：

> 下面一首儿童诗，简直让我惊叹：
>
> 　　　　一只蝴蝶从竹篱外飞进来，
>
> 　　　　豌豆花问蝴蝶道：
>
> 　　　　"你是一朵飞起来的花吗？"
>
> 　　　　　　　　（郭风：《蝴蝶·豌豆花》）
>
> 他出其不意地捕捉了孩子的闪光的想象。这在孩子，是天真的发问；在大人，却是妙不可言的神来之笔。

这委实是绝妙童诗。这里既有儿童式的语言和思维，又有大自然的真切的写照——豌豆花与蝴蝶的神似，而后者恰恰就是写实。这样的诗，对于中国的童诗界，也是一种极珍贵的弥补。我们前文谈过鲁兵、柯岩、任溶溶的诗，它们多以"童趣"取胜，而在诗的"意境"上，并不十分讲究；现在我们看到，郭风的诗却是突出意境的，妙处在于这意境正与童趣相合。

当然，郭风的散文还是与诗有所区别，它们更注重写实的一面，更为真切朴素，显得更淡然，但诗意仍在，它潜藏在写实中了。

下面我们来抄一篇他的名作《搭船的鸟》——

> 我和母亲坐着小船，到乡下外祖父家里去。我们坐在船舱里。天下着大雨，雨点打在船篷上，沙啦、沙啦地响。船夫披着蓑衣在船后用力地摇着橹。
>
> 后来雨停了。我看见一只彩色的小鸟站在船头。多么的美丽。它的羽毛是翠绿的，翅膀带着一些蓝色，比鹦鹉还漂亮。它还有一个红色的长嘴。
>
> 它什么时候飞来的呢？它静悄悄地停在船头，不知有多久了。它站在那里做什么呢？难道它要和我们一起坐船到外祖父家里去吗？

十四、诗的散文与小说的散文

我正想着,它一下子冲进水里……不见了。可是,没一会,它飞起来了,红色的长嘴衔着一条小鱼。它站在船头,一口把小鱼吞了下去。

母亲告诉我:这是一只翠鸟。哦,这只翠鸟搭了我们的船,在捕鱼吃呢。

全文三百多字,有如临其境的大自然的画面,有童年的好奇的记忆,也有充满感性的动物知识,这是散文,也是诗。虽然它有知识性的内容,却不是科学小品,它在本质上还是文学的、审美的。

郭风的散文多是这样的小品,它们的确没有什么教育性(如果狭义地突出政治思想和道德品质教育的话),但儿童其实是需要这样的作品的。拙著《儿童文学的三大母题》中,除了谈"爱的母题""顽童的母题"外,另一个就是"自然的母题",它仍然是文学的母题,这是儿童文学的一个大类。但如果没有郭风,这一大类在五十年代的中国儿童文学界,几乎是要绝迹了。

不仅写一些小动物,郭风也写他曾经接触到的猛兽。下面是他的另一名篇《避雨的豹》:

《避雨的豹》,郭风著
人民文学出版社 1980 年版

那时,我住在岭坪村的一个农民家里。一天晚上,我从镇上回来,路上遇到突然袭来的暴雨。回到村里,要经过一段山路。四周是浓密的森林,巨大的黑色的岩石。这时雨越来越大,蓝色的闪电,隆隆的雷鸣,呼啸着的风,大森林在摇撼;风雨声里,夹杂着从岩隙间急泻下来的水声,那声音好像野兽的吼叫。白天,因为天热我带着遮太阳的雨伞,这会全不当用。雨把我全身淋湿。路很难走。

这条山路我很熟悉。前面山坡上,有一个避雨亭,虽然很破烂,但雨下得太大了,我想赶前去暂时躲一下,拧一拧身上的雨水,好再赶路。没有想到,快走到那个避雨亭时,隔着只有二十多步的地方,我突然看见避雨亭里射来两道光,好像电炬一般,——黑暗里,一头野兽蹲在地上。"豹子!"我早听见村里农民说过,这个山岭间出没凶猛的豹子。

我全身打了一个冷噤——我急忙逃开……

不记得跌过几个跤,我才从另一条小山路,到附近一个小村的农民家里,借住一宿。第二天早上,天放晴了。这个小村里的几个青年农民,送我回到岭坪村。经过那个避雨亭时,我们特地上那里看一看。亭里地上留着一大摊水迹,好像曾经放过一大堆湿布,这一定是那头豹子躺过的地方,它也淋过一身雨。附近还有许多猫爪一般的脚印。

昨天晚上雨下得真大,这头豹子找到躲雨的地方——咳,我逃跑时,它也没来追逐!

我遇见豹子这回事情,很快在附近几个山村里传开了。不久,我便离开了岭坪村。后来我听见村里的来人说,我离开那里的第五天,他们便打死了一头豹子——村里的人说是"金钱豹",但不知道是不是我在雨夜里碰到的那头豹子。

此文中大自然的奇观和作者惊险的奇遇,很能抓住小读者的心,但他们最感兴趣、也将悄悄进入他们心灵深处的,恐怕是豹子居然也会受不了雨淋,也会像人一样到亭子里躲雨。作者还写过一篇《洗澡的虎》,说一个打鸟的猎人看到密林里跳出一头虎,吓得赶紧躲起来,却见老虎向溪边走去,站在溪岸上张望一下,一步步走到了溪中,把身子浸到水里,一会儿站起来,摇摇身子,把毛上的水摇掉,还像老猫一样用前掌抹一抹虎脸,又把身子浸下去——原来它是跑到溪里来洗澡的。这种写实的、描绘陌生动物像人一样的生活细节,会给儿童带来无穷的审美乐趣。我在《儿童文学的三大母题》中说过,"自然的母题"之所以会有审美价值,在于:一、它给异化的现代人以审美的"超脱感";二、它提供了作为人类精神生活新起源的"惊异感";三、描绘类人的自然物,让人重又领略与大自然的"亲近感"。也许,这第三点的"亲近感",会是儿童们读郭风这些作品时较为突出的体验吧?

其实这篇《避雨的豹》的最后一段,写到他"离开了岭坪村",便可戛然而止,后文均可删。这里可能也有五十年代的局限:那时因阶级斗争观念的泛化,将动物也分了类,凡是狼、虎、豹、蛇等一旦出现在作品中而又不将其消灭,似

十四、诗的散文与小说的散文

乎立场就有问题了,所以上述两篇最后都提到猛兽被射杀的事,另有一篇《虎》到最后也是将虎射杀,这不仅有损于散文的开放的意境,也出现了一定的雷同。这是有点可惜的。

郭风还写狐狸,写刺猬,写龟、獐、松鼠、野兔……也写各种鸟类,写纷繁多样的植物。1955年,他出版了散文集《搭船的鸟》《会飞的种子》;1956年,又出版了散文集《避雨的豹》《洗澡的虎》《在植物园里》。这段时间,他的小散文创作形成了一个高潮。这样的作品能如此公然地存在,与那两年文艺形势的相对宽松有关,与苏联儿童文学中有普列什文和比安基的传统也有关。这正如当时儿童诗中有描绘童趣的作品,与任溶溶翻译的那些苏联诗人如马尔夏克、巴尔托的存在大有关系一样。到了二十世纪六十年代初,开始批判苏联文艺和人性论、童心论了,郭风也很快受到批评了。当然这又是后话。

郭风的创作在儿童文学界影响很大,不少作家悄悄从中吸纳文学营养。诗人圣野的那首代表作《欢迎小雨点》,被很多人认为是二十世纪五十年代的作品(1955年少儿出版社确实出过他的童诗集《欢迎小雨点》),其实是写于二十世纪四十年代的,当时他刚学写诗不久,而他所追逐的,正是郭风的既有童趣又寄情于大自然的诗风。任大霖的二十世纪五十年代的创作,也可视为这一优美的文学传统的延续。

郭风的散文是诗的散文,可以当诗来读;任大霖的《童年时代的朋友》也是作为散文发表的,但离小说并不远,完全可以当小说读。

任大霖这一代表作发表于1956年12月号《人民文学》,被排在第三篇,是相当突出的地位。在同一期刊物上,还有孙犁的中篇名作《铁木前传》。那是"十七年"中少有的一段真正讲究文学性的时期。

《童年时代的朋友》内含三个短篇:《芦鸡》《阿蓝的喜悦和烦恼》《多难的小鸭》。从这样的题目

《童年时代的朋友》,任大霖著
长江文艺出版社1958年版

《童年时代的朋友》插图——马三和图

中,已不难看出郭风散文的影响。这三篇都是写动物的,同时也是写旧社会儿童生活的。《芦鸡》写的是一年春末,因涨大水,从上游漂下来三只小芦鸡,他们几个孩子去追,去捉,在大人的帮助下,终于抓到了,于是平分,"我"也分到一只。可是芦鸡很难养,拼命挣脱,逃跑,实在跑不了就发脾气,不吃不喝。小伙伴的一只芦鸡很快就死了,"我"只得解开自己这只芦鸡脚下的绳子,放到天井里活动,当然门是关好的。不料它跑了一会儿,忽然钻到天井角落的水缸旁去,好久不出来。等"我"想到那里有个堵死的小洞,已经晚了,移开水缸,发现芦鸡已经卡在那个洞里,退不出来了。大家想了各种办法帮助它,"我"甚至要妈妈把墙敲掉,可是真的敲墙也没有用了,它已经活活塞死在洞里了。"为这事我哭了一场,不是为的我失掉了小芦鸡,而是为的小芦鸡为自由却失掉了性命。我觉得这是一件极悲惨的事,而我要对它负责的。"只有第三只芦鸡养得很好,因为那个小伙伴家里有一群小鸡,芦鸡就和它们一块儿养了。但它终究是不快活的,常常离开家鸡群,独自在一旁发呆。大家都觉得这只芦鸡"养熟了",将来会养得很大、很肥。没想到有一天,鸡群都在河边草地上捉虫吃,它径直走到河边,走到河里,游过河去,然后钻进对面的芦苇丛,不见了。第二年,河对面又来了两只小芦鸡,大人问"我"要不要捉,"我"跑去一看,果然和去年的三只一模一样,但看了一会儿,却说:"不捉它们了吧,反正是养不牢的。"大人点头道:"是啊……有些小东西,它们生来就是自由自在的,你要把它们养在家里,它们宁愿死。"这是一篇十分隽永的作品,虽然围绕动物展开,却充满乡村童年的生活气息,写儿童心理丝丝入扣,"我"的心理变化也写得很好,从一开始悉心观察和照料芦鸡,到最后不再捉它们了,体现了儿童对芦鸡的认识,对动物习性的认识,也包含了对"自由"的认识。虽然作品还是含有一点说得出的意念,但真正感染人的却并不是这一结局,而是从头至尾儿童对动物好奇、关注、牵挂的拳拳之心,以及动物一点不为所动、我行我素的习性。这是两个世界——人的和动物的世界,真正写实的动物小说往往

十四、诗的散文与小说的散文

就以这种二元的场景引发小读者的疑虑和怀想,这其实正是他们接触神秘的大自然的开始。这是一种十分浑然大气的审美,它的价值绝不低于一般的道德品质教育,可惜在当时的儿童文学中十分缺乏——现在虽然有不少动物文学,但真能达到这样的审美效果的,仍然不多。

这种写动物的小说式的散文,是郭风的诗的散文的扩充和延续。然而,因为篇幅增大,故事复杂了,不再是对动植物世界的巧妙一瞥,而是和它们有了深入的交往,这就不得不写到人了。所以它们不再是单纯的动物故事,同时也是人的生活故事了。这就带来了新的严峻的问题:这毕竟是旧社会的人的生活故事,旧社会可以这样写吗?它的背后其实是另一个问题:文学究竟是为什么的?那时强调文学为政治服务,到后来干脆将文学视为"阶级斗争的工具"了,而儿童文学则是"教育儿童的工具",既是工具,就要最大限度地用,于是写旧社会生活就要直奔揭露黑暗的目标,以达到歌颂现实的目的。然而像任大霖那样的作家,从小熟读了各种世界名著,对生活和文学审美有很高的悟性,丰富的童年生活场景活跃在他们心中,要他们不表现,实在是很痛苦很憋屈的事,同时,又很技痒很难耐,这种创作冲动,一有机会,就会冲破阻力发挥出来。所以,有了1956年的宽松氛围,有了郭风散文的诱导,任大霖终于放手写起了他所知道的真实丰富的旧社会童年生活了。他们那时确实贫困,社会也确有许多不平等不合理现象,但童年的体验毕竟是多样的,生活的文学表现也可以无穷无尽,并不只有《骨肉》这一种写法。——我以为,《童年时代的朋友》的文学史意义就在这里,作者大胆地突破了当时的时代和理论的局限,它让儿童文学回归于文学。

另外两篇也很有意思。"阿蓝"写的是一条狗,作品前面一半篇幅全都是写"我"与小伙伴们怎样跟阿蓝玩,写得津津有味,充满感染力。可是阿蓝常常挨饿,因为爸爸被学校解聘,家里实在养不起这条狗了。分离的日子终于到来,"我"在妈妈的劝说下,狠狠心,在骗阿蓝玩的当儿,给它套上了项圈。它让叔叔牵走了。在它牵出门时,"我"倒在妈妈怀里大哭起来。第二天放学,走在路上,"我"忽然被什么东西绊了一下,差点跌倒。原来是阿蓝!它脖子上的项圈还在,但绳子被它自己咬断了。它被带到十几里外,面对新主人家的一大碗饭和两块大肥肉,连碰也不碰;趁人不备,它跋山涉水,逃回了这贫困的家。从此以后，再没有人提起要把阿蓝送人的事了——"我想，爸爸也被阿蓝感动了呢！"比起《芦鸡》，这篇《阿蓝的喜悦和烦恼》似乎有了一些"思想性"，不仅动物的行为里含有"穷人的道德"，而且，作品中实实在在写了旧社会的痛苦，虽不如《骨肉》那般强烈，到底还是能够"为政治服务"的。可是，第三篇《多难的小鸭》就全不是那么回事了，它写的是鸭子中的倒霉蛋。本来，那是娘舅送来的半篮喜蛋——喜蛋就是孵了一半的蛋，煮着吃很鲜。喜蛋挂在梁上，准备明天煮，晚上却听见"叮叮"的声音，小孩好奇，忙叫奶奶拿下来看，却见一只喜蛋破了，一只黄黄的小脚已经伸了出来。按说喜蛋里的鸭子是养不活的，可这只鸭子被奶奶小心地放在灶门前烤干，活过来了。"我"让它睡在纸匣里，晚上它却被老鼠拖走了，它居然也不叫，幸好小孩发现纸匣空了，忙喊妈妈，妈妈用灯照照床底，拿扫帚把它拨了出来。可怜的小鸭被咬破了肩胛，奶奶戴上老花镜，给它洗伤口，敷万金油，过了三天，居然又能走了。可是接下来的磨难更大，它慢慢学会跟着人走了，家里来了一个客人，走路爱走走停停，一个倒退，正好踩在它翅膀上，幸好没踩着脑袋，后来又是奶奶给它治伤，敷万金油。再后来它又被冲下阴沟，以为回不来了，小孩半夜还醒来叫"我要小鸭，我要小鸭"，吵得妈妈和奶奶都没睡好，天亮却终于找到了，用火钳把它从阴沟里钳了出来。最后一次受难，是它和一群小鸡争食，结果吃得太饱，差点撑死。奶奶是"死鸭当活鸭医"，把它的嘴掰开，让它吃仁丹和十滴水。作品的结尾是这样的：

……小鸭子吃好药，就一动也不动地躺着。我想，它一定很难受呢，我非常同情它。

它就这样躺了两天，我们都以为它一定要死了，谁知道在第三天上，它又能站起来了，又摇摇摆摆地走动了。

小鸭子就这样活下来了，虽然它的磨难这么多。我现在回想起来，还觉得很奇怪呢。

就是这么一篇淡淡的、闲闲散散的作品，但充满真切的儿童心理，有浓郁的乡村儿时生活的气息，动物的习性也是真实的（绝非拟人的、道德化的），因而虽然平凡却也充满神秘感。这既是散文,也是小说;既是动物小说,也是旧时儿童生活实录。比起单一的揭露旧社会黑暗的作品来,它让我们懂得了,什么是真正的文学。

任大霖后来又写了很多续篇,到1958年长江文艺出版社结集出版《童年时代的朋友》时,已有十多篇了。写于1957年的那几篇,也许因为"反右"运动渐近,文艺政策趋紧,描写旧社会黑暗的分量加重了。但即使这样,作者仍保持了自己淡雅隽永的风格,没有一点牵强的说教。其中,如《打赌》等篇什,把浙江农村少年生活写得精细入微,既有"高雅的土气",

《蟋蟀》,任大霖著
人民文学出版社 1979 年版

又对复杂的儿童心理作了深刻发掘,我以为,那是放在契诃夫的作品系列中也不会过于逊色的。

任大霖是任大星的弟弟,他的成名作《蟋蟀》发表于1955年第7期《人民文学》。这是写农村小学毕业生参加农业合作社的事,本来应该是政治性(或曰教育意义)很强的小说。马烽的同类题材短篇小说《韩梅梅》(发表于1954年第9期《人民文学》)就写一个优秀少年参加农业社的经历,笔墨十分集中,人物的成长脉络很清晰。任大霖当然也写成长(脉络略欠清晰),也写孩子的不成熟,但他的兴趣似乎更在于写孩子对蟋蟀的热衷,一旦写到他们斗蟋蟀的场面,写他们到村外翻棺材板找蟋蟀王的情景,文字顿显酣畅淋漓,下笔若有神助。因为他太熟悉也太喜欢孩子的生活了,他压抑不住这种表现的冲动。这其实是一个作家最宝贵的财富,可惜在当时的时代气氛中它不得不让位于政治和教育。到六十年代初,任大霖还写过两个精彩的短篇——《妹妹》和《我的朋友容容》,那也是纯然表现童趣的,前者受到魏金枝的称赞,后者在文坛和读者中引起小小轰动;当然,很快又受到了批评。纵观任大霖一生的创作,他写有不少努力突出政治性、教育性的作品(如《小兵冬冬》和《在团旗下》),但他并不是一个善于"图解"的作家,他的真正的兴趣和才华,在于表现那种相对超然的童趣和人性。他最擅长的,还是写那种雅淡隽永、琐屑有味、饱含浓厚乡情的小品。这让人想到郭风,也让人想到与他同乡同籍的鲁迅和周作人。

十五、"早春天气"与《宝葫芦的秘密》

前几章曾一再提及1956年，还有就是1955年。的确，对中国儿童文学的发展，这两个年份十分重要。我们说过，柯岩开始写儿童诗是1955年，第二年就迎来了她的童诗创作的丰收年。任溶溶写《"没头脑"和"不高兴"》与任大星出版《刚满十四岁》，都是1956年。郭风在1956年出版了三个散文集，任大霖则发表了他的代表作《童年时代的朋友》。更大的收获，也许是两位老作家在这一年里正构思创作两部长篇童话：张天翼的《宝葫芦的秘密》(发表于1957年第1期《人民文学》)，严文井的《唐小西在"下次开船"港》(发表于1957年第7期《收获》，后改名《"下次开船"港》，下文均按改名)。另有一个重要收获，是部队作家胡奇创作了长篇小说《五彩路》，也于1957年4月由中国少年儿童出版社出版。上述三部作品在"十七年"儿童文学中都属重量级，它们的相继出现，令人欣喜。

其实，从许多老作家的著译出版情况看，也能发现早春的迹象。叶圣陶童话选《〈稻草人〉和其他童话》是1956年5月由中国少年儿童出版社出版的，冰心的儿童小说新作《陶奇的暑假日记》也于同年同月由同一出版社推出。陈伯吹在这一年出版了五本书，其中两本是翻译童话，一本是翻译小说，还有自己创作的小说与童话各一（童话即他的代表作《一只想飞的猫》）。贺宜在1956年出版了两本儿童诗集和一本长篇童话（童话即他的代表作《小公鸡历险记》）。

还可举个有趣的例子。诗人圣野在1955年出版了他的儿童诗集《欢迎小雨点》，其中有建国前的诗，更多的则是新作，此书在1956年浙江军区部队业余创

十五、"早春天气"与《宝葫芦的秘密》

作评奖中,荣获一等奖;但几年后在少儿出版社业务批判时,同一本书却被指责为"修正主义"和"宣扬自然主义"的作品了。

从1955到1956年,儿童文学界春风拂面。在这两年里,发生了什么?

其中有一件重要的事,就是前文说到的《人民日报》在1955年9月16日发表了一篇社论:《大力创作、出版、发行少年儿童读物》。社论公布了1954年全国少年儿童读物的印数,还公布了旅大市儿童图书馆和文化馆少儿图书的藏书量,河北省农村儿童的少儿读物的占有量,从而得出"目前儿童读物奇缺"的结论。社论批评中国作协、各地文联、各省市出版社忽视儿童文学创作,要求"中国作家协会拟定繁荣少年儿童文学创作的计划,加强对少年儿童文学创作的领导。要在作家当中提倡为少年儿童写作的风气,克服轻视少年儿童文学的思想"。社论还有许多具体的布置,如各省市有条件的人民出版社要设立儿童读物编辑室,应降低少儿读物价格,新华书店应设立专门发行机构,政府部门应给予种种必要和可能的优待,等等。很显然,这并不是一般的报纸社评,而是党的领导部门发出的一份专门文件,我们读到的不过是它在报纸上的"社论版"罢了。既然可以对中国作协和各地政府下指示,则只有中央机构才有这样的权力。现在我们知道,在此之前,团中央曾向党中央打过一份《关于儿童读物奇缺的报告》,那时上海的少年儿童出版社和北京的中国青年出版社(中国少年儿童出版社从属于中青社)都由团中央领导,他们深知当时创作与出版的贫瘠的现状。为了这份报告,团中央一定作过很具体的调查研究,这也就是后来社论中那些具体数据的来由。当时的团中央书记是胡耀邦,从这件事上也可看到他对中国儿童文学的关注与贡献。这篇社论(其实是社论背后的正式指示)的确起到了很大作用,中国作协十月即召开主席团扩大会议,专门讨论儿童文学的发展问题,并于11月18日向各分会下发指示,要求马上制定从现在直到1956年底的发展儿童文学的创作计划。所以,才会有郭沫若和冰心发出的要作家们都来为儿童写作的号召,也才会有贺敬之连夜苦吟儿童诗而不得的事。在这样的推动促进下,儿童文学作品大量涌现,老作家的创作也重新整理出版,大家的积极性调动起来了,这是有目共睹的。

然而,我们也不可过于看重了这类指示的效力。已见有文学史著把五十年代

"黄金时期"的出现，归于这篇社论的开路之功。古今中外文学发展的事实告诉我们，好作品只能自然生长，它是号召不出来，也催生不出来的。在拙著《今文渊源》中，我曾说过这样的话：

> 林语堂号召幽默，大办幽默杂志，并自己身体力行，这的确激发了很多人身上的幽默细胞，推出了一批幽默作品，也促成了一些幽默作家的成长；但我们回过头看，在整个现代散文长河中，能称为"幽默大师"的，有哪几位？他们和林语堂的推动，又有多少关系？
>
> ……我想这至少说明：编辑和杂志（当然还有理论批评，还有评奖，还有职称的诱惑，等等）虽然能够促进和推动创作，但真正第一流的作家的最好的作品，却是不可能被推动并推出的——那是必须自然生成，必得水到渠成的。

林语堂在三十年代做不到的事，二十多年后，靠政治权力，依然是做不到的；又过了三四十年，靠书商的高额版税，同样还是做不到。靠这些所能催生的，是大量二三流的作品——当然它们能解一时之渴，也能在一个时期内达到很高的销量——却毕竟仍不是第一流的艺术品。

那么，为什么五十年代的确产生了不少好作品呢？我以为，另有原因。那原因就是宽松的时代氛围，尤其是到1956年上半年，又提出了"百花齐放，百家争鸣"的"双百"方针，这就使各种艺术风格、艺术样式都有了自由发展的空间。"双百"方针也可以说是一种"指示"，但它和"大力发展"某某的指示是不同的，它不是具体催生什么，指示某某作品应在何时如何诞生，却是在总体上放开，即形成各方都能发展的自由竞争的空气和土壤，而这正是第一流作品自然生长所需要的。所以，儿童文学在这两年中的相对繁荣，并不是孤立的，并不是因为有了一个报告、一篇社论、一次作协主席团会就有了一切；最具说服力的论据是，成人文学在这两年里也同样有喜人的发展。

这就像长期经受秋霜寒雪的百花，一旦春风暗度，暖意袭来，马上就会竞相绽放。成人文学中的许多名篇，如王蒙的《组织部新来的年轻人》，刘宾雁的《在桥梁工地上》和《本报内部消息》，孙犁的《铁木前传》，王汶石的《风雪之

十五、"早春天气"与《宝葫芦的秘密》

夜》等,都出现在 1956 年。而一些重要的长篇小说,则出版于 1957 年,如曲波的《林海雪原》和梁斌的《红旗谱》。更多的长篇出版于 1958 年,其中有杨沫的《青春之歌》、雪克的《战斗的青春》、刘流的《烈火金钢》、李英儒的《野火春风斗古城》、冯志的《敌后武工队》、冯德英的《苦菜花》、乌兰巴干的《草原烽火》、陆柱国的《踏平东海万顷浪》……长篇写作时间长,一两年都难以完成,但 1955—1956 年的宽松气氛,无疑有助于它们的创作进程。这么多作品的问世都集中在这短短几年里,这不很说明问题吗?

当然,上述作品(尤其是所举的成人文学)虽都轰动于一时,真正究其文学水准,那还是高低不齐的。但其中确有真正高水平的作品,如孙犁的《铁木前传》和王蒙的《组织部新来的年轻人》,可说是这两位作家毕生的最好作品,也是"十七年"文学的最高水平之作。好作品诞生有非常复杂、难由人力掌控的原因,既要有生活的积累与情感的长期酝酿,也须有必要的文学准备,更有作家本人的天才因素与外在环境的巧妙应和。陆游云:"文章本天成,妙手偶得之",说的就是这个道理。所以,我们只有非常小心而耐心地等待第一流作品的"偶得",却不能对它颐指气使,更不可予以摧折——这样的作品内在外在要求都高,各种准备各种条件缺一不可,因而是最难诞生却最易被扼杀的。

这样我们就不难理解,为什么叶圣陶那时只把自己的童话旧作反复修改,却不再创作新的童话;文学经验告诉他,不能硬写。冰心虽然呼吁《"一人一篇"》,自己也积极行动,创作了《陶奇的暑假日记》,质量却相当一般;两年后她出版的《再寄小读者》,更是大不如前。大诗人贺敬之努力响应号召,却写不成童诗;无名的柯岩则出手不凡,一气写出九首,几乎一夜成名。文学造诣与理论素养一流,曾成功地创作过大量童话的严文井,虽努力拨冗写作,也在作品里投放了颇有哲理深度的思考,但《"下次开船"港》还是未能成为他的最佳作品……

《给孩子们》,张天翼著
人民文学出版社 1959 年版,
内收《罗文应的故事》
《宝葫芦的秘密》等七篇作品

这一切，都有助我们思考文学的规律。

在这样的时候，张天翼写出了他的又一部天才童话《宝葫芦的秘密》，其中就包含着太多足以令人深思的奥秘。

《宝葫芦的秘密》，其故事已尽人皆知。简单说，就是小学生王葆从小听惯了奶奶讲宝葫芦，渴望自己早晚也会有个能实现一切愿望的宝贝。他跟同学闹矛盾，心情很不好的时候，宝葫芦出现了，它不但叫得出王葆的名字，还愿意让王葆做它的主人，只是有个条件：不能向任何人说出它的存在。王葆答应了，于是，王葆要钓鱼，桶里就有了各种活鱼，不仅有鲫鱼，还有金鱼；他肚子饿了，手里马上有了想吃的熏鱼、卤蛋、冰糖葫芦、花生仁……王葆开心得在地上打滚，觉得从此就是个幸福的人了。可是问题很快来了，路上碰到同学中的钓鱼专家郑小登，很惊讶他怎么会钓到金鱼，拉着他到家里去问姐姐，"老大姐"分析了金鱼由鲫鱼变种的过程，认为河里绝对不会有金鱼，王葆张口结舌，无法解释。他答应借给"老大姐"《科学画报》合订本，那是他捐给班里的。结果借书那天，好几个同学排队要借这个合订本，根本轮不到王葆，它却一下子跑到王葆的书包里来了，班里小图书馆少了这本书，大家正追查呢。他让宝葫芦快把书还了，可它只会拿来，不会还。他和同学下象棋，刚想要吃对方的马，那只"马"一下子跑进他嘴里去了，弄得他百口莫辩，赶紧掩着嘴逃走。最后，小流氓来拜

《宝葫芦的秘密》，张天翼著
中国少年儿童出版社 1962年版

他为师了，因为发现他才是真正的高手，自行车、望远镜……想要什么马上就能到手。他得到了很多物质的东西，却再也没有快乐可言，因为见谁都怕，到处躲人，他没法解释东西是哪来的。甚至在考试时，宝葫芦也把别人写好的考卷拿给他，被老师发现，要他解释，他无地自容。他气得和宝葫芦算账，没想到那宝贝委屈得很，它说它的本事就是把别人的东西拿来，它不会生产，也不会创造，它只会"搬"！王葆要和它决裂，但它怎么也撵不走，砸也砸不坏，它一定要跟定主人，这可真是"请神容易送神难"。最后还是把它的秘密告诉给班里同

十五、"早春天气"与《宝葫芦的秘密》

学,原先的协议破坏了,它才消失了。然而,搬了人家那么多东西,还不知是从哪里拿的,现在要一件一件归还,王葆吃尽了苦头……

这部童话妙趣横生,故事情节充满戏剧性,叙述语言和人物对话充满童趣,一看了开头就放不下。它甫一发表就引起轰动,并理所当然地受到儿童们的喜爱。它曾两次被改编成电影,先是1963年的国产黑白故事片,后一次是2007年由中国电影集团与美国迪士尼公司合拍的动画片。虽然作品有较明显的教育意图,也有一定的时代局限,但它始终活泼泼地存在着,通身洋溢着活气,至今活在文坛,活在儿童文学界,也活在中外小读者小观众充满憧憬与好奇的心中。

《唐小西在"下一次开船港"》,
严文井著
少年儿童出版社1958年版

我们在本书卷一谈《大林和小林》的时候,曾指出,张天翼是一位非同小可的天才作家,但同时,也是他开了用作品图解理论的先河。他的长篇童话所要图解的理论越来越浩大繁复,终于难以为继。建国后,他多年未碰童话,只写了几则短篇小说和少量剧本。小说中也有引起很大反响的,如《罗文应的故事》。这些作品大多是"主题先行"的产物。据当年负责《中国少年报》文艺版的陈子君回忆,他们当时的一项重要工作,就是替作家收集材料,向他们反映少年儿童中存在的问题,然后"出题目做文章",要作家们有针对性地写关于"努力

《唐小西在"下一次开船港"》插图——丁深图

《唐小西在"下一次开船港"》
插图——丁深图

学习""锻炼意志""团结友爱""爱护公物"一类的小说,结果,大部分不成功,只有张天翼写出了《罗文应的故事》。陈子君总结道:"老作家张天翼对少年儿童心理是有深刻了解的,加上语言文字上的功夫又那么深,这就取得了成功。"(《儿童文学论》,陈子君著,河北少年儿童出版社 1985 年版)看得出,那几年里,张天翼一直在蓄势待发,在暗自思考酝酿,他的创作库存并没真正动用(写小说用的也是他人提供的素材)。到 1956 年,出现了宽松奋发的早春天气,他愉快胜任地出手了,而运用的正是最拿手的童话形式。多年来,他一直关注着古往今来的各种童话,对于儿童得到宝贝的渴望可说已非常了解,并在心中反复盘旋过了。包括洪汛涛的童话《神笔马良》及后来拍成的木偶片,包括苏联卡达耶夫的《七色花》,包括英国大作家内斯比特的"沙仙"故事系列(这套书现已有任溶溶翻译的中文本,书名为《五个孩子和一个怪物》等,长春出版社 2010 年版),都是由一个(或一件)能让人心想事成的宝贝引出的故事。所以,《宝葫芦的秘密》一下笔就写道:

……至于宝葫芦的故事,那我从小就知道了。那是我奶奶讲给我听的。奶奶每逢要求我干什么,她就得讲个故事。这是我们的规矩。……我就这么着,从很小的时候起,听奶奶讲故事,一直听到我十来岁。奶奶每次每次讲的都不一样。上次讲的是张三劈面撞见了一位神仙,得了一个宝葫芦。下次讲的是李四出去远足旅行,一游游到了龙宫,得到了一个宝葫芦。王五呢,他因为是一个好孩子,肯让奶奶给他换衣服,所以得到了一个宝葫芦。至于赵六得的一个宝葫芦——那是掘地掘来的。

不管张三也好,李四也好,一得到了这个宝葫芦,可就幸福极了,要什么有什么。……后来呢?后来不用说,他们全都过上了好日子。

十五、"早春天气"与《宝葫芦的秘密》

这既是故事发生时王葆的童话接受史,也是作者创作之前一部缩微的童话史,作者正是在这样的前提下开始自己言说的。他做的是一篇翻案文章。当然,这里也有他要精心图解的理论,那就是:劳动创造财富,世界是由劳动创造的,从来就没有什么救世主,所以也没有什么"宝贝"。这样的理论,与他在《大林和小林》乃至《帝国主义的故事》中所要表达的,可以说是一致的。但他吸取了以前的失败的教训,不再奢望作全面复杂的演绎,而只希图讲清一个简单的道理。其实这道理仍是通向复杂的大道理的,但他不再往彼处延伸。这样的选择是十分聪明的,这就使它的理念限于孩子所能接受的程度,不至过于抽象,它完全可以融入形象,化为宝葫芦的故事的很自然的部分。

然而,做到了这一点,只能保证这部童话不会像《金鸭帝国》那样失败,却不能保证它的成功。因为一部成功演绎了正确理论的作品,能演绎得清浅自然,实现形象表达,那充其量,还只是"科教片"标准,很难说一定是优秀的文学作品,它的审美价值仍值得怀疑。我以为,《宝葫芦的秘密》之所以成功,恰恰在于作者虽虔敬于理念,但他的心中并不只有理念,他长期接触孩子,一生喜爱孩子,自己也是个大孩子,这从他一开口就是活生生的孩子的话即可知,他的那颗文学的审美的心,能够与孩子的心奇妙相通。所以,他在写出宝葫芦行为的荒唐乃至其背后本质上的恶劣的同时,却并不写王葆也有相似的问题,不,王葆的问题只是相信童话,相信奶奶故事中的那种幸福,相信从小形成的对宝葫芦的美好憧憬。二者的结果好像差不多,其实却有巨大差异。这是作者的童心——对儿童的理解与同情之心,引导他这么做的,这也是一个天才作家和天生的儿童文学家才有的幸运。

王葆太想有个宝葫芦了,宝葫芦也真是太神奇了,它对主人忠心耿耿,除了"保密"之外没有任何要求,他们一开始的相遇实在令人神往,这是多少孩子多少代的梦啊!随着梦一点一点被打破,王葆陷于惊讶、被动、尴尬和无可逃遁的境地,矛盾被推向极致,这体现了极强的戏剧性。但这么强的戏剧冲突,却并不是两种思想或理念的冲突,不是"要劳动"和"不要劳动"的冲突,不是"劳动光荣"或"不光荣"的冲突。冲突的一方始终是一个迷茫的孩子及孩子时代的神奇密友,另一方则是对这个神奇密友的行为的严峻的现实判断。

所以，作品中有一些片断，表达了孩子当这两种逻辑和价值观（童年时代的逻辑和现实世界的逻辑）互相交织和互相取代时，内心所遭遇的混乱和痛苦。这些片断，对于成人，尤其对于很老练地一心顺着作者想要演绎的理念往下追寻的成人读者来说，会觉得很不可解，很多余，因为打断了演绎的节奏。比如，第十二和十三节，写王葆拎着鱼桶，从郑小登家回到自己家后的心情。这时宝葫芦已经为他变出了鱼缸，那些金鱼已在缸里游起来了——

我想着今天一天的奇遇，又叫人高兴，又叫人糊涂。

"嗯，我真得静下来，好好儿动动脑筋，"我刚这么约束住自己，一下子又想起了老大姐——"她能相信我么？她不疑心我是吹牛么？"

我瞧瞧金鱼，金鱼瞧瞧我。我说：

"哼，都是你！"

忽然——不知道是由于光线作用呢，还是怎么的——金鱼们一个个都变大了。它们都睁着圆眼盯着我，嘴巴一开一合的，似乎在那里打哈哈……

"恐怕是我的幻觉……"我想。

可是金鱼缸里又"卜儿卜儿"的——乍一听，好像是喊我的名字。再仔细一听——

"葆，对不起……葆……"

这可的的确确是它们跟我说话！它们还冲着我晃动着身子，仿佛表示过意不去似的。

我就说："你们也不用向我道歉，什么对得起对不起的。我只是要问问你们：你们这号鱼到底是怎么变成的？是打哪儿来的？你们的生活情况怎么样？"

它们摇摇脑袋："不知道。……我们没学过。"

……"哎呀，真拿你们这些鱼没办法！"我只好叹气。"什么'学过'没'学过'！你们连你们自己的来历都不知道哇？"

……

"那么你呢？"它不等我回答，又加了一句："你有一些思想情况——别人还比你自己了解些呢。"

十五、"早春天气"与《宝葫芦的秘密》

"什么'别人'？是谁？"

"比如你的宝葫芦……"

"什么？"我很不高兴。"你说什么？"

可是鱼缸里再没有一点声音了。我等了好一会。还是静得很。突然——这真是一个了不起的大发现！——我发现不大对头：

"鱼怎么会说话呢？谁都知道，鱼是没有声带的。"

你们想想！一条金鱼和一个人辩论！——这难道可能么？这难道合理么？不论你拿什么理由来说……

"不合理！"我兜儿里也发出了声音。

"你也同意我的看法，宝葫芦？"

"那当然，"宝葫芦慢条斯理地发言。"事实确是如此。鱼类不单是没有发声器官，并且它们的头脑也长得有限得很，不可能有这么多思想。"

可不是！可见我怀疑得很有道理。我是用科学态度来看这个问题的……

"那么宝葫芦呢？"——我忽然听见鱼缸里一个声音问我。

宝葫芦说鱼类没有发声器官，难道宝葫芦自己有这号器官么？至于宝葫芦的头脑……嗯，对不起，根本宝葫芦就从来没有一个头脑，连鱼儿都不如！那它怎么会说话呢？

不但这样，宝葫芦还会变出东西来——那又是怎么回事呢？……这都叫人相信不过。我只要动一动脑筋，想一想这些问题，那么……

"那么这些事儿都不合理，都不能成立！"我的宝葫芦接上了茬儿。

"那——那——"我十二分吃惊，不知道该怎么说了，"那你这宝贝……"

"那我就不是什么宝贝，就没有什么神奇。那你'要什么有什么'，也是不可能的事。那你白搭。"

我失望地嚷起来："那还行！"

宝葫芦义正词严地说："那你就别怀疑我。什么合理不合理呀，可能不可能呀——你对别的事尽可以这么去研究，可别这么研究我。你要是这么研究我，那对你自己可没有好处。"

……我刚才还说来着，一个人得用科学态度来研究一切问题。可是一提到这个宝葫芦问题——嗯,那没办法,不得不例外看待。因为这个宝葫芦并不是什么马马虎虎的普通玩意儿,而是我的宝贝——可以使我自己得到幸福的宝贝——我非相信它不可。我得相信它的魔力。假如它没有什么魔力的话,那我不就等于没有得到宝葫芦么?那还有什么意思!

从这段文字中可以看出,王葆其实是在挣扎——在相信儿时的童话还是相信今天的现实之间挣扎。他懂得科学,但留恋童话,童话带来的美和希望,在他这个年龄还真不舍得放弃。为了留住童年的既有的心理,他必须用一种类似于宗教信仰的方式承认宝葫芦的存在。这一节,可以看作解开这部童话奥秘的钥匙。

在作品第三十一节,还有一整篇王葆和金鱼的对话。王葆得到宝葫芦是在钓鱼的时候,他最早如愿得到的想要的东西就是这一桶鱼,看来,作者有意让这些神秘的金鱼成为全书的点睛之笔。他写道:

这天晚上我好久好久没睡着。

奶奶说的对,我从来不撒谎。可是现在——唉,奶奶你哪知道!——我跟爸爸也不能说真话了。现在,越是亲密的人,越是爱我的人,我就越是得提心吊胆地防着他。我也怕见我最想见的好朋友和同学们。我还得躲开我最喜欢的孩子们。

要是这一切——真像那条黑金鱼说的那样,不过是一些幻影,等于一个梦……

"那你可就轻松了,葆儿,"——忽然金鱼缸有谁答碴儿。

"我不同意!"我叫起来。"那么着,世界上只有我一个是真的,只有我这么一个人——嗯,孤零零的有什么意思!"

我爬起来坐着,披上了衣服。

对,这世界上该有爱我的人,该有和我要好的人。他们都得是实实在在的真人,并不是什么幻影。他们得真正和我生活在一块儿……

"那更没意思,葆儿。"黑金鱼冲着我摇摇头。

"为什么?"

十五、"早春天气"与《宝葫芦的秘密》

"那么着,你就得一天到晚紧张着,生怕泄露你那个宝葫芦的秘密。那可不是更别扭?"

"胡说!"我嚷。"才不会呢!"

……

"我看,最好是这么着,"有一条眼睛上挂着绣球的金鱼游到了黑金鱼旁边,发表起意见来,"把世界上的一切——人也好,物件也好,事情也好,都给分成两类。一类该是实实在在的东西,真有那么回事:比如说苹果吧,那就得是真的苹果,那吃起来才有个意思。还有一类呢,那可是惹你麻烦的东西,拿它不好办,那它就得是幻影,根本没那么回事。这两类东西一分清楚,问题就解决了。"

黑金鱼偏着脑袋想了一想,问:"那么,哪些个东西该放到第一类,哪些个东西该放到第二类呢?……这会儿你固然觉着好朋友少不得,他们都得是实实在在的真有其人才好。待会儿你可又忽然生怕见他们的面,躲他们都躲不及,你就唯愿这是一个梦了。这么一来,就太不容易了。"

……

我们看得出,随着情节的深入,王葆越来越在现实和幻想之间挣扎,他要区分和选择,但他一头也放不下。这背后,不正是童年和成长——和他们正开始进入的成人社会之间的冲突吗?

《宝葫芦的秘密》的发表,是当年文学界(不仅是儿童文学界)的一件大事。各种评论和赞扬文章,散见于各报刊。稍令人意外的是,一向以抨击和批判为主业的姚文元,竟也在作品发表两年半后的1959年7月,写了一篇七千余字的文学评论,对之赞扬有加。当然他看重的是其中"劳动创造世界"的思想,文章的标题也是《童话中的真理——读〈宝葫芦的秘密〉》。但他独独不能接受上述那节内容:"如果有什么不足的话,我感到有的地方意思太深奥了些,恐怕不是一般孩子所能理解的。例如第三十一节中金鱼那一番关于真实和幻想的议论,我觉得就可以删去,或者换上别的内容。"(此文收入评论集《在前进的道路上》,人民文学出版社1965年版)——他热衷于用文学演绎"真理",却不明白张天翼天才地发现的这一故事背后更为永恒的人生意味。

姚文元所不能理解的东西，周作人和蔼理斯却早就指出来了。周作人在写于1924年的《科学小说》一文中（可参阅拙编《周作人论儿童文学》，海豚出版社），引了奥地利医生蔼理斯的三段话，说出了下面这几层意思：

一、如儿童需要想象时读不到童话，这方面精神的生长将永久停顿；二、因为需要，儿童在读不到童话时会自己创造童话，但大抵造得很坏；三、随着少年的成长必将反对儿时的故事，所以荒唐的童话无害，而硬塞给他们的"科学小说"也不会有什么用处。

这第三点说得过于绝对，童年时期读的童话虽然在成长中被少年所否定，但那种阅读所形成的心理结构却仍会影响孩子的一生。然而这三段话却告诉了我们一个"真理"，即儿童是"分期"的，他们在不同阶段有不同的心理需求，这是不容抹杀和违逆的。《宝葫芦的秘密》所写的，是一个从爱童话的阶段走向正视现实阶段的孩子，他与童年的别离是凄美的、慌乱的、纷繁而尴尬的，却也是趣味横生、令人忍俊不禁的——这就是这部带有点图解意向的童话却能具有永恒魅力的奥秘所在。

张天翼在童话发表以后，不断收到小读者的来信，他们的兴趣似乎更在宝葫芦身上，他们一再询问：真的有这样的宝葫芦吗？他们很为宝葫芦的故事不是真的而惋惜。作家为此自责，觉得自己的写作任务没完成好。其实何须这样想？童年期的儿童永远倾心于宝葫芦，这就像孩子落地会哭，孩子长大会叫妈妈一样自然。你写出了宝葫芦时期的王葆和告别宝葫芦时期的王葆，写得那样成功，长大的和未长大的孩子，都将感激你。

《宝葫芦的秘密》是形象大于思想的典范。作者所要演绎的"劳动创造世界"的思想，只是这作品中的一个部分罢了，而作品人物从童年到少年的复杂心理历程远远超出了这一抽象的内容。作者对此可能并不十分自觉，然而他的人生体验，他的审美经验，他的那支优美神奇的笔，引导着他的作品，不断走向丰富和完美。

严文井写《"下次开船"港》时就没有那么幸运了，这部童话引入了时间概

十五、"早春天气"与《宝葫芦的秘密》

念：一旦没有了时间，会出现什么情景？这是一种很有深度的思考，也十分适合于童话的表现。在西方童话名著中，《彼得·潘》中孩子的长大和不肯长大，也同样隐含着时间概念；米切尔·恩德的《毛毛》和《讲不完的故事》，更是充满了对时间的现代思考。然而，尽管作者文笔饱含童趣，所组织的场景新奇而热闹（这里又看得出《阿丽思漫游奇境记》的影响了），关于"下次开船"的构想很发人深思，却毕竟太着重于教育儿童了，作品把反时间的力量化为几个"敌人"，让孩子们在与这些"敌人"的斗争中明白道理，从此幡然改悟。如

《"下次开船"港》，严文井著 少年儿童出版社 1958 年版

前所说，张天翼写一个孩子有了宝葫芦便脱离集体、脱离家庭、脱离现实，最后还是放弃宝葫芦回到了集体和现实中来；在这故事背后，蕴藏了一个更深邃更普遍的童年期孩子告别神话开始走入现实社会的人生故事。那么，严文井所写的那场热闹的斗争背后，所蕴藏的，则只是一些通过成人的思考所得出的抽象的哲理，尽管他已把这哲理讲得很清浅很生动了。因此，严著就未能将更丰富更永恒的童年奥秘蕴藏于情节之中，未能处处体现咀嚼不尽的人生意味。——于此也可看出，真正第一流作品的诞生是多么不易，它们的确是"妙手偶得"的，作者再有经验，用力再勤，有时却仍然无缘达到目的。

但胡奇却是幸运的。他的小说《五彩路》写三个藏族少年渴望了解外面的生活，在听说解放军正修筑一条五彩路时，怎么也遏制不住看一看的冲动，便悄悄相约出走，经历了无数危险，差点在惊涛中丧生，幸而被解放军发现，将他们救起。他们终于看到了五彩路，看到了外面的世界，也见到了"金珠玛米"。这本来是一个带歌颂性的故事，写解放军对当地少数民族的救助和与他们的交往；又因作者是从部队的角度来观察藏族孩子的，他虽有童心，熟悉儿童，但对藏族少年毕竟还是有些"隔"，所以他的描写只能是粗线条的，达不到像萧平、刘真、任大星小说中的那种细腻、真切。然而，从总体看，这部小说却是相当成功的，它像一首带有传奇色彩的歌谣，唱出了远方少年的生活和心理，让小读者对这三

位少年充满理解和神往。我以为,这里关键的一点,是作者在这故事背后,也发现了更为丰富的童年与人生的奥秘,这就使作品的形象高于思想,使这三个少年的故事逸出了写解放军与少数民族交往的故事的局限——它也成为一个更深刻并更具普遍性的故事了。这从小说开篇第一段就能读出来:

在很远的地方,有一些孩子日子过得真寂寞,因为他们居住的村庄长年累月地被雪山封锁着,他们很少接近外边的人,外边的人也很少接近他们。

小读者的心一下就被抓住了。因为这不光是写修公路与看公路的事,这是全世界儿童共同关心的事,他们都懂得这样的"寂寞"。儿童文学中的"外出"——去看外边的世界,几乎是个永恒的主题。作者正是把这种童年的共同的向往写入了故事,这才使这部作品充满了隽永的趣味,读得人回肠荡气,并能反复回味。

也许是受了《五彩路》的意外成功的鼓舞,几年之后,胡奇又写了一部长篇小说《绿色的远方》(中国少年儿童出版社与作家出版社1964年同时出版),两部作品不仅题材相似,连题目也是相仿的——"绿色"对"五彩","远方"应对远方的"路"。然而其中已无上述的新意,又因六十年代"阶级斗争"的口号越喊越响,小说加进了大量与敌人斗争的内容,它成了一部政治性很强的、有些概念化的作品。《五彩路》所有的那故事背后的更深刻也更普遍的童年与人生的奥秘,已很难在这部新作中找到了。

这也再次证明,真正高质量的创作的完成,有赖于"天时地利人和",各方条件缺一不可。

第一流的作品的诞生有其偶然性,早春天气也未必能保证它们的诞生。可一旦作者有这样的天才和这样的准备,一旦这样的作品的确在酝酿在形成,那么,春天,就应是最适合它们的时节。

《五彩路》,胡奇著
中国少年儿童出版社1978年版

十六、1960年的批判及此后的创作界

1956年的早春天气并没延续太长时间，至1957年夏便戛然而止。"反右斗争"开始了。儿童文学界虽人人自危，创作则还在进行，这也许因为儿童文学的题材本来多是积极的、光明的，那时的作家也真心拥护新中国的全新的生活和秩序。对于儿童文学来说，更大的——或者说更为具体、明确的打击，发生在1960年。首当其冲的竟是陈伯吹先生。

这里再说一说陈伯吹的经历。二十世纪二十年代中期，陈伯吹曾秘密加入中国共产党，后因社会动荡，与组织失去联系，但仍一贯追求进步，多年来一直是紧跟党的。新中国成立后，他于1952年任少年儿童出版社副社长，1954年调北京任人民教育出版社编审，1957年6月起成为中国作家协会专业作家。这段时间，他创作相当活跃，作品很多，政治态度也很积极。奇怪的是，1960年6月，陈伯吹由中国作协安排回上海深入生活，正在漕河泾搜集生活素材，忽然遭到一场火力密集的、有组织的批判。他对此毫无准备，询问中国作协领导，那边告诉他只是一般性"批评"。但批判来势很猛，少年儿童出版社的丛刊《儿童文学研究》的第二辑中，发表了蒋风、里方和贺宜的批判文章（这些文章肯定在此前就已组织好了）；《人民文学》第五期发表了《中国少年报》社长兼总编左林的文章，同期还有沈澄的文章（一说沈澄即张天翼夫人沈承宽），直涉或旁涉陈伯吹的儿童文学观，接着第六期又发何思的文章，严厉批判陈伯吹的"童心论"和"儿童立场"，明显体现火力的升级；7月7日，上海市委宣传部的徐景贤在《文汇报》上发表点名文章《儿童文学同样要为无产阶级的政治服务》，副题即"批

判陈伯吹的儿童文学特殊论"；《上海文学》《文艺报》等也陆续刊发有分量的批判文章；《中国青年报》（这是团中央机关报，与儿童文学有关的部门多在团中央领导下）于8月5日发表了张天翼和严文井的联名文章《我们对当前少年儿童文学的一点意见》，这显然又是代表中国作协上层的权威性的声音。茅盾先生事后回顾说："这一场大辩论（几乎所有的中央级和省级的文学刊物都加入了），有人称之为少年儿童文学的两条道路斗争。"

这场批判的来龙去脉，却始终是个谜。

毫无疑问，这与"反右"以后，思想文化界进一步强调"阶级斗争"的大形势有关，也与当时中苏关系破裂，国内文艺界开始"批判修正主义"有关（《文艺报》在1960年初发起批判巴人的"人性论"，上海作协也在这年上半年召开了四十九天大会批判钱谷融、蒋孔阳等）。但除此之外，也还应有事关儿童文学，尤其是事关陈伯吹先生本人的直接原因与具体背景。在陈伯吹生前，我曾就这一问题专门请教。他有点不愿意说，但也并不是完全不想说，在反复追问下，他说："这事情早就过去了，不必再说了。到底是什么原因，我到现在也没有弄清楚；只知道是北京的另一位儿童文学作家，一位既搞成人文学也搞儿童文学的作家，很有名的，是他发起的。"我马上意识到，那应该就是当时《人民文学》的主编张天翼了。我问是不是张，他点点头。我问是因为个人原因、作协内部矛盾的原因，还是理论上的分歧引起的，究竟哪个原因为主？他摇头，表示答不出。

在王宜清的《陈伯吹论》（少年儿童出版社2006年版）中，梳理过这场批判来临前的几件事。但似乎还可再作深一层的分析——

事情应从1956年陈伯吹发表的《谈儿童文学创作上的几个问题》说起。在这篇文章中，他讲了那段后来受到批判，但影响一直很广的话："一个有成就的作家，愿意和儿童站在一起，善于从儿童的角度出发，以儿童的耳朵去听，以儿童的眼睛去看，特别是以儿童的心灵去体会，就必然会写出儿童能看得懂、

《儿童文学简论》，陈伯吹著 长江文艺出版社1959年版

十六、1960年的批判及此后的创作界

喜欢看的作品来。"此文提出了儿童文学的三个特性：一、坚持教育方向；二、重视儿童读者的年龄特征；三、强调作品的文学性。对于儿童文学中可不可以有不写儿童的作品，他的观点是否定的。同时，文章也突出了"童心论"和"儿童本位论"。

1956年初，广东的《作品》月刊第一期发表了著名作家欧阳山的童话《慧眼》，写生产队长的儿子长着一双慧眼，能看透人心，后来被破坏合作社的人所利用，这神奇的眼力就消失了，再后来认识提高了，又恢复了慧眼。束沛德、贺宜等都撰文批评它"背景过于现代化""在一个现实生活中的人物身上，赋予了一种不可思议的神奇力量，而这个非同寻常的神童又和我们这一时代的普通人生活在一起"。陈伯吹也参加了讨论，而且一气写了两篇文章，正大光明地发表在《人民文学》（张天翼很快将接任主编）和《作品》（欧阳山本人即为主编）。他认为作品的问题在于：第一，没有诗的美感，比较暗淡、忧郁，所以不可爱、不动人；第二，"人物是幻想的、童话的，而环境是现实的、小说的"。这和贺宜等人观点相近。当时有一大批文章，都持这一观点，这就形成了一种集中批评的势头。现在看起来，这一理论观点是站不住脚的，因为大量的"幻想小说"，像林格伦的《小飞人》三部曲，正是在一个现实的环境中出现了一个会飞的人。张天翼的《宝葫芦的秘密》，不也是在现实的儿童生活中，出现了一个神奇的宝葫芦？到了1958年，中间经过"反右"，山东作家萧平在《儿童文学研究》上发表了《童话中的幻想和美》，再谈《慧眼》，说了一些不同观点，指出苏联作家卡达耶夫的童话《七色花》也是"在一个现实生活中的人物身上，赋予一种不可思议的神秘力量"。贺宜立刻起来反驳，认为自己与萧平的分歧是"两条道路的斗争""萧平的这篇文章中很明显地反映了他对童话看法上的资产阶级文艺观点"。这就不仅不正确，而且很有几分霸道了。不妨想一想的是，几年后开始批判陈伯吹，其中一个重要方面，恰恰就是"童话要不要反映现实生活"。

在关于《慧眼》的争论中，挨批的是来自延安的党员作家欧阳山；而批判人的，反而是来自白区的作家（如贺宜）和非党作家（如陈伯吹）。这不是一场党组织领导发动的批判，而是几位纯儿童文学作家（参与撰文的还有广东的黄庆云等）对于一个地位很高的成人文学作家的批判，而且调子越来越高，是以一种

权威性的、不可商议的口气要将对方压倒——这样的行动，会不会引来反拨呢？要知道，在"反右"中，有大批白区干部被打成"右派"（广东和云南是最突出的），很多党外名人更是被批被揪并被戴上了帽子，而现在儿童文学界出现的这一局面，会让那些突出政治的、居于重要文艺领导岗位的党员作家们作如何想？

1957 年 8 月和 10 月，陈伯吹出版了《作家与儿童文学》和《漫谈儿童电影、戏剧与教育》两本理论书。1958 年出版了《在学习苏联儿童文学的道路上》，1959 年 4 月又出版了理论专著《儿童文学简论》。此外，在 1958 年 1 月，陈伯吹发表了分量很重的文章《谈儿童文学工作中的几个问题》，这与两年前的《谈儿童文学创作上的几个问题》不同，不光是谈创作，也谈儿童文学的编辑、出版工作，谈理论批评、教学、科研，还涉及整体的儿童文学的组织工作，谈了领导创作的眼光，等等。在当时，一个党外作家从这样的高度谈工作谈理论，很有可能犯了一些人的忌讳。

这里穿插一下《文汇报》前总编马达先生去世前发表在 2011 年第 1 期《世纪》杂志上的文章《我了解的柯庆施》，其中有个细节："又有一次，《文汇报》学术版发表了著名经济学家沈志远的文章，说社会主义只有实行按劳分配政策，才能调动劳动者的积极性，但分配不当也会造成社会不公。我认为这篇文章写得很好，可是柯庆施看了十分恼火，要我把《文汇报》总编辑找来责问：你们发表沈志远的文章是什么意思？他是民盟，是党外人士，难道我们党制定的政策还要他们党外人士来解释吗？"柯庆施当时是中央政治局委员、上海市委第一书记。沈志远是"摘帽右派"。沈文发表于 1962 年 8 月 30 日的《文汇报》，题为《关于按劳分配的几个问题》。像柯庆施这样狭隘，当然可说是一种极端，但"反右"后某些高层领导的心态，也就可见一斑了。距此两年之前，文艺界的领导对陈伯吹（他也是"民盟"成员）有关中国儿童文学的那种全面性理论性的言谈会如何看待，这至少可以作为一种参考。

值得注意的是，陈伯吹文章中还一再批评某些人：审稿时不重视儿童文学的特殊性，和成人文学"一视同仁"，忽视儿童文学"必须分别对待，甚至应该有另外一种尺度去衡量"。他写道："如果能够'儿童本位'一些，可能发掘来的作品会更多一些。如果审读儿童文学作品不从'儿童观点'出发，不在'儿童

十六、1960年的批判及此后的创作界

情趣'上体会,不怀着一颗'童心'去欣赏鉴别,一定会有'沧海遗珠'的危险……"这些话,全出于一派天真。但在"反右"刚过的时候,领导们头脑里还保持着高度的警惕,读着这样的话,会不会感到有人正在利用儿童文学的特殊性(这正是后来批判的重点之一)否定党的领导,闹"独立性"呢?

而"儿童本位"四字,更能引发一些人心底的回忆,这里还有一笔旧账。1934年底,周作人因为左翼作家对于《五十自寿诗》的批判攻击,连续写了两篇文章:《论救救孩子》和《阿Q的旧账》,向左联和鲁迅发起反击(其实鲁迅是反对青年作家批《五十自寿诗》的,当时周作人并不知情)。这两篇文章写得很刻薄,左翼作家难以反驳,而第一篇,针对的正是鲁迅背离了"儿童本位论"。周作人一直被认为是中国儿童文学的开山老祖,"儿童本位论"就是周作人提出来的。所以,这次集中批判陈伯吹的"童心论"和"儿童本位论",也有借机清算周作人旧账的意味在。周作人在"反右"时一点没碰着,也因不知最上层的领导对他怎么看,所以也不宜再碰,但这口恶气憋了二十多年,现在解放了,胜利了,当家作主了,一大批旧知识分子在"反右"中打下去了,今后是清一色的天下了,这笔账还不能算,当年的左翼作家很难咽下这口气。张天翼正是当年的左联成员,1934年前后活跃于上海文坛(一度居住南京),他对这事是一清二楚的。所以,由他出面推动这场批判,也就不奇怪了。当然,这决不可能是他个人的行为,而一定是中国作协上层的组织决定(作协领导成员严文井的亲自参与即为明证)。虽然,不久后,又由作协另一位主要领导——党组书记邵荃麟出面,阻止了批判的进一步深入。这场批判来得突然,结束得也突然而离奇。

自这场批判以后,陈伯吹变得小心翼翼(他于当年11月调回上海少年儿童出版社工作)。最明显的例子,就是他谈论儿童文学的口吻变了。他曾在1956年的《论童话》一文中说:有些童话是为了解决教育上的问题而作的,比如纠正孩子的生活习惯问题等,这是"为赶任务而写作","写得简单化,表现力不强,里面的教条一触即到,就像破衣服里钻出了棉絮来",这种"头疼医头,脚疼医脚"的毛病,是"教育上的狭隘功利主义倾向"。他还说:"伸着指头训斥式的道德教训,这正像给一棵青葱葱、活生生的小松树钉上了一个指路标。"他甚至提出:"儿童文学作品应该被认为十分地道的艺术品。""从理论上来说,儿童文学作品应该比成人文学作品更加艺术。""高度的艺术性往往体现了高度的思想性。"这些话说得多么好!"文革"后才接触陈伯吹作品的读者,怎么也不会相信当年他竟有这样的文艺思想。但挨批以后的陈伯吹,一直到新时期,一直到去世,开口闭口都是"教育工具论"的调子,再也不敢说这种有个性、有特色、坚持"儿童本位"、坚持文学立场的话了(他1956年说的有关儿童文学的三条,就只剩下"教育方向"这一条了)。到了1977年6月18日,陈伯吹先生在《光明日报》发表了《在儿童文学战线上拨乱反正》一文,这是粉碎"四人帮"之后他作为儿童文学界的代表性人物的最早的发言亮相。他在其中说道:

> 儿童文学创作,应该进行忆苦思甜的阶级教育,排除万难以争取胜利的革命传统教育,社会主义革命和社会主义建设的先进模范教育……总起来说,是革命的政治思想教育。文艺,从来就是改变人的思想的有利的教育工具……

这并不是"拨乱反正"之初思想还不够解放,在以后的二十来年间,他的基本观点一直如此。这与1956年时的"儿童本位"观是大相径庭的。从这里,我们也可看到当年党内的宗派主义、极左思潮、排斥党外知识分子、过分强调斗争哲学所带来的严重后果。

1960年的批判,使本已在走向萧条的儿童文学界,面临全面的萧条。只要读一读茅盾发表于1961年第8期《上海文学》的那篇《六〇年少年儿童文学漫谈》,就能看得很清楚了。

茅盾是文学研究会的发起者之一,也是中国最早的儿童文学作家,改编过很多古代神话、寓言,也写过童话,出版过《北欧神话ABC》《中国神话ABC》等小册子,并写有长篇儿童小说《少年印刷工》——这虽不是他最好的作品,但其人物描写的功力不能不令人钦佩。建国后的茅盾(沈雁冰)任国家文化部长,有人认为他一事无成,其实不然,文化部实际工作并不由他主持,他牢记的是自己的"作家"职责(茅盾兼任中国作协主席),在"十七年"里,他以个人名义,发表大量重在艺术分析的批评文章,提携了一大批青年作家(如茹志鹃、陆文

十六、1960年的批判及此后的创作界

夫、胡万春、林斤澜、敖德斯尔等），也对不好的创作倾向及时予以提醒。如发表于1959年初的《短篇小说的丰收和创作上的几个问题》中，就凭着作家的良心，说了不少真话。谈到"革命浪漫主义"的口号时，他说：

应该不会有人这样想吧：如果《林海雪原》的英雄人物在克服困难的时候，想起了未来的社会主义共产主义远景于是乎勇气百倍，便可以给这部作品增添些革命浪漫主义色彩。

真正是不幸而言中，此后的文学发展，尤其是"革命样板戏"的出现，不正是按着他所批评的方向走下去的吗？看来他在五十年代末，就已有此预感了。

茅盾也分明看到了1960年儿童文学界的困境。为写《六〇年少年儿童文学漫谈》，他"向文化部出版局借阅了六〇年全年和六一年五月以前出版的少年儿童文学作品和读物"，全部翻阅一过。据笔者粗略计算，这些书有176册之多。他是在作了这样的阅读和研究之后才发言的。在全文开头和第一节的开头，他不惮重复，一针见血地说：

一九六〇年是少年儿童文学理论斗争最热烈的一年，然而，恕我直言，也是少年儿童文学创作歉收的一年。

……

本文开头，我就说六〇年又是少年儿童文学创作歉收的一年；说起来，这话好像是浇冷水，然而事实既已如此，我以为不应当浮夸虚报，以鸵鸟自居。让我们先来看一点数目字吧……

随后就是对他所看过的那176册儿童书的概述和批评分析，从中提出了题材单一、说教过多和语言呆板等问题。接着又对全国29种杂志和两种儿童期刊上的几百篇作品进行分析，得出的结论大体相似。虽然其中也有较好的作品，他不忘一一指出，但总体情况是：

……绝大部分可以用下例的五句话来概括:政治挂了帅,艺术脱了班,故事公式化,人物概念化,文字干巴巴。

文中给人印象最深的两点,一是指出了当时题材和写法的极端单调:除了少量革命历史题材外,"几乎全是描写(当然也就是鼓励)少年儿童们怎样支援工业、农业(而以支援农业为描写的重点),参加各种具有思想教育作用的活动。……品种太少,这且不说,而内容也生硬粗糙,解答问题简单化,故事千篇一律,所谓低年级儿童者……看了就丢"。二是对刚刚批判过的"童心论"和"儿童本位论",作了巧妙的辩解,他先是承认资产阶级宣扬"儿童本位"是为资产阶级政治服务,但他们懂得按儿童心理发展的不同阶段去做,这就很高明,值得我们学习,"从4岁到14岁这10年中,即由童年而进入少年时代这10年中,小朋友们的理解、联想、推论、判断的能力,是年复一年都不同的……儿童本位、儿童情趣等等说法,其科学的依据只此一端。"又说,"应不应当进一步追问:所谓年龄特征,究竟意味着少年只是缩小了的成年人,而儿童又是缩小了的少年?还是儿童的想象、情感和趣味与少年确有不同,而少年的想象、情感和趣味与成人确有不同?"这样,他其实是以相当精确的语言,把"儿童本位论"重申了一遍。他是以一人之力,在为这一被批判的理论"平反"。

"文革"结束以后,国内曾有"第二次全国少年儿童文艺创作评奖",是从1954—1979年的漫长时段中遴选的,这一奖项可能未设批评奖,不然,茅盾这篇《六〇年少年儿童文学漫谈》真应该得一等奖或特等奖。这样真正花了巨大阅读工夫,又有几十年创作与批评经验打底,既是宏观的整体研究,又不乏细部探讨,对大量作品作了简洁精到的艺术分析;关键处一针见血,击中要害,既在语气行文上照顾到当时各方(不是故意气谁或刺激谁),却在观点上决不含糊(要表达的思想哪怕再尖锐还

《微山湖上》,邱勋著
少年儿童出版社 1961 年版

十六、1960年的批判及此后的创作界

是要说出来);写得通俗易懂又有理论深度,其理论不是远离作品的玄想而始终与创作密切相关——这无疑是评论中的极品,这样的文章理应成为后世(尤其是当下)的文论典范。

但经历了那场批判的儿童文学作家大多已如惊弓之鸟。茅盾的一人之力毕竟敌不过"山雨欲来"的大局。

1961年,山东作家邱勋出版了他的长篇小说《微山湖上》(少年儿童出版社),这是一部很不错的少年小说,写生产队里劳力不够,三个农村孩子暑假里被准许到微山湖去放那四五十头牛,他们在这个夏天里经历了风险,也成长起来。但作品是这样开头的:

在我们亲爱的祖国,有一个微山湖。离湖四十里,有一个杏花庄。
庄里有个小男孩儿,名叫二牛。
这天早晨……

作品的结尾,调子更高:

再见了,亲爱的微山湖!
再见了,亲爱的叔叔,亲爱的荷花,亲爱的同志们!
再见了,亲爱的抗日岛!
是你,教我们劳动,教我们懂得了很多道理,给了我们亲密的友谊!
是你,让我们变得更加勇敢坚定,不怕困难……
是你,让我们更加热爱我们亲爱的祖国,亲爱的党!

这样的语句,高亢而幼稚,明显地破坏了作品的生动和谐的美。

可悲的是,并不是在一部作品中出现这种标语口号式的句子,一连几年,此种文风愈演愈烈,创作界相互参照,谁调子不高谁可能就有政治思想问题。上文说到郭风,他在五十年代中期"成了十分异类的存在。别人都在走向强烈、高亢,他却依然雅淡、小巧,像一朵小花开在大潮的间隙";然而,1960年以后,

郭风也写了不少让人不忍卒读的散文和诗。试以1961年的《人民大会堂颂》为例,我们仍只引开头和结尾:

　　你是一座气宇轩昂的、辉煌的、巍峨而壮丽的伟大建筑。你的以麦黄的和叶绿的琉璃瓦装饰的屋顶上,比火焰还强烈的红色绸旗,在北京的风和阳光中飘扬。

　　人民的威力统治着一切,你是人民的权力的象征。人民以太阳一般的智慧和创造力量,塑造了你。

　　……

　　呵,你是全国人民议事的地方。你的以麦黄的和叶绿的琉璃瓦装饰的屋檐上,如林的红旗在北京的阳光和风中飘扬。你是六亿五千万人民塑出来的、人民政权的灿烂的塑像。你屹立在天安门广场上。你屹立在全世界人民的面前。

作者1965年出版的散文诗集《英雄与花朵》(作家出版社),几乎满本都是这样的作品。以前那种超然淡雅的韵味不知到哪儿去了,换成了中学生作文一般的空洞激昂的口号。写着这样的文字,作家心里一定不好受吧。他应该还记得他的姑丈说过的话:"为文最忌训人""亲切动人方为上乘"……但在当时的形势下,他已经不能再写远离阶级斗争的《避雨的豹》了。

《英雄与花朵》,郭风著
作家出版社1965年版

　　1961年,出现了一部很受小读者欢迎的长篇童话——孙幼军的《小布头奇遇记》(中国少年儿童出版社)。严格地说,它在题材上也接近于茅盾谈到的"少年儿童们怎样支援工业、农业(而以支援农业为描写的重点)";可是在写法上,却突现了个人的风格,让人们看到了这位文坛新人的非凡潜力。

　　《小布头奇遇记》在那样一个"故事公式化,

十六、1960年的批判及此后的创作界

人物概念化，语言干巴巴"的"歉收年"，一出版即盛况空前。叶圣陶先生在1962年第9期的《文艺报》上发表了一篇《谈谈〈小布头奇遇记〉》，评价甚高，但又实事求是地谈了作品的不足，他与茅盾一样，在评论中显示了老一代作家高屋建瓴而又平实委婉、充分说理的风范。文中也记录了当时的读者反应："听好些老师说，《小布头奇遇记》受到二、三、四年级的孩子的欢迎。中央人民广播电台在'小喇叭'节目里广播这篇童话，据说事后调查，幼儿园的小听众也喜欢听。"这本书最大的奇迹，还在于读者反响的持续性。"文革"过后，在全国文代会上，一群年轻作家知道孙幼军是《小布头奇遇记》的作者，马上围了上来，兴奋地谈个没完，他们当年都是他的读者。

《小布头奇遇记》，孙幼军著
中国少年儿童出版社 1961 年版

作品发表三十年后，作者在病房里陪母亲，一位向来严肃的女医生，一听说他写过《小布头奇遇记》，顿时像孩子似的拍手跺脚，好像回到了童年时代，她忘不了这书给她带来的快乐。作者很知道这本书的局限性，几次下决心不再重印，但经不住家长们和小读者的强烈要求，当然还有出版社的反复恳请，最后还是不断地印，并一直受到欢迎。作者的头脑是清醒的，他对此书的批评可谓切中要害：

事实上，在我这本"处女作"里，主人公小布头被我当作所谓"反映现实"的工具。我精心安排的不是主人公个性的发展，而是那背景。好比拍摄人物像，我把焦距对准人物身后的建筑物。结果是，背景是清晰的，人物面目却模模糊糊。听到赞扬的话越多，我越觉得它不该有这样严重的缺陷。

作品写了"人民公社"时期"大办农业"的事。小布头因为小苹批评他不爱惜粮食，赌气出走，到了农村，看到了粮食的重要，也看到农民们为增产和保护粮食所作出的努力和牺牲，明白了很多道理。这时小苹一家也搬到农村，来支援农业了，小布头与小主人又会合了。这中间，小布头还遭遇了偷粮食的老鼠们，

这让他分清了是非和敌我。——光看这样的简介，会觉得这是个很没劲的故事。它的妙处，在于把小布头写得非常活，小布头的心理和行为就是个活脱脱的儿童，妙趣四溢，让人没法不喜欢。作者抓住了小布头的一大特征——"小"。世界上本来没有小布头，它不过是两片多余的布料，那一年幼儿园开新年晚会，老师给孩子们准备礼物，一共一百个孩子，做了九十九个，还差一个，小老师到处找材料，终于发现了这点剩布，她就做了个小不点儿布娃娃，从自己衣服里抠出一点棉絮填进去，又把大洋娃娃袋里的手绢拿出来做了顶帽子，这才有了小布头。结果，小布头在玩具堆里是被大家取笑的，到了分玩具时拿到这个小玩意儿的孩子还不高兴，幸好小苹把自己分到的大洋娃娃换下了它。小布头胆小，看到很乖的小布老虎怕，听到放鞭炮怕，小苹给他坐小火车他也怕。他讨厌这种胆小的毛病，就大着胆子从高处跳下来，结果碰翻了酱油瓶，把碗里的饭粒也碰翻了，小苹生气了，责备他一通，他委屈极了……这里所表现的"小"，是每个孩子都有的普遍的人生经验，他们都曾被人看不起，被大孩子欺负，他们会不由自主害怕各种强大的或陌生的东西，有时明明很努力却反被大人误解和责骂……作者的描写紧紧抓住了孩子们的心，他们从这里看到了自己，于是就像关心自己一样为小布头担心，为小布头高兴，这就是从幼儿园孩子到小学生都为这故事入迷，甚至长大以后也难以忘却的原因。小布头后来懂事多了，也庆幸自己回到了小苹的身边。但它并没有变成"小大人"（六十年代的儿童文学中已经到处充斥觉悟很高的"小大人"了）。请看此书结尾：

有一天，幼儿园的老师带着小朋友到小河边去做游戏。小朋友把小布头、小黑熊、小猴子和小老虎放到一只小木船上，用绳子牵着木船走。没想到绳子脱开了，小木船向远处漂去。小朋友们喊：
"小布头，快停住！小布头，快停住！"
可是布猴子小声说："不要停住，不要停住。到远处去玩玩多好！"
于是，小木船越漂越远，越漂越远……
这些都是后来的事了。等以后有了空儿，我再慢慢讲给你们听吧！

可见,这部童话虽然常常把镜头对准背景,通过小布头的故事反映当时的工农业建设,表现人民公社的发展,但人物始终还是个活生生的孩子,是真正的童话形象,这就非常难得。故事中一再写到粮食问题,小布头就是弄翻了一些米粒被小苹责骂的,这也牵动着当时孩子的心,因为作品发表时正是所谓"三年困难时期",大家都为饥饿所苦,它带着一种深深的时代记忆,无疑,作者下笔时也是有真情实感的。至于对建设形势的歌颂,这是六十年代特有的文学风气,此前的童话中,只有金近的《小鲤鱼跳龙门》等作过类似尝试(小鲤鱼们最后跳入的是刚刚修建好的龙门水库),别的作家并未紧紧跟上,金近自己也没有顺着这条路子写下去。这是对的,因为这并不是文学的写法,而更接近于新闻报道了(其实真正的好新闻也要反映客观事实而不可一味歌功颂德)。但到六十年代,作品如不这样写,就会被视为脱离现实。上海的柯庆施不久又提出"大写十三年",这已是对文学提出的政治要求了。

叶圣陶先生在那篇评论中称赞孙幼军语言好:"简洁,活泼,有情趣,念下去宛然孩子的口气,可是没有孩子常有的种种语病。我猜想作者是下过功夫向孩子学习语言的……"这说得非常到位。但更要紧的也许还不是语言,而是作者有一颗未褪色的赤子之心,他笔下的每个儿童(包括小苹,也包括玩具群里的小老虎、大洋娃娃、布猴子、小花猫……)无一不是稚态可掬、活灵活现,看得出他对儿童不仅熟悉,而且是真正喜爱的,他作品中的童趣不是挤出来,而是前呼后拥冒出来的。这是一种难得的才华。他的语言之精彩,只是这才华和童心的外在表现,正如张天翼无往不在的充满童趣的叙述语言与人物语言是他童心的体现一样。到"文革"以后,孙幼军重新拿起笔,顿时佳作迭出,《小狗的小房子》《怪老头儿》《小猪唏哩呼噜》等系列童话,为他迎来了极大的声誉。这时人们才发现,当年《小布头奇遇记》虽然有那么大的时代局限却仍然取得巨大成功,并非偶然——原来这不是一位普通写作者,当时是"小荷才露尖尖角",作者堪称张天翼之后中国儿童文学界的又一天才作家。

十七、《小兵张嘎》与《羊舍一夕》

茅盾在《六〇年少年儿童文学漫谈》中说过两段话：

据说少年儿童们喜欢革命历史题材的作品……窃以为优秀的革命历史题材的作品至少有两个特点：一、故事性强，情节曲折复杂；二、人物性格鲜明而突出，有智有勇，而又不是缩小了的干部，确是少年。相形之下，那些以社会主义建设为题材，把少年儿童放在火热的生产斗争中的作品大多数却是故事公式化、情节简单化，人物"干部化"而加上概念化。如果容许我作个比喻，那么，前者好比广东的丁香辣椒，莫看它小，可实在辣；后者好比灯笼辣椒，尽管是庞然大物，却平淡而无烈性。

如果再容许我作个比喻，那么，我以为少年儿童确实也应当吃点辣的，不应当多吃甜的，然而老给辣椒吃，竟无选择之余地，那也未必合于卫生之道罢？显然，身心正在发展的少年儿童需要各种各样的营养，而辣椒虽富于维生素某某，总不能代表（或包办代替）了少年儿童发育期所必需的其他各种营养。

这些话很妙，既以丁香辣椒的比喻指出"革命历史题材"作品在当时成绩较优，又以辣椒的比喻（我想其中应包含"丁香辣椒"）指出孩子不能只看"革命历史题材"，甚至不应只看仅达到现有文学水平的作品，而应有更多样的阅读。他谈的是1960年的儿童文学，而此后，一直延续到1966年5月"文革"开始，基本上还是他所谈的这种状态。以中长篇小说而论，这几年中，出现了三部文学

十七、《小兵张嘎》与《羊舍一夕》

水平较高的作品,都是写战争年代生活的,都属"革命历史题材"。由此也可见茅盾先生判断之精准和敏锐。

这三部作品是:1962年5月中国少年儿童出版社出版的《小兵张嘎》,作者徐光耀;1963年4月,少年儿童出版社出版的《"强盗"的女儿》,作者史超;1964年5月,百花文艺出版社出版的《野妹子》,作者任大星。

《野妹子》在本书第十一、十二两节已谈到过,这里谈一下另外两部作品。

《"强盗"的女儿》是八一电影制片厂的编剧史超的小说,仅三万多字。史超是电影《五更寒》的

《"强盗"的女儿》,史超著
少年儿童出版社1963年版

作者,这是五十年代战争片中少有的突出人情人性的作品,其中地主寡妇巧凤和叛徒妻子穆英都是很有个性的"正面人物",影片公映后很快受到了批判。作者参与编剧的电影还有《秘密图纸》等。他偶作小说,出手不凡,笔下一路白描,文字简捷平实而有穿透力,不事渲染,读来却分外厚实。这个中篇不独情节曲折生动,更好在细节丰满,情感大起大落,尤重心理刻画。这是第一人称的作品,从头至尾,仿佛一曲低沉忧伤、充满亲情渴望的吟唱,把读者的心揪得紧紧的。小说后半,写她悄悄出去报信,回来晚了,杨团总命令她"跪下",作者写道:

> 爹打过我,不准给这些人下跪。我直挺挺站着,心里想:"就是拿我喂豹子,我也不低头!"忽然头皮一麻,马上埋怨自己:"桂娃,不要一时性强,叫团总察觉你去报了信,误了爹的大事!"我斜了他一眼,朝门外跪下了。我看着蓝天,天空有几片白云自由自在浮动。我暗自祷告:"神仙菩萨,你叫滑溜溜下坡就折断腿杆啊,天黑也赶不到死人崖!你保佑周表叔呀,迈快点步子,叫爹早得到消息……"

看得出,作者的笔移动得很快,每个细节,点一下就过,但总体的人物性格和心

理，却因此表现得十分细腻，而且韵味悠长。应该说，这是一部艺术上很成熟的作品，在"十七年"儿童文学和成人文学中，这样的作品并不多见。它写红军时期江西农民酝酿起义的事，这事让桂娃隐隐约约感觉到了，但爹并没告诉她真相；以后她被三姑父卖给地主狗腿子滑溜溜（本名花又柳）当童养媳，爹知道后来要回她，她怕爹遭害，忍痛说自己愿意留在花家，这伤了爹的心；后桂娃又被杨团总的五姨太要去当丫头，不久爹带领大群农民上门抗捐，杨团总只得暂时低头，过后却在计划抓人和杀人了；桂娃想尽办法把消息通报出去，大家及时撤离，爹也把她接走了，他们最后归入了红军……作品在很多地方与当时流行的写法相异：桂娃没有直接参加战争或地下斗争，她是处在漩涡边缘的孩子，是生活的处境让她无法脱开；她并不明白革命道理，小说里也不硬叫她明白，她只是要救爹，保护爹，让爹喜欢、高兴，她是为了爹才不顾一切去报信的；整个过程中，她常感到害怕，也有小女孩特有的软弱，作者并不回避这些；杨团总家的五姨太对她很好，有同情心，坏人的家里也并非铁板一块，在这一点上它比《小师弟》等作品高明。但这些在六十年代很难被容忍，所以作品一出版就遭到批判，以后便被禁止发行。它的罪名，就是"人性论"。

《小兵张嘎》则另有一番情况——它的作者是"右派"。

在1957年的"反右"运动中，儿童文学界同样损失惨重，许多优秀作家被打成"右派"，其中有：诗人田地，童话作家仇重、葛翠琳，小说家王蒙（写有《小豆儿》，另有长篇《青春万岁》，但成稿后未能出书，真正面世要到八十年代）、王若望（写有《阿福寻宝记》）、徐光耀、李有干……徐光耀十三岁参加八路军，是个老革命，此前出版过一本长篇小说《平原烈火》，受到丁玲、陈企霞的好评，丁、陈被打成"反党集团"，他也因此在"反右"中遭难。运动到来时他在解放军总政创作组，周围全是著名作家、艺术家，但相互批判起来仍是可笑而残酷的。2001年徐光耀出版了回忆录《昨夜西风凋碧树》（北京十月文艺出版社），对这段伤痛的经历表述甚详。他先是被揭发批判，接着就"挂起来"，也就是等待结论，不准干别的事，说是"继续检查"，其实早已检查到无话可说了。这时他发现了两件可怕的事：一是把十二大本《莎士比亚全集》读完了，但回想一下内容，竟一个字也回忆不出，一点印象也没留下；二是刚学会走路的小

十七、《小兵张嘎》与《羊舍一夕》

女儿一摇一摆笑着走来，一向喜欢小孩的他，竟怒吼一声让她滚，吓得女儿转身就逃，摔倒在地。他怀疑自己要疯了，这时记起前几年读过苏联的《普通心理学》，其中说到如遇重大挫折，压力超过负荷，容易得精神分裂症，这时就要设法控制自己。当时特别留心那控制的方法，记住了八个字：集中精力，转移方向。能使他"转移"和"集中"的，莫过于创作了。过去一直埋怨没时间，现在有大把时间，却反反复复只纠缠于"自己怎么会反党"，这太危险，也太划不来了！这样一想，眼前大亮，立刻就干起来。他为自己定下个规矩：不管写啥，一定要轻松愉快，能逗自己

《小兵张嘎》，徐光耀著
中国少年儿童出版社 1962 年版

乐的。这就想到了写战争题材，写儿童。他在《平原烈火》中写到过一个小鬼"瞪眼虎"，出场时很活跃，后来却被主角挤到一边，没什么事可干了，有个老战士批评说："你怎么把个挺可爱的孩子写丢了呢？"于是，就想把他抓回来，就写"瞪眼虎"。其实这"瞪眼虎"还是有原型的，1942 年至 1944 年间，作者在冀中八路军宁晋县大队，赵县是他们邻县，两个县大队经常配合作战，平常也有交往。宁晋县大队有几个十二三岁的小侦察员，但没什么突出贡献。赵县的两个小侦察员"瞪眼虎"和"希特勒"就不一样了，他们名气很大，当时就有不少传说。有一次，"瞪眼虎"和"希特勒"被派出去监视敌情，毕竟是孩子，呆久了就玩起来，忘了执行任务的事。没想到敌人突然出现在村口，等他们发现已经晚了，来不及回去报告。这时往回跑必定引起敌人疑心，两人马上就打起架来，一个被打哭了，撒腿往回跑，另一个在后面追，就这样跑回去报告了敌情。还有一次两人化装成要饭的，背了一个粪筐，到敌人据点去，不仅带回来了敌人数量、装备等情报，还把枪和手榴弹偷回来了。那时作者自己也才十七岁，对这两个小孩子很感兴趣。有一次在战壕上远远看见一个小战士，倒背着一条马枪，枪口朝下，穿的便衣，头上歪戴着一顶八路军帽，英气逼人。别人告诉他，这就是"瞪眼虎"。那帽子一歪，带来的那股野气和嘎气，长久地留在了作者的心上。这时

为写小说，他还以私人名义给赵县武装部去过一封信，询问有关"瞪眼虎"和"希特勒"的情况。虽然没得到回音，但平生所见所闻的各种"嘎人嘎事"，却全都奔涌而来。他在桌上铺一张大纸，想起一点记一点，大嘎子、小嘎子、新嘎子、老嘎子……越来越多，活龙活现，他觉得，在这紧要关头，他们才是自己的救命恩人！在创作方法上，作者也有自己的追求，他一直记着文艺批评家萧殷的一段话："文学的最终目的是写人，写人的性格。……共性是通过个性表现出来的。"现在，抓个性，就成了他的头等大事：凡符合"嘎子"个性的，就拼命强化；凡与"嘎子"个性无关的，戏再好，也予割弃。到1958年6月，不到半年时间，不仅五万多字的小说《小兵张嘎》写好了，同名电影剧本也写好了。这以后，"右派"帽子下来了，他被发配去了家乡的农场。——要不是作者自己回忆，谁想得到这部快乐的小说竟是这样诞生的？它的发表是在三年之后，那时他已"摘帽"。《河北文学》的张编辑来组稿，就让他把小说拿去了，后来发在1961年最末一期上。出书是第二年的事。第三年就拍电影了，由崔嵬导演，在白洋淀拍，很快上映，轰动全国。这是建国后十七年中公认的艺术成就最高的儿童片，但在当时的评论界，有不少人认为，小说的成就其实在电影之上。

"嘎"，也写作"玍"，北方方言，本意指脾气怪僻，与众不同，用在孩子身上，就是调皮的意思。所以，嘎子，可以理解为机灵、调皮、不一般、不听话、倔、别出心裁、事事出人意料……这与顺从听话的孩子正相反，放在战争年代的复杂环境中，当然就会有很多好戏出现。但最为重要的创作后援，其实还是作者的生活，他说过，自己从小老实，不够嘎，所以特别羡慕嘎孩子，喜欢和他们玩，爱听他们的故事。他参加八路的年龄与张嘎一样——十三岁，他写的也正是自己的生活。这部小说的最大特色，的确是以性格取胜，是那种充满生活气息的儿童个性的充分展示。

且看张嘎的出场：

"呱唧、呱唧、呱唧……"由远而近传来一路子疾跑声。老奶奶吃了一惊，一针扎在手上。只见单布门帘往里一鼓，从底下冒出个孩子的头来："奶奶，奶奶！一条长虫转砖堆，转了砖堆钻砖堆。——你说说，你说得上来吗？"

十七、《小兵张嘎》与《羊舍一夕》

真叫人哭笑不得。老奶奶一面瞪着她,一面揉着胸口,好半晌,才喘口气说:"小祖宗,你把奶奶给吓煞了……"

那时正在抗日战争最残酷的1942年,即"五一"大扫荡后的第一年。张嘎的村里藏着八路军伤病员老忠叔,嘎子老爱往老忠叔屋里溜。奶奶最易担惊受怕,规定嘎子除非有紧急情况,平时不准奔跑。不料嘎子在老忠叔那里学了绕口令,马上到奶奶这儿来卖弄了,把奶奶吓得心跳不止。他这嘎劲儿一出场就已入木三分。随后,村子遭了日军的血洗,奶奶被杀,老忠叔被抓走,嘎子成了孤儿。他决心去当八路,可是忽然又起了个怪念头:想进城。这念头来得猛烈,就像坦克冲过来似的。他跟村里人说是要给城里的老姑报奶奶的丧信,其实是想打探一下老忠叔的下落;如有机会,最好再偷一把鬼子的枪,这样八路军也不会嫌自己小了。这些想法,也都"嘎"得可以。结果在路上遇到个骑自行车的汉奸,身后别着把手枪,他眼睛顿时亮了,就摸出老忠叔给他削的木头手枪,去缴汉奸的械,但立刻就被人家制服了。幸好那人不是真汉奸,却是赫赫有名的八路军侦察员罗金保!这样的写法,显示了作者的聪明和富有经验,如果让嘎子真的缴了敌人的枪,那一个十三岁的孩子就成了奇人了,他很清楚这是不可能的;但如没有这种突发的机灵和冒险冲动,他这"嘎"性也出不来。嘎子当兵后,性格更突出了,他在战斗中捡了一把手枪,刚在村里的孩子中间炫耀了一阵,就被区队长叫去了,硬是命令他上交,他先是赖着不交,看看实在躲不过,气得把枪往桌上一拍说:"我不要了!"就哭着跑了出去。偏偏这时村里的小孩胖墩来找他,要以一串鞭炮换他的木头枪,嘎子两样都想要,就和胖墩摔跤打赌,不料给摔输了,他又要赖提出"三战二胜",再战还是摔不赢,眼看老忠叔给的木枪不保,他心一急,张口咬了人,拿起木枪就跑。这下惹了众怒,胖墩哭,胖墩爹也来骂他给八路军丢脸,他又气又理亏,却又悄悄爬上屋顶堵了胖墩家的烟筒……嘎子的祸越闯越大了,他理所当然地受了处分。他这一连串行为,合乎孩子的性格和心理,看得人忍不住发笑、叫绝。作品的后半部主要是写军民团结和战斗故事,最后还救出了老忠叔,这就不免有点落套。但仅仅前面这半本,已是中国儿童文学与战争文学的奇观了。

《"强盗"的女儿》插图——姚有多图

当然,作者以"待罪之身"写作,就不可能像《"强盗"的女儿》作者史超那样,作出许多大胆的突破,他只能在被允许的范围内驰骋,好在他熟悉生活和人物,笔墨才显得比较自由。可是为了让孩子在战争中发挥作用,最后还要以胜利收场,让老忠叔得救,他就不得不将战争写得轻松些,将敌人写得低能些,这也是小说后半落入俗套的原因之一。其实这种写法也未尝不可,中国小说传统中本来就有这样写战争的,《三国演义》写关云长、赵子龙等,有时也是将敌人贬低、将战事写得轻松自如而富于戏剧性的。那么多作家中,有几位这样写,本属正常,何况这也更适合儿童口味。问题是,当时不是某几位作家如此,而是只允许如此,只能有这一种写法,这就带来了一定的后果。当时有两大限令:一、不准渲染战争残酷;二、必须突出英雄人物。其目的,是要歌颂正义战争,让人民热爱这战争的指挥者、领导者。而更进一步的目的,是为当下的政治斗争服务。整个社会的下一步走向,则是几年后爆发的"无产阶级文化大革命"。作家们不可能看到这一点,正等着"右派"帽子降临的徐光耀更不可能看得那么远,他的笔只能在这限令下面游走。这可说是这部作品艺术局限的深层原因。

不是一部两部,而是几乎所有战争文学(仅萧平、刘真、史超等少数作者的个别作品除外)都作这样的描写,尤其是大写像张嘎那样的"娃娃兵"如何在战火中长大,在杀敌中得到快乐,这就容易让未尝经历战争的小读者误以为:惟战争状态才是最美好的生活。事实上,战争本身毕竟是丑陋的、残酷的、反人性的,是理应摒除于正常生活之外的。这种被反复渲染的假象,有时会是非常致命的。它不但不能使前一代人尽快走出战争状态,进入正常美好的和平生活;而且

十七、《小兵张嘎》与《羊舍一夕》

会使下一代人时时渴望进入战争状态,以致不惜打破和平美好的日常环境,还以为这是在创造英雄业绩。"文革"初期大批"红卫兵"的疯狂行为,与这种长期的文学渲染不能说毫无关系。参加电影《小兵张嘎》拍摄的小演员中,就有人在"文革"串连时到电影厂殴打饰演罗金保的名演员张莹,当初那么耐心地教他们演戏的张莹就是在"文革"中悲愤离世的。这很能发人深思。当然,这一切不能由这些作家和孩子负责。

在徐光耀的小说得以在《河北文学》发表的半年之后,另一位"右派"作家——北京的汪曾祺,在1962年第6期《人民文学》上发表了他的小中篇《羊舍一夕》。这也是"十七年"中难得的儿童文学杰作。

汪曾祺是西南联大时沈从文的学生,此后便终生执弟子礼;沈从文认定他为极有文学潜质者。建国前夕,巴金在自己编的"文学丛刊"中为他出了一本短篇小说《邂逅集》。他当时走的是现代派、意识流的路子,这也和沈从文四十年代的文学探索相一致。新中国成立后,他在北京作协工作,曾任《说说唱唱》编辑,赵树理是他的领导,他对赵的人品与文品极为推崇。他后来的小说言近旨远、淡而有味、俗极而雅,与上述两位老作家的影响有一定关系。"反右"运动后期,他在毫无思想准备的时候被补划成"右派"(因单位右派数量不够),下放到河北近内蒙的沙岭子农科所劳动。在近两年的时间里,他一面积极劳动,得到所里科研人员和农民工的好评;一面积极观察生活,了解周围的人,积累了大量素材。1960年"摘帽"回京,他悄悄写下了这篇近两万字的小说。当时的《人民文学》编辑涂光群,三十多年后回忆初读此稿的心情,仍然兴奋难抑:

最早我似乎是从同事沈从文夫人张兆和那儿得悉汪曾祺手头有小说稿,遂安排编辑去同他联系。那是60年代初期,物质生活较困难,国民经济在调整,上级部门重申了文艺的"双百"方针……

1962年某天,汪曾祺交来他的小说稿《羊舍一夕——又名:四个孩子和一个夜晚》。《人民文学》编辑部读过这篇小说手稿的人,是怀着怎样喜悦的心情啊!汪曾祺的精心构思、精妙的文学语言,将四个可爱的农场少年不同的性格、生活命运和一个诗情画意的羊舍之夜联系在一起……这些农场少年的形象——像拙诚的牧羊少年"老九",机灵的果园小工"小吕",文静的"留孩"和好动的"奶哥——丁贵甲",一一呼之欲出。……小说也使人想到俄国大作家屠格涅夫的那篇《白净草原》,诗境和构思有某些相近之处。

它会让人想到《白净草原》,是因为这两篇作品都闲闲地写了旷野的一夜,没有什么集中的故事,写的是几个可爱天真的孩子,小说由他们的经历和对话组成,二者都有优美难忘的诗的气氛;而且,其中孩子们入神地谈论有没有鬼的内容,更使二者不仅神似,还有几分"形似"了。但我以为,屠格涅夫的小说趋向于"静",汪曾祺的小说则"静中有动"——这是成长的骚动和新生活的骚动,是对于明天的希望的骚动。作者对朴实的农场少年的爱和对最普通的日常生活的爱,在小说的淡淡的笔墨中,浓浓地向我们涌来。可以说,这是一篇美得让人心旌荡漾的诗一般的作品,同时又是一篇真正有自己风格的作品。

汪曾祺的艺术特色,在于"实而细",也在于"淡而美",这二者相辅相成,它们造成的共同效果,是"近而远",或"俗而雅"。不妨看看小说的开头——

火车过来了。

"216!往北京的上行车。"老九说。

于是他们放下手里的工作,一起听火车。老九和小吕都好像看见:先是一个雪亮的大灯,亮得叫人眼睛发胀。大灯好像在拼命地往外冒光,而且冒着汽,嗤嗤地响。乌黑的铁,锃黄的铜。然后是绿色的车身,排山倒海地冲过来。车窗蜜黄色的灯光连续地映在果园东边的树墙子上,一方块,一方块,川流不息地追赶着……

……

"十点四十七。"老九说。老九在附近山头上放了好几年羊了,他知道每一趟火车的时刻。

火车开过,这是最普通的事了,每天都会有同样的火车一班班地开过,极易

十七、《小兵张嘎》与《羊舍一夕》

让人熟视无睹。但对于充满好奇心，充满热情，并充满向往的孩子来说，火车代表着新的生活和外面的世界，他们观察得那么细，研究得那么透，这就"平中出奇"，一下就突显了他们的性格。当然，关于夜行车的灯光和色彩的描绘，本身就是很美，很有诗意的；也许，作者对几个孩子的身世经历的介绍，更能体现他的个人风格。这些介绍，初看起来，都是那么平铺直叙，没有多少故事和起伏，简直就是罗列，甚至会让人觉得啰嗦，有点不厌其烦。但此中，恰是蕴寓着真正的诗和美。比如对小吕的介绍，就是一堆平凡到极点的小人小事。他念到小学六年级，忽然跟爹说不想念了，要到农场做小工去。他心里想的，是爹在医院里当炊事员，为他们兄妹三人上学还常常借钱，不如他也工作，两个人养活五个人。哥念高中了，能念多高就让他念多高。他把一个牙刷把子截断磨平，刻了一个小手章：吕志国。就用这个领工资，除了伙食、零买（买个学习本，配两节电池……），别的全数交给爹。有一次只交了一块五毛（因为从场里给家中买了菜和果子等），爹笑笑说："这就是两个人养活五个人吗？"他脸红了，知道偶尔跟同事说的话传到爹耳朵里了。他在果园做小工做得有滋有味，一回家就说他的果园，于是，全家都知道了这果园的历史，知道那里有多少树，单葡萄就有八十多种，好多还是外国来的。知道那里有大老张、二老张、大老刘、陈素花、恽美兰……他熟悉果园的角角落落，知道所有果木品种的名字：金冠、黄奎、元帅、国光、红玉、祝；烟台梨、明月、二十世纪；蜜肠、日面红、秋梨、鸭梨、木头梨；白香蕉、柔丁香、老虎眼……（本文恕不全抄，原作罗列还有一大串）。但他觉得自己还不像个真正的技工，因为还缺两件东西，一是树剪子，凡固定在果园做活的，每人有一把，装在皮套里，挎在裤腰带后面，远看像支手枪，发现哪里有问题，掏出来就能剪枝、矫正树形。可是他没有，他多希望自己也能有一把啊，老是借仓库里的，太没味道了。组长大老张看出了这一点，心里发笑，从锁着的柜子里拿出一把全新的苏式树剪，发给他了，他从此得意非凡，真是一日三摩挲，每天要到上床才解下来，从不离身，而且用砂子打磨得锃亮。另一件，是嫁接刀，不用公家发，他决定自己买了。他合计好了："把那把双剪牌塑料把的小刀卖去，已经说好了，猪倌小白要。打一个八折。原价一块六，六八四十八，八得八，一块二毛八。再贴一块钱，就可以买一把上等的角柄嫁接刀！"——作者这种看似笨拙的铺叙,其实充满了巧思,在一五一十的介绍中,一个单纯少年热爱工作、热爱农场的拳拳之心,呼之欲出了。这是多么高明的文笔!

也许,要到许多年之后,到另一位"右派"作家高晓声"摘帽"复出,写出了他的传世名作《"漏斗户"主》《李顺大造屋》《陈奂生上城》(均发表于二十世纪七八十年代之交),中国的读者才会领略这种看似笨拙的一五一十的写法,知道它们具有多么巨大的文学力量!当然,高晓声的笔墨指向了对生活的开掘和批判的深度,汪曾祺的笔墨则指向平凡人心的美和诗意,他们之间还是有区别。如果细论这种写法,其实还有更远的渊源,那就是知堂小品。二十世纪二三十年代,周作人开创的小品文传统中,就有这种不动声色、看似稚拙,其实暗藏着大智大巧的笔法。如周作人的名文《吃茶》,细述江南干丝的做法与堂倌端上茶干的过程;《谈酒》则娓娓介绍制酒的技术与奥秘;《陶集小记》把自己家藏的二十种陶诗书目如数抄在文章里;《江都二色》把日本有坡太郎所著十余种玩具史书一一列出,篇幅几占全文一半。这好像是懒散与不善作文者的行为,但真正的高手有时恰恰与初学者有表面的相似,如真能欣赏,便会得到"悠然心会"的妙趣,从中获得美感和回味。这种罗列,往往是津津有味的,是"如数家珍",是"尽在不言中"。所以我们看《羊舍一夕》中写小吕,看着看着,就不由得喜欢起他来,被他对工作和生活的投入所牵动,一种怜惜之感在心中涌动,这正是作者对日常生活和对平凡人物的爱传递给我们了,而这种传递恰是在不动声色中完成的。

作者写老九如何放羊,写留孩为什么喜欢到农场参加工作,无不采用这种看似稚拙的铺叙,艺术效果都不错。但作品中写得最好的还是留孩的"奶哥"丁贵甲,这一章不仅丰满,而且充满幽默感,既真实平凡到了极点,又不露声色地包含了一段"英雄行为",但他轻轻带过,并不强调,让人自己去品别和体会。这种文章上的雅致,着实令人惊叹。丁贵甲本来是个有病的孤儿,是农场治好了他的病,现在他越长越俊美了,可又显得没心没肺。奶母想给他张罗对象,常问他场子里有没有好看的姑娘,他说林凤梅长得好,五四也长得好。一问,林凤梅是生产队长的爱人,生过三个孩子了;五四是场幼儿园的小孩子。场里姑娘们倒常常议论他,有个念过初中的女孩说:"他长得像周炳,有一个名字正好送给

十七、《小兵张嘎》与《羊舍一夕》

他,《三家巷》第一章的题目!"那时长篇小说《三家巷》正走红,没读过的姑娘去找来一看,原来是"长得很俊的傻孩子"。后来这题目就成了他的外号。他跟老九一起放羊,前天少了一只羊羔,他一连两夜到山上去找,都没找到,很不甘心。留孩是他奶弟,当地风俗对"奶亲"看得很重,但留孩来到农场的当晚,又正逢场里要他排戏(他很喜欢排戏),却下了大决心,要再到山上找,"我准备找一通夜!找不到不回来。……不过就这么几座山,几片滩,它不能土遁了,我一个脚印一个脚印地把你盖遍了,我看你跑到哪里去!"结果终于给他找到了——这找的过程也在对话中作了细细铺叙——原来羊羔掉到山坡下一个坟地的破棺材里去了,现在硬是让他把羊拽出来了。从作品开头我们就知道,这可是个寒冷的冬夜!但这一切写得平淡而自然,在那样一个呼唤英雄的年代,作品没有多作一点拔高和渲染,只是不动声色地写这样一位本色少年。从这里也可看出作者内心的定力。

作品中的对话都很精彩,作者写人的笔力不同凡响,对话中的表情与心理,往往只轻轻一点,就非常传神。且看这段:

小吕从来没放过羊,他觉得很奇怪,就问老九和留孩:"你们每天放羊,都数么?"

留孩和老九同声回答:"当然数,不数还行哩?早起出圈,晚上回来进圈,都数。不数,丢了你怎么知道?"

"那咋数法?"

咋数法?留孩和老九不懂他的意思;两个人互相看看。老九想了想,哦!

"也有两个一数的,也有三个一数的,数得过来五个一数也行,数不过来一个一个地数!"

"不是这意思!羊是活的嘛!它要跑,这么窜着蹦着挨着挤着,又不是数一筐箩梨,一把树码子,摆着。这你怎么数?"

老九和留孩想一想,笑起来。是倒也是,可是他们小时候放羊用不着他们数,到用到自己数的时候,自然就会了。从来没发生这样的问题。老九又想了想,说:

"看熟了,羊你都认得了,不会看花了眼的。过过眼就行。猪舍那么多猪,我看都一样,小白就会都认得……"

小吕想象,若叫自己数,一定不行,非数乱了不可!数着数着,乱了——重来;数着数着,乱了——重来!那,一天早上也出不了圈,晚上也进不了家,净来回数了!他想着那情景,不由得嘿嘿地笑起来,下结论说:

"真是隔行如隔山。"

这样的内容,有再大的本事也是编不出的,这都是作者一点一点在生活中发现和收集的。只有真正爱这样的生活,爱这样的人,才可能找到这样琐屑平凡而又深藏诗意的素材。也因为这种爱,他才会如数家珍,才会那么自信它们本身所具有的艺术感染力。现在那些只相信强烈故事和夸张搞笑的儿童文学家们,真该读一读这样的"真文学"!

作品的末了一节,小标题是"明天",约八百字,全是抒情的笔墨。但所抒的是自己对日常生活之情,没有一句高昂时髦的标语口号,如与《微山湖上》的结尾作一对比,就能看出虚实高下来。他写的是到了明天,这四个孩子还会回味今晚的事,还会像今天一样说笑打闹;将来有一天,他们聚在一起,还会谈起这一晚上的事,还会觉得非常愉快。一天就这样过去了。夜正在进行着。开往北京的216次列车也正在轨道上奔驰。而明天,就又是一天了,小吕会去置办他心爱的嫁接刀,老九打好行李要去当钢铁工人了,留孩将成为一名新的牧羊工,丁贵甲准备参军入伍……"这也只是一个平常的夜。但人就是这样一天一天,一黑夜一黑夜地长起来的。"——这样的抒情,让人想起孙犁《铁木前传》的最后一章,它们有同样感人的内蕴与节奏。下面是小说的最后两段:

现在,他们都睡了。灯已经灭了。炉火也封住了。但是从煤块的缝隙里,有隐隐的火光在泄漏,而映得这间小屋充溢着薄薄的,十分柔和的,蔼然的红晖。

睡吧,亲爱的孩子。

这篇小说在《人民文学》上发表后,据说是中国青年出版社的名编辑萧也

十七、《小兵张嘎》与《羊舍一夕》

牧(也是一位"右派"作家)向中国少年儿童出版社推荐,可出单行本。后作者又于1962年5月20日写完短篇《王全》,发表在当年第12期《人民文学》上。到7月20日,又写出了以小吕为主角的短篇《看水》,但已来不及先行发表了。1963年初,中国少年儿童出版社出版了这本小说集,改名为《羊舍的夜晚》,内收这三篇写农场生活的小说。《羊舍一夕》是汪曾祺建国后写的第一篇小说,《羊舍的夜晚》也是他建国后出的第一本书。值得一提的是,此书的封面是由他四十年代的老朋友黄永玉设计的,幽蓝的旷野里,一排茅舍,一个大大的月牙,很有意境,透着跟小说相似的那种悠远的静气。

《羊舍的夜晚》,汪曾祺著
中国少年儿童出版社1963年版

进入六十年代以后,从总体看,好的儿童读物寥寥可数。为弥补这一不足,小读者们自己从成人文学中找书看。那些故事性强的战争题材长篇小说,如《林海雪原》《烈火金钢》《敌后武工队》等,在儿童中流传极广;其他历史题材作品,如《青春之歌》《红岩》等,也受到他们欢迎。当时还有几种成人出版物,是完全被当做儿童文学流传、阅读和推广的——它们本身也具备一定的儿童文学特质——现在多已不被人们提起,此处顺便作一简述:

《女皇王冠上的钻石》,鄂华著,上海文艺出版社1959年12月版。这是五个短篇小说的结集,写的全是西方世界的传奇故事,当时是以揭露帝国主义、资本主义为主题的(其实好莱坞电影对本国政治的批判大多也能达到这一程度)。其中,《刺花的灯罩》写一个纳粹女军官亲自剥下人皮制作灯罩的事,她在战后隐蔽了下来,但当她炫耀自己的收藏

《女皇王冠上的钻石》,鄂华著
上海文艺出版社1959年版

品时，没想到面对的正是当年受害者的母亲，母亲认出了自己儿子皮肤上的印记。《女皇王冠上的钻石》写一个神秘的凶手在英国女皇的花园里被捕了，他在供词中说，自己的目的是想取下女皇王冠上那颗最大的钻石，因为这是受过魔咒的，谁得到它都会带来厄运，他是看到英国一步步没落下去，才不得不铤而走险，他在供词中写出了自己横行海外罪恶而疯狂的一生。这些小说情节性很强，作者是东北青年作家，本业学的是自然科学，有外语阅读能力，他很注意从外文报刊上收集素材，也很注重异国风光的描绘，所以在当时的出版物中独树一帜。此书初版即印二万七千册，以后又多次再版。儿童文学作家叶君健也写过类似题材作品，有短篇小说集《小仆人》（中国少年儿童出版社1960年2月版）等行世，但在小读者中的影响明显不如鄂华，也许是缺少那种神秘气息吧。

《东风第一枝》，杨朔著，作家出版社1961年12月版。这是杨朔的散文集。当时中小学的语文课本中，选入杨朔作品最多，如《荔枝蜜》《茶花赋》《雪浪花》《泰山极顶》《海市》等，几乎各个年级都有。他的文字优美灵动，文章布局小巧，的确容易成为作文样板。只是这些作品美而轻，美而虚，与汪曾祺的《羊舍一夕》一比，即能见出审美价值的高下。六十年代成长的学生受杨朔影响很大，那种一味歌颂新生活却看不见现实疾苦的写作倾向，往往很难纠正。当时学生中流传的还有柯蓝的散文诗集《早霞短笛》（作家出版社1958年8月版），因文词优美，篇幅短小，长于写景抒情，也成为学生作文的参考作品，但此书常以巧妙的形式和华美的词藻抄转标语口号，对现实一律大唱颂歌，艺术品位在杨朔之下。

《军队的女儿》，邓普著，中国青年出版社1963年9月版。这是在六十年代热血青少年中流传极广的长篇小说。只举一个例子就能看出它的影响，1998年，张抗抗等三位女作家与新疆文化新闻界及大学生对话，张抗抗在开场白中说：我本来应当是新疆生产建设兵团的一员，六十年代初，读了邓普的《军队的女儿》，我就立志要来新疆，后

《军队的女儿》，邓普著
中国青年出版社1963年版

十七、《小兵张嘎》与《羊舍一夕》

来因为插队落户，才去了黑龙江。台下传上一张纸条，她打开宣读："十分感谢你还记得我的父亲。"原来邓普已在八十年代初去世。这部作品写中学生刘海英（烈士的女儿）报名参加新疆生产建设兵团，不幸连遭两次疾病袭击，成为又聋又瘫的少女，但书中没有悲戚气氛，却充满少年人乐观向上的献身精神。女主角单纯透明如水晶球，对周围一切毫不设防，她是未被生活击垮的少女，那一时代愈益强劲的理想信念支撑着她。这样的形象最易引起十四五岁的少年人的共鸣。此书堪与《钢铁是怎样炼成的》相媲美，作者的文学素养与心理刻画能力也在当时一般青年作家之上，可惜未能在创作上取得更大成就。

《草原新传奇》，赵燕翼著
上海文艺出版社 1964 年版

《草原新传奇》赵燕翼著，上海文艺出版社 1964 年 2 月版。茅盾在《六○年少年儿童文学漫谈》中说道："另一篇童话《五个女儿》却是难得的佳作。主题倒并不新鲜，五个女儿遭到后父的歧视，以致谋害，然而因祸得福。特点在于故事的结构和文字的生动、鲜艳、音节铿锵。通篇应用重叠的句法或前后一样的重叠句子，有些句子像诗一般押了韵。所有这一切的表现方法使得这篇作品别具风格。我不知道这篇作品是否以民间故事作为蓝本而加了工的，如果是这样，作者的技巧也是值得赞扬的。"它的作者就是赵燕翼。赵本来就是儿童文学作家，出过一本童话集《金瓜儿和银豆儿》，但这本为成人写的短篇小说集《草原新传奇》也许更受小读者欢迎，初版一年后已累印至十六万册了。作品写农村的新生活，故事新颖奇特，出人意料，却又有浓郁的生活气息，更兼语言明快响亮，确是"别具风格"之作。那时的孩子还是很会寻找合乎他们口味的文学书籍的。

十八、林海音、朱氏姐妹与林焕彰

让我们宕开眼光,观察一下这一时期台湾同行们的创作,这也许会打开我们的眼界。

此间六十年代儿童文学走下坡路之际,海峡对岸的作家却开创一片新格局。这也并非台湾儿童文学的单项独进,而是整个台湾文学形势的变局。这是由民间,由作家和学人们的努力,自行推进的。那一时期取得最大成绩的作家,现在看来,还是白先勇。白先勇的创作历程似可作为整体文学发展的一个参照。1958年,白先勇在其台大(编者按:台湾大学)老师夏济安主编的《文学杂志》发表第一篇短篇小说《金大奶奶》;1960年,他与台大同学欧阳子、陈若曦、王文兴等共同创办了《现代文学》杂志,并在此发表《月梦》《玉卿嫂》《毕业》等小说。以《现代文学》为标志的台湾"现代派"的出现,打破了"乡土派"独秀天下的局面,迎来了台湾文学的灿烂发展前景。有趣的是,与白先勇等台大青年学生并无太多联系、既是成人文学作家又是儿童文学作家的林海音的创作丰收期,也是在那一时期。林海音当时正主持《联合报》副刊,这也是台湾文学的一个重镇,她和杨逵、钟肇政等日据时代的老作家联系更多,又着力推出黄春明、郑清文、钟理和等本土作家。也就在五六十年代之交,林海音一气写出了四部长篇小说——《晓云》《城南旧事》《春风》和《孟珠的旅程》,还有三本短篇小说集——《绿藻与咸蛋》《婚姻的故事》《烛芯》。到六十年代中后期,《现代文学》影响大增,造就了一大批文学新人;林海音也于1967年初和几位朋友一起合办了《纯文学月刊》,她自任发行人和主编,又于1968年创立纯文学出版社(这可能是台

十八、林海音、朱氏姐妹与林焕彰

湾第一个专业文学出版社)。大量的文学书籍就是经由纯文学出版社面世的,其中也包括儿童文学。如子敏(林良)的代表作《小太阳》,即此社"纯文学丛书之46"。

台湾的儿童文学创作,在总体繁荣的前提下,应该说,水平也是参差不齐的。或许因发表和出版渠道较多,限制较少(这当然是好事),其中有些作品显得比较一般,读来浅而平。对于儿童文学,清浅不是坏事,但浅而贫乏,缺乏审美价值,只哄孩子暂时乐一乐而无更多回味,那是连孩子也不愿重读的。可是,其中也有非常好的作品,更有为大陆儿童文学所忽视的极有价值的文学倾向,拿它们和六十年代的大陆儿童文学作一对照,能给我们很重要的启迪。

《孟子·尽心上》云:"观水有术,必观其澜。"在这本小书中,我们也只能用这样的办法,在驳杂繁复的台湾儿童文学中,寻找特点更为突出,对我们更具启迪意义的波澜,略举一二,投以一瞥,虽挂一漏万,或要比漫无头绪稍好些。

以这样的眼光看去,我以为那一时期最值得注意的,首先还是林海音,《城南旧事》的问世对儿童文学而言是个不小的突破。朱天文、朱天心姐妹的早期创作,在一定程度上继续并发展着林海音开创的小说路数。自七十年代开始活跃于台湾儿童文学界的诗人林焕彰,也应予以特别关注。

林海音祖籍台湾,出生于日本,1922年(四周岁时)随父母迁居北京,她的童年欢乐时光是在这座古城度过的,她的代表作《城南旧事》是小说,也是纪实的自叙传。她父亲像书中所写的一样,在她小学毕业那年去世了。她16岁考入北平新闻专科学校,边读书边当实习记者,19岁毕业即任《世界日报》记者、编辑。1948年与丈夫及全家回到台湾。她在短篇集《绿藻与咸蛋》序中说:"我几乎是从上了岸起,就先找报纸杂志看,就先弄个破书桌开始写作。"她的人生离不开笔,一旦离开报纸,她就开始了文学生涯。

林海音的《城南旧事》写于二十世纪五十年代中后期,先是当短篇写的,如《兰姨娘》发在1957年末的《自由中国》半月刊,《我们看海去》发在1959年4月的《文学杂志》,小说最前面一章《惠安馆》(发表时题为《惠安馆传奇》)则在她自己主持的《联合报》副刊连载(1959年1月5日至2月7日)。但其中的人

《城南旧事》，林海音著
台湾光启出版社1960年版

物和生活都是延续的。最后，五个短篇合在一起，她又写了一篇极美的《冬阳童年　骆驼队》，冠于书前，成为代序。此书由光启出版社于1960年印行，出了两版，1969年在林海音自己主持的纯文学出版社出第三版，以后就有了十余个不同版本，包括英、德、日、韩等外文版。英文版由后来写了《巨流河》的齐邦媛教授参与翻译。1982年上海电影制片厂将其改编为同名影片（吴贻弓导演），轰动一时。电影充满诗意，品格甚高，曾在国际上得奖。大陆的很多读者就因看过电影而不再读小说了，其实小说除诗意、抒情、怀旧的一面外，更有从童年视角出发的对人生况味的深入而宽广的探察，这后一方面，恰是电影镜头所未能达到的。

　　关于《城南旧事》算不算儿童文学，在台湾也有争议。在一些林海音的传记或年表中，她1964年受聘为省教育厅儿童读物编辑组第一任文学编辑后的创作，方始纳入儿童文学。这里也存在分类上的不同理解，台湾教育界有些人习惯于将有注音字母的书视为儿童文学，整厚本不注音的长篇小说则不算在内。此外，《城南旧事》中也确有一些艰深的内容，不仅孩子不易理解，成人也有看不懂的地方。作者创作时，并非只单纯为孩子而写，她肯定也顾及到了高水准的成人读者。但我以为，唯其如此，才使此书成了大人和孩子都有可能喜欢的第一流的儿童文学。

　　此书是具备儿童文学的全部特征的，作者以儿童的视角看待世界，用的也是儿童的语言。我们且看她后补的"代序"中的一段描写：

　　骆驼队伍过来时，你会知道，打头儿的那一匹，长脖子底下总会系着一个铃铛，走起来，"当、当、当"的响。

　　"为什么要一个铃铛？"我不懂的事就要问一问。

　　爸爸告诉我，骆驼很怕狼，因为狼会咬它们，所以人类给它们戴上了铃铛，狼听见铃铛的声音，知道那是有人类在保护着，就不敢侵犯了。

我的幼稚心灵中却充满了和大人不同的想法，我对爸爸说：

"不是的，爸！它们软软的脚掌走在软软的沙漠上，没有一点点声音，你不是说，它们走上三天三夜都不喝一口水，只是不声不响地咀嚼着从胃里倒出来的食物吗？一定是拉骆驼的人类，耐不住那长途寂寞的旅程，所以才给骆驼戴上了铃铛，增加一些行路的情趣。"

爸爸想了想，笑笑说："也许，你的想法更美些。"

冬天快过完了，春天就要来了，太阳特别的暖和……

夏天来了，再不见骆驼的影子，我又问妈："夏天它们到哪里去了？"

"谁？"

"骆驼呀！"

妈妈回答不上来了，她说："总是问，总是问，你这孩子！"

我想，任谁读了这样的段落，都会认定这是一部儿童文学的。不仅开头的"不懂的事我就要问一问"，和最后妈妈的"总是问，总是问"这种无以应对的埋怨，显示了十足的童趣，而且，孩子在问夏天骆驼的行踪时，不说骆驼，而只说"它们"，那种沉浸在自己思路中的突兀，也完全是儿童式的。可见，作者写作时童年的景象是全活的，她自己的语言也经过了童心的洗礼，这是儿童文学创作中灵感充溢的标志。

当然，达到这一程度的写作，在大陆作家中并不鲜见；真正难得的，对照六十年代的大陆儿童文学最具启迪意义的，却还是从儿童眼中所看到的世界的广阔、深刻和真实——这是读来让人震撼的。

小说共有五个故事。《惠安馆》写一个深深沉溺于死去的爱情的疯姑娘，她一点也不可怕，只是一直想着那个爱过自己而现在已消失多年的大学生，还有那个被她生出来却又不知去向的孩子（其实出生当天就被她父母放到城墙根了）。《我们看海去》写一个经常跟女主角英子交谈的小偷，他诉说家庭的不幸和自己从小没好好念书，鼓励英子要把书读好，临逃跑那天，他还把奶奶传下的一串珠子（他告诉她这不是偷的）给了英子；但他很快被抓了，妈妈要英子长大后写写这种坏人的下场，英子断然道："不！"她不会照妈说的写，她要写课文上的

"我们看海去……"。《兰姨娘》更复杂,写的是一个妓女出身当了姨太太的同乡,被大户人家赶出来了,爸妈收留了她,渐渐地爸爸对她有了暧昧的感情,妈妈暗暗叫苦,机灵的英子让她和暗藏在他们家中的进步学生认识并好上了,后来二人双双远走高飞。《驴打滚儿》写英子家的奶妈终于要回家了,她到城里来了四年,自己的孩子已淹死两年了却一直不知道,另一个女儿又让她男人送了人,现在想找也找不回来了,她对英子一家很有感情,对英子的弟弟简直视同己出,但她不能没有自己的孩子,她流着泪骑上丈夫牵来的驴,走了。《爸爸的花儿落了,我也不再是小孩子》写父亲的死,听到消息时,英子刚刚拿了小学文凭回家,她下面有四个弟妹,厨子老高叫她快去医院劝劝妈,又说:"这里就数你大了!"她已经猜出是什么事了,她从没这样镇定、安静过。这五个故事,写得含蓄而有分寸,因此就更感人,一篇一篇,都能催人泪下。

写这么复杂的人生场景,儿童能懂吗?我以为,即使不全懂,至少还是能懂一部分的。英子在亲身经历这类事情时,也只是一个小学生。少年小说的读者可以延伸到十六岁,十六岁的孩子应该已经见过不少成人社会的阴暗和悲喜了。拙著《儿童文学的三大母题》中,在"爱的母题"内专门辟出"父爱型"母题,指的就是那些能让读者看到人生的沉重和复杂的作品,这样的作品有利于他们成长,有利于他们顺利度过由儿童转为成人时的那个艰难的"分裂时期"。有时,因不能读懂,小说中的疑点会成为心中的悬念,这些悬念和他们的日常观察一起,将帮助他们寻觅人生答案。读不懂的部分可能会更深入地影响他们的人生。值得注意的是,虽然有的故事充满内在的惨烈,但作者一点没有正面渲染死亡、暴力和性,她总是巧妙地将它们转到幕后或侧面,而付之以儿童所能接受的场面与氛围。这就是相当自觉的儿童文学的写法了。作者从小受到"五四"新文学洗礼,她很喜欢凌叔华的风格,所以她的作品也有明显的"为人生"的倾向。然而,不管是凌叔华的《搬家》和《小哥儿俩》,还是汪曾祺的《羊舍一夕》,它们所表现的人生虽然真实,总还是儿童或少年的世界,即使写到了这一世界与成人世界的交接部,毕竟还没有长驱直入地将笔触扩展到成人社会,没有这种以儿童视角将成人世界狠狠开掘一通的野心——《城南旧事》恰恰在这点上作了突破。

前文曾说到,林海音在创作时还有"顾及高水平的成人读者的一面",这当

十八、林海音、朱氏姐妹与林焕彰

然是非儿童文学的一面。儿童文学的突破常常与非儿童文学因素的介入有关——这也是一切突破和创新的普遍规律。而这一面之所以会存在,与当时台湾的文学风气,与"现代派"势力正在成型,与林海音所受外国文学影响,都有一定关系。林海音曾回忆说,当年凌叔华和英国女作家伍尔夫用英文通信时,伍尔夫一直鼓励她用英文写作,要写自己切身熟悉的事物,要"继续写下去,自由地去写。不要顾虑英文里的中国味儿。事实上,我建议你在形式和意蕴上写得很贴近中国。生活、房子、家具,凡你喜欢的,写得愈细愈好,只当是给中国读者的"。林海音惊喜地发现:"它怎么跟我一向对小说写作的把握,是这么接近呢!"《城南旧事》就是这样真实而充分地写她心目中的北京味儿的。而同时,这部小说又采用了非常严格的单一视角:只从小英子一人的角度去看,去写。传统中国小说的叙事角度是不讲究的,作家往往以全知全能的身份自由进出,"五四"以后虽然出现了第一人称的小说,但正如陈平原先生在《中国小说叙事模式的转变》一书中所说,那时的第一人称"我"往往是故事主角,并且大多是抒情性的作品,包括书信体、日记体、自传体等。以一个旁观者的角度探索成人世界的奥秘,并以严格限制的方式把握"我"的思想和见闻,这是一种很西式的写法,它在西方现代"意识流"小说中发展到极致。与凌叔华通信并引起林海音惊叹的伍尔夫,正是二十世纪西方"意识流"文学的代表作家。细读《城南旧事》不难发现,它其实已吸收了很多"意识流"的笔法,包括记忆的间断和事后的模糊印象,包括现实与梦境的转换,包括心理的跳跃和下意识的突围。形式有时也会决定内容,当作者想表现北京这段忧伤而沉重的生活时,当她受"意识流"的启示而决心用严格限制的单一角度来叙事的时候,那么,她所能找到的最好的第一人称叙述者,只能是童年的自己的化身——我以为,这正是它最终被写成儿童文学的一个重要的原因^注。齐邦媛在1983年写的题为《超越悲欢的童年》的书评中说:"虽是透过童稚的眼睛看大人的世界,却更启人深思。由于孩子不诠释,不评判,故事中的人物能以自然、真实的面貌出现,扮演他们自己喜怒哀乐的一生。"如此看来,将这一厚重的题材写成儿童文学,并非降低了它的品格,反倒是为它找到了最佳形式。

不过,在儿童文学中写因恋爱被抛弃的疯女,写小偷的复杂心理,写从良的妓女,写村妇被丈夫长期欺瞒但最终还是不得不跟他走……这对于多少年来,一直习惯于教育儿童,给儿童画一个美好世界的儿童文学作家们来说,就实在是太大的突破了。进入"新时期"以后,当电影《城南旧事》已经放映,《城南旧事》的小说稿曾经送到上海少年儿童出版社的《巨人》编辑部,负责审稿的是思想相当开明的儿童文学作家任大霖,但他拿着稿子,犹豫再三,在读到《兰姨娘》那一节时,终于决定不发了。给孩子读这样复杂的男女关系的故事,大陆的儿童文学界一时还无法接受。这部长篇小说稿后来发在1983年3月号的《文汇月刊》上,那是一本成人文学刊物,是当时大陆文坛思想最为开放的杂志之一。其实这部小说并没有什么不堪或出格的描写,不存在儿童不宜的问题。真正的分歧在于:是给孩子看一个完整的世界,还是只看大人所划定范围的、希望给孩子看到的世界?

《城南旧事》并不是一次单一的偶然的突破,林海音开创的是一种新的创作路数,此后,在台湾出现了不少同类的重要作品。这里只简述一下朱天文、朱天心姐妹的三个短篇:《安安的假期》《小毕的故事》和《昨日当我年轻时》,我以为它们都可归入儿童文学。前两篇小说曾改编成电影(前者更名为《冬冬的假期》);第三篇得了"时报文学奖",后来朱天心的小说集也以此为书名(1980年台湾三三书坊版,收1977—1980年作品)。朱氏姐妹而今已是台湾文坛最重要的作家了,这三篇是她们早期的重要作品。

朱天文的《安安的假期》写小学毕业的安安到外婆家度假,他看到小舅舅偷偷与一个女孩恋爱,外公不同意他们结婚,他们住到外面去了,生活一团糟,但仍倔强地不低头;他看到女疯子寒子不知被什么人欺负了,怀孕了,行医的外公免费为她打了胎,人人都怕寒子,小孩子见了她就逃,她却在危急时刻救了安安的妹妹,现在妹妹和寒子很亲热……小说通过安安的眼,写出了乡村社会的形形色色,世俗气息极浓,有那种"超现实主义"的真和细,但在烦恼人生背后隐隐有人性之美在弥散,行文也充满真切的童趣。这是一篇极优秀的小说,文字简单质朴而有力,与林海音的温婉的诗化风格很不一样。但从读者的眼光看去,它在构思和个别情节上,还约略有着《城南旧事》的影子。

朱天心的《昨日当我年轻时》写一个和爸爸一起生活的单亲女孩,她处处

十八、林海音、朱氏姐妹与林焕彰

遭人冷落,后来才知道母亲是精神病人,跟爸爸离婚后全家出国了。她的哥哥在骑车时遇到车祸死了,她想学骑车,又不敢跟爸爸说。一天她提前回家,发现隔壁巷子的宋阿姨和爸爸的关系不正常,她不敢看爸爸,找了个借口往外走,心里乱极了,但只感到对不起爸爸。她给心爱的老师写了信,却不敢看他的回信。爸爸好像知道她的心事,悄悄给她买了自行车,还告诉她,以后宋阿姨不会来了……这篇小说也是通过一个孩子来看复杂的人世,但构思上也多少存有《城南旧事》的影子。也可能作者并不谙熟林海音作品,可毕竟已是"崔灏题诗在上头"。

《昨日当我年轻时》,朱天心著
三三书坊1989年版

三篇之中,我以为,朱天文的《小毕的故事》更为难得,也更为杰出。它合于林海音开创的路数——以孩子的眼睛看复杂的人生,其中的生活场景真实得令人颤栗,但故事、人物、人物关系和所有细节,都是独创的。这种独创只能是生活的赐予。小毕和"我"是隔壁邻居,她刚搬来第一天,小毕就隔着篱笆叫她,又当面将一条绿精精的毛毛虫分尸吓唬她;后来他们在同一小学同一班上课,小毕在球队打球,常常夹泥夹汗跑进教室喝一大罐水,留下满室汗酸味。与林海音在优美的诗的氛围中写驳杂的人生不同,朱氏姐妹的这三篇小说,都是在充满原生态的嘈杂肮脏的俗世气氛中,渐渐地、悄悄地透出一点人性美来(就是电影《风柜来的人》的那种气氛),尽管二者都不回避人世的沉重,但后者已主动避开了小说表层的文学美的纱幕,从这一点看,年轻一代的朱氏姐妹受西方现代派影响显然更深。小毕的妈妈年轻时在一家工厂做事,小毕是她跟工厂领班恋爱时怀上的,但领班有妻室,不能娶她。毕妈妈割腕自杀过,救

《小毕的故事》,朱天文著
三三书坊1983年版

过来后生下小毕。她到舞厅伴舞,小毕只好放在朋友家,从小吃够了苦。后来毕妈妈嫁给了大她二十岁的来台老兵,她唯一的要求是必须供小毕读完大学。毕家夫妇都是好人,毕伯伯待他们母子特别周到。只是小毕太淘气,书读不好,还不断闯祸,毕妈妈经常左邻右舍赔不是。进中学后,小毕给分到了成绩不好的班,学抽烟,跟人打架,与不良少年纠缠不清。终于有一天,小毕把给他缴学费的钱拿去交朋友花掉了,当晚毕伯伯盘问时放大了喉咙,隔壁听得清清楚楚——

小毕从头到尾没吭一句,毕伯伯气极,拿皮管子下了狠手打他,小毕给打急了连连叫道:"你打我,你不是我爸爸你打我!"噼啪两声耳光,是毕妈妈甩的,屋子里沉寂下来。

毕伯伯吱呀一声跌坐在藤椅里。我打赌我们这半边眷村都在聆听他们家的动静,后山的松风低低吹过,院中晒着忘了收的旧杂志给吹得窸窣作响。良久,良久,差不多要放弃下文了,显然是毕妈妈押着小毕,而小毕不肯跪,毕妈妈的声音喘促起来:"跪落!死囝仔,谁给你教,你不是我生的!死囝仔,不认伊是爸爸,那年啊,你早就无我这个妈妈!"毕伯伯气颤道:"我不是你爸爸,我没这个好命受你跪,找你爸爸去跪!"

遂真正都沉寂了下来。真正的沉,沉,沉沉的夜,睡不稳,几次醒来,嘤嘤的哭声,听不真,在很远很远的地方吧。

第二天毕妈妈开煤气自杀了。

这是惊心动魄的描写。这样强烈的冲突——是深入内心的强烈而非指外在事件的剧烈——在儿童文学中还未曾见过。处于青春期逆反状态的小毕的不懂事,与这样一个后组合的家庭的尴尬处境,将好心的毕伯伯逼得没了退路,以至说出了一句气话。前面小毕那句"你不是我爸爸你打我",儿童读者能够理解,也知道这话里揪心的、致命的分量;但后面毕伯伯那句"找你爸爸去跪",孩子就未必理解。正是这后一句话要了毕妈妈的命,因为他们夫妻十年从没红过脸,丈夫一直对她好,她因此更承受不了这突如其来的打击(何况先前,她还曾有过自杀史)。在这类分量极重的小说中,有一部分内容小读者一时不能吃透并非坏事,这正像

十八、林海音、朱氏姐妹与林焕彰

他们看人生不能看透一样。此后,毕伯伯非常周到地办完了后事,又坚强地把小毕带大。他一定要让小毕读完大学,这是他对毕妈妈的承诺——在这一点上,他甚至变得很不讲理。小毕后来去读了军校,再后来,终于长大成人了。

《小毕的故事》才四千多字,发表于1982年的《联合报》副刊,作者是把它当作散文投稿的。它能如此痛彻地表现人生的无奈和青春期的可怕,看来是有一定真人真事作基础的。也因其真实,读过之后,由痛心而反思,由惋惜而珍惜,会让人以一种新的眼光审视这扰攘的不美好的人生。作者的大部分创作我都曾浏览过,至今仍觉得,这篇数千字的小文正是她最优秀的小说之一。此文一发表就引起了侯孝贤、陈坤厚两位导演的注意,拍成电影后,叫好又叫座,获得了1983年金马奖的三项大奖。这种在电影中注入更多人文气息与人道关怀的倾向,一时成为台湾风气,八十年代"台湾电影新浪潮"由此而起。但这些,在时间上,早已越过本书的论述范围了,遂按下不表。

读了我们上面的介绍,如认为台湾的儿童文学都是艰深、沉重的,那就是大大的误解了。从林海音到朱氏姐妹的这类创作,只是我们所要"观其澜"中的一澜,在量上并不占多大比重,只是从海峡两岸的儿童文学发展看,它们意味着一种新质,故特意拈出。

总体而言,台湾儿童文学是清浅的,温婉的,林良先生提倡多年的"浅语的艺术",他身体力行创作的包括《小太阳》在内的那么多童趣满满的散文、诗歌、小说,起到了很好的示范的作用。在这方面,林海音同样起到了自己的作用。1968年后,她多次参加小学国语课本的编审,她把儿童文学的趣味引入了教材,如她的《春天来了》这样写道:"春天是谁?她是坐车来的,还是走路来的!"这已成为教育界的美谈。1971年,她还给小学教员开课,讲儿童文学的写作,后来成为优秀童诗作家的林武宪等都是她的学生。她主持的纯文学出版社一向出版高水平的成人文学,从1976年起,竟也开始出版儿童文学了,那一年出了两本童诗,其一是英年早逝的台湾儿童文学先驱杨唤的《水果们的晚会》,另一本就是诗人林焕彰的《妹妹的红雨鞋》。这两本书现在都被视为儿童文学的经典之作。《妹妹的红雨鞋》出版不久即获中山文艺奖,从此确立了林焕彰的文学地位。

《妹妹的红雨鞋》，林焕彰著
台北纯文学出版社 1976 年版

林焕彰是台湾宜兰县人，出身贫苦，在写儿童诗之前写了多年现代诗，已有一定文名。他自 1973 年起转向儿童诗创作，因为他发现：这才是他最愉快的写作。现在，他已出版了二十余本儿童诗集，并成为海峡两岸儿童文学界最重要的作家之一。

《妹妹的红雨鞋》始终是他的代表作。写这些诗的时候，他的大儿子和大女儿正上幼稚园，诗的素材，很多都是在同他们游戏或对话时得到的。用作书名的这组诗，共三个短章：

妹妹的红雨鞋

妹妹的红雨鞋，
是新买的。
下雨天
她最喜欢穿着
到屋外去游戏，
我喜欢躲在屋子里，
隔着玻璃窗看它们
游来游去，
像鱼缸里的一对
红金鱼。

妹妹的围巾

雨停了，妹妹拉着我
一直往外跑——
手指着远远的一棵树，
树上挂着的彩虹；

她说:那是我的围巾,
从我的窗口飘出去的。

妹妹的话

妈妈,你会给我洗脸,
你会给我梳头发,
你会给我换衣服,
你会给我做很多很多的事,
你是我的妈妈。
妈妈,我会给洋娃娃洗脸,
我会给洋娃娃梳头发,
我会给洋娃娃换衣服,
我会给洋娃娃做很多很多的事,
我是洋娃娃的妈妈。

三首都非常精彩。这里的"妹妹",显然不是哥哥眼中的妹妹,而是父亲眼中的小女儿,第一首显然是从父亲慈爱的眼中看出去的景象。其实,这里的第一、二首和第三首,分属两种类型——这也是后来林焕彰的童诗的两个大类。第一类,是从诗人的眼光来看,来写的,有诗人的巧妙的构思;第二类,是原生态的儿童形象、儿童趣味,它们可能更幼稚,更"无厘头",没有精妙的诗思,但往往因其直白,而更多意外之喜。比如他的两首《童话》:

(一)

下雨了,
走走走……
走到爸爸的口袋里,
变成一个小铜币;
不会淋雨,

又可以买东西。

（二）

爸爸，天黑黑
要下雨了，
雨的脚很长，
它会踩到我们的，
我们赶快跑！

我以为，这都属于第二类，即使这些话不都是小孩说的，那也只能是爸爸在和小孩对话中想出来的，是与小孩相互启发的结果，光是大人面壁，是想不出这么原生态的童语的。尤其是把自己变成"钱币""又可以买东西"，这是成人没法想到的，因为买东西要把钱币交付出去，这里主客体已经颠倒了，只有孩子才会作如此想，成人不会犯这种思维错误，但趣味恰恰就在这里。

再看一首《日出》：

早晨，
太阳是一个娃娃，
一睡醒就不停地
踢着蓝被子，
很久很久，才慢慢慢慢地
露出一个
圆圆胖胖的
脸儿。

这无疑是一篇杰作，它将早晨的太阳挣出云层，比喻成儿童迷迷糊糊醒来时掀开被子，十分形象有趣，越想会越觉其妙。但这是诗人之诗，不是儿童之诗，所以应属第一类。不妨再看他后来写的一首《公鸡生蛋》的后半阕：

十八、林海音、朱氏姐妹与林焕彰

> 天亮亮，地亮亮
> 公鸡跳到屋顶上；
> 喔喔喔，出来了！
> 喔喔喔，出来了！
> 喔喔喔，真的出来了！
> 我生了一个好大好大的金鸡蛋！

这更是一首精妙的童诗，公鸡明明不会生蛋，这里所说的，儿童一猜便知，是指日出。作者故意放慢节奏，多几遍重复，让孩子有个思考的过程，于是，到最后，当"真的出来了"时，儿童便能得到一个同步的恍然的惊喜。可是，这还是属于第一类，儿童自己不可能达到这样的精妙——而且是"正确"的精妙。曾读到很多关于林焕彰的诗评，论者们最感兴趣、分析得头头是道的，几乎都是这第一类的诗。

然而，第二类也自有它的优长。比如这首与前引的《日出》相对应的《火车》：

> 火车是个大烟鬼，
> 每次看到他，
> 都是边走边抽烟，
> 像个外国人，
> 只管抽雪茄，
> 吐出来的烟圈儿，
> 又黑又大，
> 把自己都熏黑了。

《家是我放心的地方》，林焕彰著
三民书局 1999 年版

这就是属于第二类的。也许这恰恰是诗人想出来的诗，但还是属第二类，因为它是真正的儿童的思维，如"边走边抽烟，像个外国人"，就是非成人的比喻。第二类诗不是不可以由成人创作，只是成人必须真正进入儿童思维，要能突破成人思维的惯性，能把握儿童的原生态。

　　我以为，林焕彰的诗里，真正能成为我们前面所说的"观水"之"澜"的，恐怕还是这第二类的诗，因为它们代表着一种特别的质。而第一类的诗，其实在中国大陆，在漫长的儿童文学史上，还是不难找的，虽然其精妙程度，或有未逮。

　　总而言之，从林海音与朱氏姐妹的笔下，儿童读者能看到一个相对完整的世界；而在林焕彰的第二类诗中，我们能看到相对完整的儿童。二者的长处，都在于真实。对大陆儿童文学界来说，它们的出现，都有突破的意味。此间之所以未有这样的突破，主要还是教育的观念控制着文学，因想着自己居高临下的教育者地位，常想着为孩子罩掉一点什么，或引导一点什么。有时，是需要罩掉一点（比如死亡，比如性和暴力），或引导一点（比如林焕彰的第一类诗，就是一种审美上的引导），但这不应成为创作思维的起点；唯忠于生活，才可作为原初的、本真的出发点。

注　萧红的《呼兰河传》也采用童年视角，而且运用了优美的近似儿童文学的语言，但她的叙事角度并不是严格单一的。其第一、第二章仍用全知全能角度介绍故乡诸般事物，第三章开始以"我"的角度叙述，到第五章又用了全知全能的写法。在结构上，它也过于散文化，前面近三万字都是散漫的叙述，到第三章才开始进入故事，所以它不可能成为儿童文学，我视之为优秀的长篇散文。林海音写《城南旧事》，可能受到《呼兰河传》的影响，二者韵味上颇有相近之处。

十九、"文革"中的儿童小说

1966年5月,"文革"爆发。

这是发生在和平时期的一场旷古未有的灾难。对于文学艺术,它的破坏性同样是史无前例的。"文革"开始后两三年间,几乎所有文学刊物都停办了,报上也只发一些标语口号式的豪言壮语诗,真正的创作已不可见;到六十年代末,创作开始复苏,陆续出版了一些"工农兵作者"写的报告文学和小说,有许多是不署名的集体创作(署名在当时也被视为资产阶级法权),但质量相当低下;自1971年末到1973年间,各地文学刊物纷纷试刊、复刊,不少老作家和"文革"后活跃于文坛的青年作家开始发表作品,也陆续有一些中长篇小说和短篇小说集(多为多人合集)出版,作品质量比以前略好。所有这些创作的题材,只有一个:阶级斗争。即使过去那种"革命历史题材",现在也已明确,要为现实阶级斗争、路线斗争服务。如小说《闪闪的红星》改编为电影时,由江青亲自组织的班子作过总结,认为其价值在于:写出了错误路线指导下革命成果得而复失,有毛泽东正确路线指引又失而复得。所以,原先就存在,并在六十年代前期愈演愈烈的公式化、概念化、图解政治的艺术倾向,到这时就已登峰造极,成了不可不如此的艺术戒律了。

写阶级斗争的作品,在"文革"前就已出现,并渐渐成了创作的主流。在成人文学界,那时出现了几部很重要的作品,其中有工人作家胡万春(《过年》的作者)所写的短篇小说《家庭问题》,通过对一个工人家庭两个已参加工作的孩子的对照描写,挖掘出了"资产阶级思想"侵入灵魂的现实,并将此上升到阶级斗争的高度,此作品得到姚文元的激赏。小说发表于1963年4月号《上海文学》,翌年出版了同名中短篇小说集(作家出版社),并很快被改编成电影。另一部值得注意的作品是丛深的多幕话剧《千万不要忘记》,篇名即取自毛泽东提出的"千万不要忘记阶级斗争"的口号,写一位青年工人的丈母娘有严重"资产阶级思想",在日常生活中腐蚀下一代。剧本发表于1964年第4期《中国戏剧》,很快也被改编成电影。这两部电影在当时广为宣传,影响极大。儿童文学界也得紧跟,曾写过《马兰花》的剧作家任德耀创作了儿童剧《小足球队》,写一群孩子在街上玩足球,有一位"爷叔"上来搭讪,同他们交流球技,教他们"合理冲撞",有些孩子开始崇拜他,他趁机灌输"资产阶级思想"。作品发表于1964年第5期《剧本》,但此前的1964年3月已破格由文化部艺术事业管理局出版了单行本——这和当时正搞全国性的戏剧汇演有关,那段时间的汇演突出了阶级斗争主题,所谓"革命样板戏"正是在这样的气氛中形成的。曾经写出《童年时代的朋友》《我的朋友容容》等充满童趣的小说、散文的任大霖,在那段时间创作了短篇小说《小兵冬冬》《在团旗下》等,也写了日常生活中阶级斗争的表现,写出了少年儿童的警惕和觉醒。上述几部作品都有一定的生活气息,艺术上也比较成熟,虽然现成的阶级斗争观念在作品中过于强势,但作者都有生活积累并能自觉注意不违背生活逻辑,所以它们并不属于同一时期大量涌现的公式化概念化的作品。这几篇作品的问题,在于对生活中属于人之常情的心理行为(比如人有私心,多为家庭或小团体着想等)批判过严,"上纲"太高。作家们哪里知道,这其实已是在为"文革"蓄势了。与这种"资产阶级思想"相对立的,是一种神圣道德,那就是在学雷锋运动中大力普及,以一连串已牺牲生命的英雄(如王杰、欧阳海、刘英俊等)为楷模,以"狠斗私字一闪念"为核心的革命道德。因其高得无比,无法实行,所以对全民形成了压力(学雷锋本是好事,但将学雷锋与阶级斗争合而为一,公德私德相混淆,效果就不一样了)。到"文革"开始后,道德概念已完全被偷换成阶级概念,据此即可划分敌我,无数大字报就是这样上纲上线的,其逻辑正与此前的文艺作品相统一。于是,人人都须在"革命"中改造,人人都可成为"革命对象",但也可成为"革命动力",这恰恰是"文革"中造成人人自危局面(一会儿这个被打倒,一会儿那个被解放,举上天与踩在地都

十九、"文革"中的儿童小说

有理论根据）的深层原因。当然，还是前文说过的那句话：根本责任不在作家。作家们很快也都成了"革命对象"。到1973年前后，作家们纷纷拿起笔，但也只能战战兢兢说话。当年被姚文元大加赞扬的胡万春，到此时也只能"夹紧尾巴做人"，按"文革"需要写作了。因此，真正到了"文革"时，像《家庭问题》《在团旗下》这样的作品，已经不可能再有，如有，就一定沦为"大毒草"——那时只剩下公式化、概念化的作品了。只有到1975年，"四人帮"一度失势，文艺上才略有松动，出现了少量较有艺术性的创作，但总体上的写"阶级斗争"，仍是脱不去的桎梏。

近几年不止一次看到有人写文章，说人们声讨"文革"时所说的那时只有"八个样板戏和一个作家"，不严谨，不正确，甚至是别有用心；还有人一一列出当时发表作品的作家的名字，并且抄了几十部小说的篇名，说明那时的文坛其实相当热闹。"八个样板戏和一个作家"，当然是极而言之，但所有创作都得按"样板戏创作原则"行事，却是不争的事实；发表作品的作家当然不止一个，但大家都得像这个作家（即写《金光大道》的浩然）那样，写阶级斗争、路线斗争，以争取江青的认可，不然随时将你打倒，这也是不争的事实。当时虽有那么多作品，却真正是"千人一面，千部一腔"。我们试将此中奥秘作一剖析——

"样板戏"的创作原则，简言之即"三突出"：在所有人物中突出正面人物，在正面人物中突出英雄人物，在英雄人物中突出主要英雄人物。在这样的原则的实行过程中，江青还不断下规定，作指示，批这批那，所以，那时其实还有不少在创作中不能不执行的具体规定，稍一违背就会挨批，甚至被揪出、打倒。我将它们概括为"五规定"：一、必须写阶级斗争；二、必须有对立面人物；三、必须有正面冲突；四、不能长敌人志气，灭自己威风，更不准给英雄人物抹黑；五、光写行动还不够，还要写出英雄人物的思想高度，甚至理论高度。——这就形成了严格的公式！

试想，你哪怕有再丰富的生活积累，有再好的题材，一旦纳入这个公式，还能有什么作为？到这时，不但《小哥儿俩》不能有，《羊舍一夕》不能有，《玉姑山下的故事》和《长长的流水》同样不能有，即使《小兵张嘎》那样的作品，也要时时担心会不会被戴上一顶"给英雄抹黑"的帽子。所以，不必相信抄在纸上

221

《红雨》，杨啸著
人民文学出版社 1973 年版

的那些琳琅满目的书名、篇名和作家名，只要找出那一时期的作品读一读，马上就会明白，什么叫文化沙漠，什么叫一片荒凉。

在一些谈论"文革"时期儿童文学的书和文章中，常提到内蒙古作家杨啸的《红雨》（人民文学出版社 1973 年 5 月版）和部队作家李心田的《闪闪的红星》（人民文学出版社 1972 年 5 月版）。杨啸在"文革"前已发表过不少作品，又长期在内蒙古生活，有较丰厚的生活积累。写作《红雨》时，他在人物描写和人物性格的把握上，下了一些功夫，作品语言也有自己的特色。但整个故事是歌颂当时新生事物——农村"赤脚医生"的，又要写阶级斗争的内容，所以几乎每一步情节发展（与暗藏的敌人争夺学医的机会，学成回来遭遇困难，克服困难上山找药，行医成功敌人行凶，等等）都是可以推测出来的。这是当时很多小说的通病，亦即"公式化"之危害。李心田也是原已成名的作家，他的长篇小说《两个小八路》曾由中国少年儿童出版社出版，还被拍成了电影，《闪闪的红星》在"文革"前就已写成了初稿。但当时的战争文学在很多地方已与后来那些"规定"相接近（"文革"前的部队是最先强调"突出政治"的），小说在人物刻画上无法与《小兵张嘎》等优秀作品相比，情节上也未脱革命战争故事的套路，所以在文学上并未形成鲜明的特色。这两部作品之所以在"文革"中影响较大，主要还是电影的缘故。电影《红雨》由当年《小兵张嘎》的导演崔嵬执导，他特别注意渲染农村乡土生活气息，也注意突出人物个性，这为整个电影增加了活气，虽然情节入套且不甚可信，但那种来自生活的轻喜剧味还是吸引了观众。《闪闪的红星》调动了当时闲置的部

《闪闪的红星》，李心田著
人民文学出版社 1972 年版

十九、"文革"中的儿童小说

队创作力量,改编者系军旅作家中最为拔尖的陆柱国与王愿坚,他们在剧本中添加了不少自己平时积累的素材(如红区缺盐,小冬子等把盐水浇在棉袄上通过封锁线的传奇情节,就是王愿坚的贡献);拍摄时,演员、画面、音乐、用光……都极为讲究,演潘冬子的小演员和作曲家傅庚辰等都为影片大大增色。这两部小说现仍有评论者津津乐道,我是有点奇怪的。即使不说它们当时获得力推的"文革"背景,单从文学艺术上说,它们也很难排上一流作品系列;虽然这两位作家各有自己的成就。

除了上述两部长篇,本书拟论及的那一时期的小说,还有浩然的《春歌集》与《七月槐花香》,徐瑛的《向阳院的故事》,童边的《新来的小石柱》等。

浩然在"文革"初期稍感落寞,但自七十年代初起(那时他已被允许集中精力创作多卷本小说《金光大道》),始终走红,直至"文革"结束。他是当时人和作品全部受到肯定的作家,这在全国可能只此一位。他也是儿童文学作家,"文革"前就已出版《夏青苗求师》《"小管家"任少正》等单行本多种。其实浩然的短篇小说大都可以作为儿童小说读,它们与他的长篇不同,不写成人社会复杂的心理和人际关系,只写农村新生活,语言质朴生动,结构简单轻松,故事性不强但流畅可读,人物朴实而有个性,生活气息颇浓。1973年4月,北京人民出版社出了他的儿童小说选《幼苗集》;同年7月,天津人民出版社出了他的成人短篇小说选《春歌集》,当时书少,这两本书都在孩子中流传。《春歌集》收入了他"文革"前短篇中几乎所有的代表作,因而更能体现他的创作道路的变化。此书中第一篇《喜鹊登枝》发表于1956年11月号《北京文艺》,是作者最早的作品,也是他的成名作。小说写农业社会计韩玉凤悄悄与邻村青春社的会计谈恋爱,父亲韩老头不放心,想趁去邻村换种子的机会打探打探;路上与一骑自行车的年轻人擦碰了一下,年轻人又和气又热情,谈了新种子的优劣和注意事项,末了发现此人可能就是女儿的男友;到了青春社,社主任大赞会计优秀,正好副主任

《幼苗集》,浩然著
北京人民出版社1973年版

是会计的爸爸，也是快人快语，遂请韩到家里坐，顺便交流办社经验；到家遇见一个队长正和会计争吵，会计连父亲的话也不听，坚持不让报销，一定要按原则办；最后就在对方的家里，两老汉认了亲家，会计回家，闹了个大红脸……这是很典型的浩然小说的结构模式：在日常生活中写先进人物，通过一些巧遇或旁人的话，逐步增加读者对主要人物的好印象，最后主角出场，皆大欢喜。看得出，这样的写法与后来的"三突出"，有一些天然的重合，即突出了正面人物（或英雄人物）；但还没有拔得太高，也没有脱离正常的生活氛围与性格逻辑。但到了此书的最末一篇——定稿于1966年春天（已是"文革"前夜）的《初显身手》，味道就变了。这是两篇系列少年小说的后一篇，前一篇《枣花取经》，写十四岁的小枣花当上了队里的计工员，老支书让她去跟邻队的老计工员学习，她去了，发现那其实是个二十一岁的姑娘，叫高秀枝，满屋子都是她的奖状；秀枝跟她谈了自己的成长过程，这时发生了一件事，发现当天记的工可能有差错，姐妹俩连夜打着手电翻过山沟去现场核实，不让一丝差错过夜；一路上，秀枝说的是学习马列主义的事，谈了"为人民服务"要做到"完全""彻底"有多么不容易；枣花感到自己长大了。这篇小说里已有"拔高"的痕迹，谈学习，谈"为人民服务"（这是"文革"中要"天天读"的"老三篇"的内容），已合于上述"五规定"中"写出英雄人物的思想高度，甚至理论高度"了。《初显身手》则写取经回来的枣花，面对企图拉拢人腐蚀人的老中农刘老正，如何提高警惕。她像秀枝姐一样一丝不苟，宁肯辛苦自己，把称好的草重新过了秤。第二天，枣花和队长找到了刘老正——

> 队长劈头就说："刘老正，你又办了什么不正当的事儿，赶快给我说实话！"
> 枣花也来了一句："你真会使手腕儿！马上坦白认错！"
> 刘老正惊慌地倒退着："哎，哎，我说，这是怎么一回事呀？……"
> ……
> 队长说："收起你的把戏吧！枣花一夜没睡觉，把整个草垛一捆一捆地称了一遍……根本就没有你那一百二十五斤！"
> 枣花说："你要不认账，咱们马上再当面称它一遍，看看有没有你割的草！"

十九、"文革"中的儿童小说

刘老正茫然地看了枣花一眼。他真有点认不出这个孩子了。他两腿一软,差一点儿倒在地上……

经过"文革"的人都知道,这其实就是运动中那种斗争会的场面了。而对于对立面人物的描写,不仅是概念化的(地主富农一律梦想变天,上中农也好不到哪去),而且是漫画化的。这里不仅有"对立面人物",而且已经有"正面冲突"了,这可说是很典型的"文革"小说的结构模式了。但作者真正写于"文革"中的作品,阶级斗争的弦绷得更紧。他发表在1973年1月7日《文汇报》上的儿童小说《七月槐花香》,就是写农忙抗旱时节,小学生张槐香发现地主"一肚坏"晚上睡觉故意整夜整夜开着灯,她为队里抄过黑板报,知道现在用电紧张,就把情况告诉了爸爸,然后父女俩收集证据,等待机会,把"臭地主"抓了个准,地主连称"我有罪",最后在地头召开了现场批判会。这样的作品,可以说是把左翼儿童文学在三四十年代即显端倪的图解的毛病,推到了极致。它除了说明并强化某些政治概念外,已没有多少可信性与感染力可言。作者似乎比较满意这一篇,后来将自己同类儿童小说编集时,还以此篇做了书名。

《向阳院的故事》(人民文学出版社1973年5月版)是"文革"中影响很大、读者面很广的长篇小说。作者徐瑛是安徽亳州的作家,有一定生活积累,文笔虽说不上有明显个人风格,但流畅老到,颇具表现力。比起当时同类题材作品(如初登文坛的刘心武的《睁大你的眼睛》),这应算是比较有文学性的一部了。当时的儿童小说往往以一个大院为单位,因为这样可容纳各方面人物,可以有英雄人物和反面人物,还可有转变人物。儿童如果不能成为作品中的"主要英雄人物",大院里不难安排一位老工人、转业军人或革命干部来当主角;如以儿童为主要英雄人物,因儿童还得成长,所以仍要有革命前辈的指引和支持。当初的创作就是这样,人物关系结构是既定的,故事内容

《向阳院的故事》,徐瑛著
人民文学出版社1973年版

有不同，人物则须一一套入，个性虽可略变但共性先已规定，生、旦、净、末、丑，各找一名角色扮演就是。这部小说也可说是浩然《七月槐花香》的放大版，当然内容要丰富得多。作品写暑假时大院里的小孩子瞒着家长集体外出，原来是去支援公路建设。转业军人石大爷给他们领头。这群孩子个性各异，还和另一群来义务劳动的孩子发生了冲突，后来终于和好，这些都写得生动活泼，有一定的童趣和生活气息。比起《睁大你的眼睛》等作品不厌其烦地铺陈如何在大院里召开"批林批孔"大会，本书作者要算相当高明了，这也说明他在一定程度上还是从生活出发的。但他仍然要写阶级斗争，要突出主要英雄人物，所以后来又出现了敌人的暗中破坏，少年们在石大爷指引下与敌人斗智，为突出英雄行为也安排了到石洞里找矿（这又与《红雨》的找药相似），后因敌人设了陷阱石大爷差点死在洞里，在写出他身处危难时的精神境界与思想高度后，石大爷又死里逃生，转危为安，最后是阶级敌人束手就擒。不妨以前述"三突出""五规定"衡之，当年的创作就是这样不可越雷池半步。

笔者当初也是业余作者，所写作品亦在此圈中奔突，并无开脱之术。所以，本文无意深责浩然、徐瑛、刘心武等，只想证明一点：自叶圣陶先生写《稻草人》以来，中国儿童文学几十年间，政治凌驾于文学之上的倾向时隐时现，一直有人将此说得美妙非凡，但到"文革"之际，总算真相毕现！事情有时要走到顶点，才会让人看得更清楚。所以，从"文革"过来的人，或"文革"以后出生并开始写作的人，都不要轻易丢弃这几面珍贵镜子才好。

"文革"中的儿童小说中，给读者留下较深印象——并且还是相对美好的印象的，我以为是《新来的小石柱》（人民文学出版社 1975 年 5 月版）。作者童边，当时也是安徽的一位青年作家，他到省体操队体验生活时，发现了从界首县选拔上来的十三岁的少年郭少华。郭少华刻苦训练的精神和过硬的体操技能打动了他，他有意将这位少年原汁原味地写进小说。如郭少华每隔一段时间跑到树林里去，在一棵树上划一道痕，盼着自己快快长高的细节，就被他直接写进了书里（据报道，这位郭少华后来成为著名教练，奥运女子体操冠军邓琳琳就是他培养的）。可见，这不是一本从阶级斗争公式出发的小说，首先还是从生活出发的。我从网络上，经常看到有人情不自禁回忆当年读这部长篇时的心情，在那个

十九、"文革"中的儿童小说

荒凉年代,这部浅绿封面的小说竟如甘泉一样滋润了那些孩子的心。当年的读者现在(编者按:2012年)少说也有四十三四岁了。其中一个写道:"新来的小石柱——谁懂,谁暴露年龄(偷笑)!"另一个写道:"哎哟,久违的石柱哥!"又有人说:"我最初就是从这里知道体操并爱上体操的,我也练过1080。"还有的回忆道:"我小时候的读物是《红岩》《新来的小石柱》《铁木儿和他的队伍》《宝葫芦的秘密》……"也有人起哄说:"听过《新来的小石柱》广播的请举手!"读得人忍俊不禁。在我的印象中,只有路遥的长篇小说《平凡的世界》常常引起读者自发的热议。当然这两部小说不在一个等量级上,是"文革"时的荒漠状态,使这本小石柱"水落石出"了。

《新来的小石柱》,童边著
人民文学出版社 1975 年版

这部小说确有不少讨巧的地方。首先,是它所写的体育题材,少体校的正规训练的生活,对小读者来说就有吸引力。因当时看到的书都是写阶级斗争,写提高警惕揪坏人的,而且场景都是一个大院,一个里弄,或一个生产队,人物和事件总是那些,按套路编造的情节早已让人看厌了;现在体校的生活不仅新鲜,而且是真实的,能让大家发现并领略自己不熟悉、并且无缘进入的生活——这本是小说的题中应有之义(即使写熟悉的生活也应写出新意),可那时小说偏偏以"千部一腔"为常事而以稍越雷池为大忌。其次,是突出了人物与环境的反差,小石柱是一个"土得掉渣"的农村孩子,虽然学过点武术,和体操却不沾边,而这是一所正规的省级体校,是培养专业体操队员的,二者间的戏剧冲突也就可想了。作者并未淡化某一方而使二者融合,却有意突出了小石柱的倔和直,以及老教练李文培的传统教学方式、严厉和主观,他从一开始就不看好小石柱,这就使冲突愈益激化了。小石柱的单纯、朴实、积极和无知,更引起了人们的同情和喜爱。再次,作品不是以小石柱适应体校生活来解决矛盾,而是让一个思想上业务上都很敏锐的高老师,发现了小石柱身上特殊的体操潜力,从小石柱的农民式的吃苦耐劳和坚强意志中看到了克服难点的希望,也通过对小石柱培养方式的新思考提出了有关教育革命的呼唤。除了后面的"教育革命"是明显配合"文革"的,前面那些在教人育人上"因人而异"的想法,其实还是有生活根据并有一定价值的,把这样的想法放到作品里也能出人意料,既具新鲜感又有感染力。当然,小说将两种教学方法之争上升到"路线斗争",从对贫下中农后代有没有感情的角度指责老教练,最后又出现了医院里暗藏的阶级敌人下毒手要毁小石柱的体育前程,这都提醒我们:它毕竟还是"文革"小说。这部作品出版的时候,江青等人动辄以"样板戏"原则枪毙文艺新作的气焰受到暂时遏止,文艺界执行"三突出""五规定"的严厉程度有了小小变化,"小石柱"可说是正逢其时。

"文革"结束于1976年,但旧有的惯性依然控制着创作,文艺思想一时还变不过来。真正标志着新的突破的,是1977年11期《人民文学》上发表的刘心武的短篇小说《班主任》。虽然它的主角是一位中学青年教师,但所有故事都是围绕几个中学生展开的,这完全可以当少年小说读。此前六十一年,中国儿童文学与中国现代文学同时诞生(见本书第一、二章);到这时,一篇少年小说的突破又意味着整个中国文学的突破和复苏——这实在是儿童文学的光荣!

《班主任》是一篇横断面式的小说,写发生在当下(1977年春,刚粉碎"四人帮"不久)的几个生活片断,没有完整的故事,渐渐展开的矛盾也并未解决,但问题提出了,发人深省的思绪开了个头,作者的激情滚滚涌来,让读者难以平静。作品的目的已经达到,它的发表确实引起了全国范围(不仅是文坛)的轰动。当时的中国需要这样深入一层的思考,需要迅速提出这类迫切的问题,而作者是得风气之先的。小说结构简洁到位,突出了问题本身;但那些抒情议论的笔墨,现在看去未免稚拙,也留下了"文革"的口气和"文革"思维的痕迹。

小说写那个百废待举的春天,从公安局放出来的小流氓的材料中,有一本"黄书",那正是张老师中学时代最为着迷的《牛虻》!张老师的心理受到了震动。他的班里有两个优秀团干部,其中一位思想开放,已开始读《青春之歌》,她听说过《牛虻》,见了此书,颇有如饥似渴之感;另一位谢惠敏单纯正直,政治热情极高,但只相信报上说的,见张老师面对"黄书"态度暧昧,顿感惊讶、疑惑、愤怒……整个小说就此掀起波澜。这些问题今天看来已不稀奇,但在当年,

十九、"文革"中的儿童小说

作者思想确属开放,小说中有不少"言人之不敢言"的话。笔者当年也是受其"震撼"(是严格意义的震撼,毫无夸张的意思)的读者,让我奇怪的是,时隔三十多年,今日重读,仍让我热泪盈眶。使我感动的,既有谢惠敏那种彻底的单纯和热情,毫无私心,一往无前,这是那一时代一种真实的存在;又有对造成谢惠敏的愚昧的愤怒——因为我从谢惠敏身上看到了自己。但最令我感动的,还是作者对于《表》《牛虻》(我又以此上推到整个十九世纪文学的大量名著)的真诚的感情,对于这样的文学被打入冷宫,与青少年隔绝,甚至被诬为毒草、坏书、黄书……所表现出的巨大愤怒——这种愤怒压抑已久,自"文革"前就已不能表达,现在像火山一样爆发出来了,我觉得自己的心也被点燃了。我发现,此中正有与全人类相通的东西在,有永恒的感染力在,这是这篇"问题小说"中超越问题、超越当下的东西,也是它在当时获得巨大成功、完成了自己的历史使命后,至今仍有一定生命力的原因所在。

《班主任》的问世,宣告中国儿童文学开始走出"文革"桎梏,也显现了中国"新时期"文学的曙色。

儿童文学的辉煌时代将要到来。作家们以自己的创作争奇斗艳的日子,终于开始了。

最后再补说几句——何为"时代精神"。

本书《序二》曾引黑格尔的话说:"就个人来说,每个人都是他那时代的产儿。哲学也是这样,它是**把握在思想中的它的时代**。"(《法哲学原理·序言》,重点号原文所有)据此,我们提出:文学(主要指纯文学)也就是**"把握在永恒人生与人性的文学表现中的它的时代"**。真正好的文学,即使是最看不到时代痕迹的童话作品,也同样合乎这一原理。德国的"狂飙突进"时代的文学,别林斯基、车尔尼雪夫斯基、杜勃罗留波夫所倡扬的俄罗斯文学,无不证明着这一原理。

那么,什么是"时代精神"呢?张天翼的《帝国主义的故事》中所图解的,是"时代精神"吗?四十年代那些"政治童话"所表现的,是不是"时代精神"?五六十年代提出的"教育儿童的文学",算不算"时代精神"?

经过这半个多世纪的大起大落，尤其是经过了"文革"，我们终于对这一问题，开始若有所悟了。某一时期产生的思想，不一定合乎时代精神；某一时期叫得最响的声音，未必就是时代精神；那一时代人人认为是真理的，也很难断言就一定是时代精神。不然，像《早霞短笛》中高唱的"大跃进"的战歌，像《七月槐花香》里所写的"阶级斗争"，像"文革"前和"文革"中的小说那样对普遍的人情人性所作的"上纲上线"的批判，就无一不可称之为"时代精神"了。

其实黑格尔对"时代精神"，有他更完整的思考，我们可以一并拿来作参考。在他的《哲学史演讲录》一书中，他说："一个时代的最后一种哲学是哲学发展的成果。"他当然是自信并自负的，认为自己的哲学就是他那一时代的最后的哲学，所以又说，这是他的时代的"精神的自我意识可以提供的最高形态的真理"。然而，这只能是当时代的看法，只是"现在的精神"，是"精神的生命过程中跳动着的个别的脉搏"。他说，"我们必须听取它向前推进的呼声——就像那内心中的老田鼠不断向前冲进——并且使它得到实现。"这些话非常有趣。他至少告诉了我们几点：

一、时代精神是这一时代的最高形态的真理。
二、但那不过是这一时代的看法，是现在的精神。而时代还要前进。
三、我们必须听取时代精神的呼声，走进新的时代。

既然时代是不断向前的，不是固定的，到此为止的，那么，我们就不难发现某一时代的"现在的精神"是不是能代表"这一时代的最高形态的真理"——不需要借助于其他工具，我们就用这前进中的时代来衡量——当时代向前了，回过头来看，过去那些声音，是不是"真理"，或是不是"最高形态的真理"，它将一目了然。用现在的话说，此即"实践是检验真理的标准"。当时当地的声音，因为有权力或金钱的支撑，在某一阶段放得很大，并且自称为最高真理，这并无大用，因为还要等待时间的检验，实践的检验。时间一过，真相毕露，鬼话就是鬼话，丑态就是丑态，失败就是失败，这是任谁也掩饰不过的。所以，**只有经后一时代确认了的，才是真正的时代精神**（在这一点上，黑格尔的自我评价，看来也不甚高明）。

然而作家是生活在"现在的时代"的，作家要在现实中选择，思考，不能人

十九、"文革"中的儿童小说

云亦云。那些把某一时期最时髦的思想一律作为最高真理的作家,人们不免为他捏一把汗。文学要像"内心中的老田鼠一样不断向前冲进",何谓"前"?如何"冲"?如何将之体现于文学审美?这都是非常复杂的问题,而真正的作家是应该自己回答的。

所以,纯文学创作,也是对时代精神的寻觅,以及对此精神尽可能完美的艺术表现。儿童文学亦然。

路漫漫其修远兮……

附：

"建构论"与"本质论"
——一个事关文学史研究的理论问题

刘绪源

从上个世纪末始，国内有几位搞文艺理论的教授，受了西方后现代派的影响，也鼓吹起"建构论"来。这是用以反对"本质论"的建构论。在他们眼里，过去的绝大部分经典理论成果，都属"本质论"。甚至不光是理论，文学、民族、人，都有既定的"本质"，因而无一不在"解构"之列。他们认为，所有这一切都是文化的产物，而文化本身是由人建构的，所以就可以解构，也可以由他们这些后来者来重新建构。

这种建构论有一个好处，就是打破了原有理论的凝固性，一切都可批评，也可以推翻，从而使过去的很多定论能够融入新的生机；同时还有一个好处，就是打破了既有理论的权威性，一个新人要提出新的论点，再也不用战战兢兢，因为谁都可以建构，现在还谁怕谁？

可是，它也带来了致命的缺陷，那就是再也没有什么可以值得相信的东西了，再也没有稳定性的东西了，一切都是人为，一切都是随时可融化的冰山，一切都可取代，自己也可轻易取代一切……这样，人和理论，都处于一种失重状态，令人感到了"难以承受之轻"。

这就不得不问：这种"建构论"，真有存在的理由吗？

我思考的结论是：有存在理由，但须有一前提，即在"本质论"的基础上附:"建构论"与"本质论"

存在。

因为,离开了本质论,建构论就是无本之木;同理,离开了建构论,本质论就是无源之水。建构论只能是对本质论的补充、修订或补正,当然偶尔也会有革命性的重建,但从根本上说,不可能取代本质论。

且看看中国式建构论的理论来源。陶东风教授通过自己的译著《文化研究导论》介绍说:

取代本质主义的最好方法是社会建构主义者的解释。典型的建构主义观点可以用西蒙娜·德·波伏娃的话总结如下:"女人不是生为女人的,女人是变成女人的。"

(见《文学理论:建构主义还是本质主义?》,载《中文文艺论文年度文摘·2009年度》,吉林人民版)

看来,法国存在主义的文化批判理论,就是他们的资源之一。那好,我们就对这种存在主义的建构论作一追问。即以存在主义的名言为例:"存在先于本质。"这是说,本质不是先验的,是由存在决定的,是由人在存在中的选择决定的。具体的,可由萨特的存在主义名作《肮脏的手》为例,剧中的年轻人雨果在发现贺德雷与自己妻子接吻时,开枪打死了贺德雷;以后党要重走贺德雷路线,雨果将被处死,但他宁可死,也不愿承认情杀,因为这将有损于贺德雷的名誉。这里,雨果和贺德雷都在生命的最后时刻,"建构"了自己的"本质",时间是在二战结束的1945年。然而,我要问:在此之前,他们都是无"本质"之人么?如果贺德雷死于一年前,雨果死于半年前,他们就永远没有"本质"了吗?应该还是有的,出场时那位政治经验丰富、在人情上略显冷漠却充满魅力的贺德雷,还有那位背叛了富裕家庭、天真单纯、充满热情的少年雨果,都是血肉丰满的人,他们有自己的性格,有自己的"本质"。可见,他们最后的建构,不是在一张白纸上作画,而只是在已有本质上的再建构。也就是说,建构是一个持续的过程,一个不断增补的过程;而本质,是一个递进的过程,一个开放的过程,但新的本质只能在原有的基础上改造,不太可能横空出世。

所以，离开了本质论的建构论，和离开了建构论的本质论，是永远纠缠不清的。前者不可能成立，后者不可能发展。建构论和本质论，合则两立，分则俱伤。这二者之间的那么多争论，其实恰如"先有鸡"与"先有蛋"之争。

之所以会有以上的思考，是因为在儿童文学界，这样的建构论也渐渐多起来了。有的论者提出儿童文学不存在审美本质，本质无非是人为建构的。而一些把儿童文学引向说教、引向浅薄搞笑、引向粗制滥造的所谓理论，也堂而皇之登堂入室，理由即理论无非建构，谁都可以建构。这使我发现，离开了对本质的认真探寻，只一味强调建构，这其实是一种理论的虚无主义，在表面的民主狂欢之中，最后将走入自我覆没。此中，还有一部写得很用力的学术专著——杜传坤的《中国现代儿童文学史论》（中国社科出版社2009年11月版），也在一定程度上信奉了建构论。作者认为："儿童文学的产生不是先有儿童，才有为了儿童的写作，而儿童文学本身就是现代性中'儿童'的一种生产与建构方式。""换言之，儿童文学对自己参与儿童身份的制造这点尚不自知。我们的儿童文学史的书写恰恰忽略了它对其'起源'的考察。为此，重写儿童文学史势在必行。"这里的"重写"，亦即"建构"。书中举出大量的例证，证明了中国现代儿童文学确是在不同时期竭力"建构"不同的儿童形象，"从'小国民'到'小野蛮'再到'小英雄''小主人'的角色置换，这些关于'国家本位''儿童本位''社会本位''革命本位'儿童文学的话语转换，不仅体现着儿童文学与其所处文化语境之间关系的变迁，儿童文学也事实地参与了对儿童的建构……"这些未必不是事实，作者在材料的收集与整理上所下的功夫是相当扎实，也很显才华的。然而，这时，我们如果不是一把推开本质论，而是更谨慎地对待既有的关于儿童本质和儿童文学本质的文化积累，那我们就不难发现，现代中国的许多"建构"，其实恰恰是人为的、失败的、背离儿童特性与文学特性的，是从主观意愿出发的，是经不起时间考验的。所以，这位年轻作者在经历了繁复的论证和思考之后，终于在书末说："儿童文学话语的使命或宿命可能就在于：于有限的'建构'中追求一种永无止境的'确定性'。"我想，这是她终于还是看到了"建构"是有限的，而理论不能不追求事物本质的确定性吧。

在认真的理论思考中，终于发现了这种建构论的局限性，这是令人欣喜的，附:"建构论"与"本质论"

这样的发现和反思在一些堪称伟大的理论家身上也曾出现过。尼尔·波兹曼就是一例。他曾经坚信"发明儿童"的理论(发明即"建构"),从而得出了童年正在消失的结论;然而在他的名著《童年的消逝》问世十二年后,他发现,童年并未消失——儿童本身正是抵抗这种消失的力量。这说明了什么呢?这说明关于儿童天性的本质论还是存在的,这存在是不以人的意志为转移的。这也说明当年以卢梭为代表的"发现儿童"的理论是无法推倒的(推倒即"解构"),它也未被新理论的建构所取代。我想,晚年的波兹曼还是想通了这一点的。这也使我想到了"一吨教育比不上一两遗传"的名言。教育当然是建构,但儿童并不是你要怎样建构就会如何成人的,每一个教师和家长对此都会有切身体会。一切空头或过头的理论在真实的儿童面前都不能不碰壁。

儿童文学的产生是不是先有儿童,才有为儿童的文学?当然是,我想这是确定无疑的。或者说,这是应当如此的。不以此规律行事的失败的创作不是没有,但不足为信,不必取以为证。原因无他:儿童是第一性的,儿童文学是第二性的;同理,文学是第一性的,文学史和文学理论是第二性的。在文学产生以前写文学史或设计文学理论,无疑是不可想象的事。儿童文学面对的儿童是一种真实的存在,他们的天性,或曰"本质",是每一个作家理论家不可忽略的,虽然这也是过去的文化的产物,离不开过去时代的漫长的"建构",但它们已然存在了,就像贺德雷和雨果已经有了自己的性格一样,你不可能跳过这强大的事实。除此之外,既有的世界儿童文学的优秀传统也是一种真实的存在,它们经过了严酷的人性和时间的考验,这也是作家理论家们不可忽略的。中国现代儿童文学史上的那些失败的教训,正是忽略了这种对于儿童和儿童文学传统的理解和尊重,而以为自己是新时代的骄子,以为当下的人为的建构即可取代一切。历史已经对此作出了否定。这也就是实践的检验。——也可以说,这正是建构论离弃了本质论后的必然结果。

一个非常有趣的现象是:为什么源于西方后现代的建构主义理论,用以审视中国现代儿童文学中的那些现象,竟会那么合拍?你看,"小国民""小英雄""小主人""国家本位""社会本位""革命本位"……不是一次次都在"建构"吗?这一点都不奇怪。因为,后现代理论也好,中国现代的激进文艺理论也好,其实出于同一源头，用的是同一思维方式，那是一种想从根本上否定既有文化成果的思维，是今天新生的创作和理论将取代过去的一切的思维，亦即"我花开后百花杀"的思维，它们对于十九世纪及更早的人类优秀文化成果缺乏根本的尊重，而这些成果其实是不应也不可能被抹杀的。这都是二十世纪激进思潮的遗存，虽然我们是在讨论文学或儿童文学问题，但其实已经接触到了上一世纪的许多根本的教训。只有谦虚地承认既有的"本质"，充分尊重人性的和文学的传统，在本质论的基础上尝试新的建构，我想，我们才有可能达到新的境界。（举例而言，同样产生于二十世纪的皮亚杰的建构主义与结构主义相结合的论说，就充满新意而又站得住脚，不存在上述种种非学术化倾向。我们何不再读读他的《结构主义》《发生认识论原理》等书？）

1928年11月，居住北京的周作人在认真观察了辛亥与五四以来的种种变局后，写下了著名的《闭户读书论》，他在文中说道：

浅学者流妄生分别，或以二十世纪，或以北伐成功，或以农军起事划分时期，以为从此是另一世界，将大有改变，与以前绝对不同，仿佛是旧人霎时死绝，新人自天落下，自地涌出，或从空桑中跳出来，完全是两种生物的样子；此正是不学之过也。

说这话时，激进思潮正在向全球弥漫（离"红色的三十年代"也就一两年时间了）。这话中的冷静和智慧，对于刚刚经历了动荡的二十世纪的我们，尤其对热衷提倡建构论者（我指的是离弃了本质论的那种提倡），是否可引作反思时的参考呢？

（本文曾刊2010年9月3日《文艺报》，发表时题为《尊重"本质"，慎作"建构"》）

主要参考书目

鲁迅《鲁迅全集》人民文学出版社 1981 年版
周作人《周作人散文全集》广西师大出版社 2008 年版
胡适《胡适日记》安徽教育出版社 2001 年版
蔡元培等《中国新文学大系导论集》上海书店 1982 年影印良友版
茅盾、胡风等《作家论》上海书店 1984 年影印文学社版
茅盾《茅盾评论文选》人民文学出版社 1978 年版
董之林《热风时节》上海书店 2008 年版
涂光群《五十年文坛亲历记》辽宁教育出版社 2005 年版
姚文元《在前进的道路上》人民文学出版社 1965 年版
李泽厚等《论康德黑格尔哲学》上海人民出版社 1981 年版
叶圣陶等《我和儿童文学》少年儿童出版社 1980 年版
朱自强《中国儿童文学与现代化进程》浙江少儿出版社 2000 年版
方卫平《中国儿童文学理论批评史》江苏少儿出版社 1993 年版
王泉根《现代儿童文学的先驱》上海文艺出版社 1987 年版
汪习麟《浙江籍儿童文学作家作品评论选》浙江少儿出版社 1990 年版
《束沛德谈儿童文学》安徽少儿出版社 2011 年版
《周晓评论选》少年儿童出版社 1992 年版
《周晓评论选续编》少年儿童出版社 2004 年版
《黄云生儿童文学论稿》漓江出版社 1996 年版

曹文轩、梅子涵等《中国儿童文学五人谈》新蕾出版社 2001 年版
孙建江《二十世纪中国儿童文学导论》江苏少儿出版社 1995 年版
韩进《幼者本位》接力出版社 2011 年版
李学斌《儿童文学与游戏精神》二十一世纪出版社 2011 年版
陈福康《郑振铎年谱》三晋出版社 2008 年版
陈学勇《高门巨族的兰花：凌叔华的一生》人民文学出版社 2010 年版
王宜清《陈伯吹论》少年儿童出版社 2006 年版
徐光耀《昨夜西风凋碧树》北京十月文艺出版社 2001 年版
夏祖丽《从城南走来：林海音传》三联书店 2003 年版

夏志清《中国现代小说史》香港友联出版社 1982 年版
吴其南《中国童话史》河北少儿出版社 1992 年版
金燕玉《中国童话史》江苏少儿出版社 1992 年版
蒋风主编《中国现代儿童文学史》河北少儿出版社 1986 年版
张香还《中国儿童文学史（现代部分）》浙江少儿出版社 1988 年版
杜传坤《中国现代儿童文学史论》中国社科出版社 2009 年版
蒋风主编《中国当代儿童文学史》河北少儿出版社 1991 年版
王泉根编《中国现代儿童文学文论选》广西人民出版社 1989 年版
严文井等《中国儿童文学论文选》浙江少儿出版社 1991 年版
王泉根编《中国当代儿童文学文论选》接力出版社 1996 年版
简平《上海少年儿童报刊简史》少年儿童出版社 2010 年版
刘增人等《中国现代文学期刊史论》新华出版社 2005 年版

［附］本书作者相关论著

《儿童文学的三大母题》（增订版）华东师范大学出版社 2009 年版
《文心雕虎》（评论集）少年儿童出版社 2004 年版

《你和你的青苹果》(长篇随笔三种) 湖北少儿出版社 1999 年版
《解读周作人》(增订版) 上海书店 2008 年版
《今文渊源》(中国现代散文史论) 上海文艺出版社 2011 年版
《周作人论儿童文学》(辑笺) 海豚出版社 2012 年版
《儿童文学思辨录》(评论集) 海豚出版社 2012 年版

后　记

　　这本小书得以写成，要感谢少年儿童出版社的张洁、梁燕、周晴、李远涛诸位，没有他们的鼓励、催促并持续的鞭策、监督，它是不会有的。在确定选题和写作的过程中，儿童文学前辈任溶溶、任大星、施雁冰、周晓等（他们都是少儿社老人）给予多方指导，释疑解惑，对我帮助极大。

　　张洁最初提出这个题目，还是2006年的事，转眼过去六年了。这中间，因为写那本现代散文史论性质的《今文渊源》，停了几年。到2010年初秋，开始正式动笔，但写出两篇序文后，因有与哲学家李泽厚先生的对话，又暂时放下。到2011年初发愤写作，先得六篇，正拟一鼓作气，却又因有与李泽厚先生的第二本对话，并且要编一册《周作人论儿童文学》，又停了一个夏天。好在插进来的这两件工作，对于本书都有助益，以前写《今文渊源》也有助于本书——这些跨界选题之间的奇妙的内在联系，实在是很有趣的。自2011年国庆开始，我再也不敢怠慢，有朋友笑我是"闭关"写作，这样到今年早春，终于完稿。一开始，还是想写成书话合集式的准文学史的，后来野心渐增，就按着文学史模样写下来⋯序里仍留着当初的痕迹，行文也始终不避书话的趣味，细心的读者应不难发⋯但虽说是史，毕竟是"一个人的文学小史"（本书原拟书名即《一个人的儿⋯》），写法上强调保留审美体验之真，也强调研究视角之独特，或有不合⋯望方家包涵并指正。

　　此稿并未写完。原计划要写一百年，还要写到新时期儿童文学，⋯精力不济。也是知难而退，因前面现代部分三十多年只写了

后记

六万字，中华人民共和国成立后的十七年（不算"文革"这一段）一写就是八万字，新时期的三十多年真要写，篇幅恐怕比现在两部分的总和还要多。这使我明白，写史，真是越近越难写。但我将前两部分冠以卷一卷二，而不以上下卷名之，就是留一后步。以后若有条件，或许还会奋力一试也。

本来此书应写到1976年，这样在时间上正好一个甲子，凑成整数，煞是好看。现在延伸到1977年，为的是加上《班主任》。鲁迅写《药》，无端在末了添了一圈花环，就为给人以希望。他说："那时的主将是不主张消极的。"我以为这也是他自己为文时积极心态的表现，这是很可感人的。本书效法先贤，写了六十一年，写到那充满希望的出发。那年春天的气息很美，我愿时时记取那个年代。

本书下笔还是匆忙，有些地方迫切而不能已于言。读者如能与拙著《儿童文学的三大母题》《文心雕虎》及辑笺的《周作人论儿童文学》等对读，则此书中语焉不详处或可解。作文如此，着实惭愧，先说声对不起吧。好在这虽是学术性思考，但每写一篇都有灵感，有"长期积累，偶然得之"的喜悦和冲动，没有一章是蹙眉硬写的。如此想来，其中或许还有真生命在，惟此一点聊觉安慰。

收集材料过程中，责编梁燕与年轻朋友严晓星出力甚多；开始写作后，天宇等对每篇原稿细加校订；还有许多朋友给我以真诚帮助，无法一一提及，在此一并致谢。

作者
2012年3月5日

图书在版编目(CIP)数据

中国儿童文学史略:一九一六~一九七七/刘绪源著. —上海:复旦大学出版社,2019.12
ISBN 978-7-309-14338-6

Ⅰ.①中… Ⅱ.①刘… Ⅲ.①儿童文学-文学史研究-中国-1916~1977 Ⅳ.①I207.8

中国版本图书馆 CIP 数据核字(2019)第 091429 号

中国儿童文学史略:一九一六~一九七七
刘绪源 著
责任编辑/谢少卿
特约编辑/梁 燕

复旦大学出版社有限公司出版发行
上海市国权路 579 号 邮编:200433
网址:fupnet@fudanpress.com http://www.fudanpress.com
门市零售:86-21-65642857 团体订购:86-21-65118853
外埠邮购:86-21-65109143
上海四维数字图文有限公司

开本 787×1092 1/16 印张 16.25 字数 242 千
2019 年 12 月第 1 版第 1 次印刷

ISBN 978-7-309-14338-6/I·1155
定价:45.00 元

如有印装质量问题,请向复旦大学出版社有限公司发行部调换。
版权所有 侵权必究